KB077314

逸脫의 美學

逸脫의 美學
유창근 제5문학평론집

초판 인쇄 2022년 10월 25일
초판 발행 2022년 10월 28일

지은이 유창근
펴낸이 신현운
펴낸곳 연인M&B
기 획 여인화
디자인 이희정
마케팅 박한동
홍 보 정연순
등 록 2000년 3월 7일 제2-3037호
주 소 05056 서울특별시 광진구 자양로 73(자양동 628-25) 동원빌딩 5층 601호
전 화 (02)455-3987 팩스(02)3437-5975
홈주소 www.yeoninmb.co.kr
이메일 yeonin7@hanmail.net

값 18,000원

ⓒ 유창근 2022 Printed in Korea

ISBN 978-89-6253-543-3 03810

逸脫의 美學

유창근 제5문학평론집

한국 현대문학의 해부

연인M&B

　문학평론으로 등단한 지 어언 36년이 지났다. 문예창작학과 교수로 시와 문학비평론을 가르치면서 정년까지 오로지 한길을 걸어왔다.

　그동안 「문학을 보는 눈」^(학지사), 「문학비평연구」^(태영출판사), 문화관광부 우수학술도서로 선정된 「차세대 문학의 이해」^(태영출판사)를 비롯해 여러 권의 전공 관련 학술서를 발간하고, 「素月評傳」^(서울문화사), 「文學과 人生」^(양서원), 「문학의 흐름」^(도서출판 서원), 「한국현대시의 위상」^(동문사) 등 4권의 문학평론집을 내놓았다. 그러나 책이 나올 때마다 마음 한구석에 늘 부족하다는 생각이 떠나지 않아 꽤 오랜 세월 침묵하다가 이제야 두꺼운 껍데기를 깨게 되어 기쁘다.

　문학비평을 전공한 덕에 정년 이후에도 신춘문예 심사를 비롯해 박종화문학상·전영택문학상·서울시문학상·김영일아동문학상 등 각종 문학상 심사, 여러 문예지의 신인상 심사, 백일장 심사, 작품집 평, 문학 특강 등으로 분주했던 것도 침묵한 이유 중의 하나다.

　이번 제5·제6문학평론집은 그동안 발표했던 문학평론을 꼼꼼히 모아 두지 못한 탓에 분실된 작품이 부지기수라 서둘러 책으로 엮어야겠다는 생각에서 남아 있는 작품들을 정리하다 보니 분량이 넘쳐 부득이 두 권으로 묶게 되었다.

　제5문학평론집 「逸脫의 美學」은 일반문학에 대한 평론집으로 1부에는 4차산업과 관련된 평론 2편을 수록하였고, 2부에서는 우리나라 시문학에 크게 영향을 끼친 작고 시인 金素月과 林和·朴斗鎭·任剛彬 시인의 작품을 논하였다. 3부에서는 주로 최근에 시집을 발간한 현역 12시인들의 시세계에 대해 조명했다. 다만 이번 평론집의 주제인 '일탈의 미학'에 적합하다고 판단되는 작품은 이미 발표된 것이라도 재수록하였고, 4부와 5부에서는 기타 장르도 언급했다.

제6문학평론집 「상상의 아름다움」은 차세대 문학작품을 논한 글로 1부에는 이미 작고한 분들이지만 우리나라 차세대 문학을 개척한 金英一·韓晶東·馬海松 선생을 조명하였고, 2부에는 종합문예교양지 『연인』에 연재했던 문학평론으로 원로문인들의 추천을 받은 유망有望 시인 10명의 대표작 10편씩 모두 100편을 조명했다. 마지막 3부에서는 차세대 문학 우수작품집 두 권에 대한 평을 수록하였다.

요즘 문학비평답지 않은 비평들이 난무하고 있어서 심기가 불편하다. 문학비평을 단순히 독후감상문 정도로 가볍게 생각하면 안 된다. 작품을 읽고, 이해하고, 해석하고, 분석하고, 감상하고, 궁극적으로 작품의 가치를 평가하고, 작가와 독자를 이어 주는 교량 역할을 충실히 수행할 때 비로소 문학비평의 사명을 다하는 것이다.

부족하지만 이 문학평론집이 작품을 창작하는 문인이나 문학 지망생들에게 하나의 길잡이가 되었으면 하는 작은 소망을 가져 본다. 책이 나오기까지 늘 함께하신 하나님, 사랑하는 가족, 그리고 연인M&B 신현운 대표에게 감사를 드린다.

2022년 가을 文川書齋에서

兪昌根

3부 | 현역 12시인의 시세계

4부 | 소설과 수필 평

5부 | 등단작품 심사평

1부 | 미래문학론

AI 시대의 글쓰기

세계적인 과학자 미치오카쿠*Michio Kaku*는 앞으로 AI가 인간 문명 뿐 아니라, 장기적으로 인간이라는 개념 자체까지 변화시킬 것이라고 한다. 아울러 수십 년 후에 AI는 인간의 모든 삶 속에서 공기처럼 중요한 존재가 될 것이기 때문에 그런 미래를 지금부터 준비해야 한다고 경고한다.

군부대 안에서 냉동인간을 만드는 실험을 진행하려고 하는데 위험한 프로젝트이기 때문에 아무도 지원하는 사람이 없다. 그러자 아이큐 · 취미 · 키 등등 모든 것이 딱 평균 그 자체에 해당한다는 이유로 조바우어라는 한 병사를 선별한다. 그리고 다른 한 사람은 군부대 안에서 평범한 여군을 찾지 못하자 민간인 중에서 리타라는 여성을 데려온다. 이 두 사람은 원래 1년 만 잠들었다 깨어나는 실험으로 설정되어 곧바로 냉동 수면에 들어간다.

이 실험은 비밀 프로젝트*secrete project*이기 때문에 부대의 윗사람 몇 명만 알고 진행하게 되는데, 그 사람들이 모두 죽어 버리자 조바우어와 리타는 냉동 상태로 500년을 지내다가 충격 때문에 깨어난다. 그런데 깨어난 세상은 두 사람이 살던 500년 전보다 오히려 기술과 문명, 제도 등 모두가 뒤떨어졌을 뿐 아니라 사람들도 바보가 되어 버린 것이다. 그리고 사람들은 식량 감소와 환경오염 등의 문제로 파멸에 이르렀으나 아무도 신경쓰는 사람이 없어 결국 조 바우어가 미국의 국무장관을 맡아 위기를 해결한다. 그 후 조바우어는 과거로 돌아가기 위해 타임머신을 애타게 찾다가 나중에는 대통령이 되고, 함께 실험에 참여했던 리타와 결혼한다. 결국, 지능이 저하되면서 사람들은 옛날 사람들이 만들어 놓은 컴퓨터나 기술에 의존하여 살아간다.

미국에서 제작된 〈이디오크러시Idiotcracy〉[1]라는 영화의 줄거리다. 이 영화는 과학기술이 발달할수록 인간의 삶은 편리하고 윤택해지나 머리와 육체는 단순한 것들에 매몰되어 급기야 I·Q가 대폭 낮아지게 될 것이라고 예고한다.

실제로 현대인의 I·Q가 갈수록 떨어진다는 연구 결과가 속속 발표되고 있다. 2018년 노르웨이 경제연구소 올레 로게베르그 부소장의 연구에 의하면, 1990년대 초반 출생자는 1970년대 중반 출생자들과 비교하면 I·Q가 5점가량 낮게 측정되었다는 것이다. 미국과 영국, 프랑스, 독일, 호주 등 다른 나라에서도 인간의 평균 I·Q가 100년 후엔 84 정도로 떨어질 수 있다는 연구가 나온 바 있는데, 그 원인으로 디지털과 미디어 기술의 발전을 손꼽고 있다. 덴마크 코펜하겐대학의 심리학자 토마스 티즈데일 박사는 군에 입대한 남성의 I·Q를 조사한 결과, 1998년과 비교하여 10여 년 사이에 1.5점가량 떨어졌다고 보고한 바 있다. 그 원인으로 첫째는 고학력 여성

---

1) idiotcracy는 idiot(바보 · 멍청이)와 democracy(민주주의)의 합성어다.

의 출산 기피, 둘째는 스마트폰 등 디지털 기기의 사용이 확대되었기 때문[2]이라고 분석했다.

디지털 사회로 발전할수록 인간의 지능이 저하된다는 보고는 오늘날 우리 사회의 현실에 비춰 볼 때 대단히 신빙성이 있다. 스마트폰의 단축 키 하나로 전화를 거는 현대인들은 굳이 머리를 써서 많은 전화번호를 외울 필요가 없고, 운전자가 네비게이션에 목적지만 입력하면 아무리 낯선 곳이라도 어렵지 않게 목적지를 찾아 주기 때문에 머리 쓸 일도 없다. 인간의 두뇌는 사용하지 않으면 퇴화하기 마련이다. 그래서 AI*artificial intelligence*에 대한 대표적 회의론자 머스크*Elon Musk*는 AI 기술의 발전이 인간의 미래를 어둡게 할 것이라고 주장한다. 그는 AI가 인간보다 훨씬 뛰어난 능력을 갖게 될 것이기 때문에 인간도 이와 경쟁하려면 컴퓨터를 인체에 연결해야 한다며 뇌에 컴퓨터 칩을 탑재하는 기술을 연구하고 있다. I·Q 165로 제2의 에디슨이라고 불리는 미래학자 레이 커즈와일*Ray Kurzweil* 역시 '2030년이면 인간 두뇌와 AI가 결합된 하이브리드 사고*hybrid thinking*가 등장할 것[3]이라고 예측하는 등 AI에 관한 연구가 활발해지면서 그에 따른 우려도 증가하고 있다.

세계적인 물리학자 미치오 카쿠*Michio Kaku*에 의하면, 앞으로 AI가 인간 문명뿐 아니라, 장기적으로 인간이라는 개념 자체까지 변화시킬 것이라고 한다. 또한, 수십 년 후에 AI는 인간의 모든 삶 속에서 공기처럼 중요한 존재가 되기 때문에 미래를 지금부터 준비해야 한다고 경고한다.

이러한 시대적 변화 속에서 문단에 AI의 출현은 충격적이다. 일

---

2) 윤석만, 미래 인문학, 을유문화사, 2019, PP.110~112 참조.
3) Ibid, pp.104~105.

각에서 문학은 인간 고유의 창의성이나 감성 세계와 관련되는 영역이라서 AI가 여기까지 영향력을 발휘하지 못할 것이라는 예상을 뒤엎고 있기 때문이다. 비근한 예로 2018년 일본의 한 문학상 공모전에 소설작품 1,450편이 출품되었는데 그중 AI가 쓴 작품이 11편이었고, 그중 〈컴퓨터가 소설을 쓰는 날〉이 1차 심사를 통과하여 화제가 된 바 있다. 심사위원들조차 AI가 쓴 소설이라는 사실을 전혀 인식하지 못했다고 한다.

머지않아 AI는 무궁무진한 빅데이터*big data*를 활용하여 우수한 글로 우리에게 도전해 올 것이 명백하다. 이와 같은 위기를 극복하려면 서둘러 AI로 대체할 수 없는 인간의 영역이 무엇인가를 찾아 집중적으로 연구·개발하지 않으면 안 된다.

2019년 상상의 청사진에 의하면, 1,000달러짜리 컴퓨터 성능이 인간 뇌의 용량과 거의 맞먹게 되고, 컴퓨터는 벽이나 의자·책상·옷·장신구 심지어 몸 안에 숨어들게 되며, 거의 모든 거래에 가상 인간 즉 자신의 몸을 복사한 아바타들이 개입하게 될 것으로 상상한다. 그리고 2099년까지 한 세기 동안 사람의 생각과 기계 지능을 융합하려는 강력한 움직임이 일어날 것이며, 사람과 컴퓨터 사이에는 뚜렷한 차이점이 사라지게 될 것이고, 의식을 가진 대부분의 존재는 고정적인 몸의 형태를 가지지 않을 것[4]으로 내다본다. 이런 맥락에서 기존 인간보다 컴퓨터의 소프트웨어적인 인간이 대세를 이루게 될 것으로 전망하고 있다.

특히 딥러닝 알고리즘이 마련되면서 AI는 일대 전환점을 맞게 된

---

4) 허정아, 몸 멈출 수 없는 상상의 유혹, 21세기 북스, 2011, P.59.

다. 인간의 신경망을 본뜬 복잡한 네트워크 안에 엄청난 양의 데이터를 넣어 반복해서 훈련하면 그 안에서 저절로 질서가 생긴다는 사실을 발견한 것이다. 빅데이터를 분류하고 일정한 패턴을 읽어 내는 AI 기술은 새로운 과학적 발견이나 이론의 기초가 될 수 있다.

따라서 2012년부터 본격화된 딥러닝deep learning 열풍 이후 약 7년 동안 AI는 눈부신 속도로 발전했다. 효용성이 입증되기도 전에 IT 기업, 병원, 학계에서 AI를 서둘러 도입하기 시작했고, 수많은 전자기기와 애플리케이션 등에 녹아들며 이미 일상생활에 필수적인 존재가 됐다. 공장에서 컴퓨터 시각기술을 이용해 불량품 판정의 정확도를 높이고, 공항에서는 AI를 보안 검색에 활용해 걸어서 검색대를 통과하면 된다. 사람의 표정을 읽어 내 테러 가능성이 큰 사람을 추정할 수도 있고, 백화점과 마켓에서는 물건을 바라보는 사람의 표정을 읽고 구매 의사 정도를 파악해 즉석에서 가격을 낮추거나 프로모션을 제공하는 마케팅이 가능하다. 거의 모든 산업이 AI를 접목하지 않으면 경쟁에서 살아남기 어려운 시대에 접어들었다.[5]

예술 분야만큼은 AI가 접근하지 못할 것이라고 믿었던 사람들은 AI가 마침내 신문기사를 작성하고, 그림을 그리고, 시와 소설을 쓸 뿐 아니라, 나아가 인간처럼 생각하고 생각을 통해 질문을 던질 수 있는 단계까지 발전하자 AI에 대한 두려움을 갖게 되었다. 인간이 만들어 놓은 기계에 인간이 지배당할 수 있다는 생각 때문이다.

구글은 로맨스 소설 11,000편을 AI가 읽도록 하고 그중 2,865개 작품을 샘플 삼아 직접 소설을 쓰는 실험을 했다. 이야기의 방정식을 학습한 AI가 스토리까지 만들어 내는 단계에 이르렀다.

---

5) 주영재, 인공지능 활용, 어디까지 왔나?, http://news.khan.co.kr/kh_news/khan_art_view.html?artid=201904210851001&code=940100

2018년 11월, 뉴욕의 크리스티 경매장에서는 AI가 그린 가상 인물 '에드몽 벨라미'의 초상화가 무려 5억 원에 낙찰되었다. 마이크로소프트는 2014년 중국에서 AI 기반의 챗봇 '샤오이스*Xiaoice*'를 공개했는데, 2017년 5월에 샤오이스가 작성한 시를 모아 시집으로 출간하여 화제가 되었다. 샤오이스는 1920년 이후의 현대 시인 519명의 작품 수천 편을 스스로 학습해 1만여 편의 시를 집필하고, 1만여 편의 시 중에서 139편을 선정하여 「햇살은 유리창을 잃고*sunshine misses windows*」라는 시집을 펴내 관심을 끈 바 있는데, 이 시집의 제목도 샤오이스가 직접 정했다고 한다.

2016년 4월 영국에서 개최된 SF 영화제 사이파이 런던 영화 페스티벌에서 〈스프링*spring*〉이라는 8분짜리 단편영화가 크게 관심을 끌었는데, 영화 대본을 쓴 작가는 벤자민*Benjamin*이라고 불리는 AI다. 소설과 시에 이어 AI가 영화 시나리오까지 쓰는 시대가 온 것이다. 이처럼 AI의 글쓰기 작업은 계속 개발되고 있어 내일을 예측하기 어렵다.

영국의 한 예술단체에서도 AI가 「해리포터」의 후속편을 쓰고, MIT의 프로그래머들은 AI 기술을 활용해 공포 이야기를 만드는 AI 셸리*Shelley*를 선보였다. 개발자들은 인터넷에 떠도는 괴담을 모아 셸리를 훈련했으며, 트위터 유저들과 상호작용하는 방식으로 공포물을 만든 것이다. 셸리가 먼저 한두 문장으로 이야기를 시작하면, 다른 트위터 유저가 이 문장을 읽고 연속적인 글을 쓰고, 이후에 셸리가 글이 중단된 부분에서 다시 이야기를 덧붙여 나가는 방식[6]의 글쓰기로 관심을 모았다.

---

6) https://www.sktinsight.com/101499 참조.

글쓰는 AI의 개발이 여기까지 발전한 것은 우리 문인들에게는 대단히 충격적이다. 더구나 미국의 AI 연구기관 'Open AI'가 개발한 'GPT-2'의 경우, 글짓기에 뛰어난 능력이 있어서 소설을 쓰고, 신문기사를 작성하고, 학교 숙제를 해 주는 등 글쓰기와 관련 있는 부분에서 칭찬이 대단했다. 논리적인 문장을 구성하는 것은 물론 창조적인 문장도 만들어 내며, 작성하고자 하는 문장을 기계에 입력하면 스토리에 걸맞게 글을 써 준다. 이 GPT-2는 800만 개의 웹페이지에 담긴 15억 개의 단어를 학습하여 어휘력을 자유자재로 구사하면서 작가가 글을 쓰듯 창작방식을 알고리즘_algorithm_화하여 원하는 형태의 글을 만든다. AI는 인터넷의 수많은 글 속에서 원하는 문장을 선택해서 그 문장을 바탕으로 글을 작성한다. 따라서 인간의 글쓰기 능력보다 훨씬 뛰어난 문장을 만들 수 있으며, 특히 AI의 글에 작가의 감성까지 들어가 있어서 연구진들이 탄복하면서 무릎을 쳤다고 한다. 그러나 글을 너무 잘 쓴다는 이유로, 그리고 만약의 경우 이념이나 철학이 없는 기계가 작성한 글이 잘못 전달되어 사회적 문제를 일으킬 수 있다는 결론을 내려 과학자들이 GPT-2를 폐기했다[7]고 한다. 연구자에 따르면, 실제로 GPT-2가 '핵물질을 실은 기차가 미국 신시내티에서 도난당했으며 그 기차가 어디에 있는지 아직 알려지지 않고 있다.'라는 가짜 기사를 작성하여 기겁했다고 한다. 만약 가짜 기사가 뉴스 보도를 통해 전 세계에 전파되었다면 전 세계가 순식간에 혼란에 빠질 수 있었다고 한다. 이처럼 윤리의식이 없는 AI가 가짜 뉴스를 생산하고 이를 바탕으로 사회적 혼란이 가중된다면 그로 인한 사회적 비용이 상

---

7) http://www.idaegu.co.kr/news/articleView.html?idxno=271102

당히 많이 허비될 뿐 아니라, 만약 적대관계에 있는 상대자가 해당 시스템을 악용할 경우 국가가 무너질 수도 있다는 우려가 강하게 대두되어 결국 GPT-2를 폐기하기로 결정했다는 것이다.

그렇다면 과연 인공지능이 인간과 같은 감성을 가지고 소설을 쓰고 그림을 그릴 수 있을까? 결론부터 얘기한다면, 전문가들은 설령 인공지능이 인간의 감정을 표현한다고 할지라도 그것은 어디까지나 학습이나 논리적 사고에 의해서 표출될 뿐, AI가 수시로 변화하는 인간의 다양한 감정 상태를 제대로 파악하여 글을 쓰기까지는 오랜 시간이 필요할 것으로 예측하고 있다.

AI가 쓴 작품의 질에 대해서도 의견이 엇갈린다. 과거 결과물을 단순 학습에 의해 쓴 AI의 작품이 사람들에게 감동을 줄지 의문이라는 회의적인 견해가 있는가 하면, AI가 쓴 소설이 베스트셀러가 될 수 있다고 보는 견해가 양립한다. 또한, AI의 작품을 문학으로 보기 어려우므로 AI의 글이 가치를 가질 수는 있지만, 그것을 문학으로 인정할 수 없다[8]는 주장도 대두하고 있다.

호주의 뉴사우스웨일스대학의 토비 월시*Toby Walsh* 교수는 '생각하는 기계'를 연구하고 전파하는 일에 몰두해 온 AI 분야의 세계적인 권위자다. 그는 2013년 옥스퍼드 보고서[9]가 제시한 '앞으로 수십 년 동안 자동화되기 힘든 것'으로 '창의성, 사회적 지능, 지각 능력, 응용 능력' 등에 대해서 비판적인 견해를 내놓았다. 창의성은 이미 자동화되고 있으며, 우리의 정서적 상태를 인지하고 사회적 지능을 더 많이 갖춘 컴퓨터가 개발 중일 뿐 아니라, 기술과 관련해 컴

8) http://news.kmib.co.kr/article/view.asp?arcid=0924079053&code=13110000&cp=du
9) 2013년 옥스퍼드대학 마틴 스쿨 연구원인 칼 베네딕트 프레이와 마이클 A. 오스본은 2033년 컴퓨터 알고리즘의 진화로 컴퓨터가 일자리에서 인간을 대체할 가능성을 진단한 보고서를 낸 바 있다.

퓨터는 인간보다 세상을 더 잘 인지하고 더 풍부하고 더 정확한 지식을 알고 있기 때문이라는 것이다. 그러나 로봇이 응용 능력을 갖추기는 솔직히 어렵다.[10]고 옥스퍼드 보고서에 동의했다. 아울러 잘 대비만 한다면 AI는 인간이 만든 마지막 발명품인 동시에 가장 위대한 발명품이 될 것이고, 그렇지 않을 경우에는 인류에 대재앙을 초래할 것이라고 경고했다.

　글을 너무 잘 쓴다는 이유로 GPT-2를 폐기했다는 소식은 우리에게 충격적이다. 그러나 언제 또 다른 형태의 AI 작가가 나타나 새로운 형태의 글쓰기로 인간 작가를 위협할지 모르는 상황에서 걱정만 하고 있을 때가 아니다. 앞에서도 언급한 것처럼, AI가 대체할 수 없는 영역이 무엇인가를 찾아서 그 분야의 글쓰기를 집중적으로 연구 개발해야 한다. 그런데 많은 전문가와 학자들에 의하면 AI가 대체할 수 없는 영역은 바로 인간의 창의력이라고 강조하고 있다. 창의력이란 새로운 상황에 얼마나 많은 대안을 꺼낼 수 있느냐가 핵심[11]이다. 물론 창의력이 모든 조직, 모든 시대, 모든 사람에게 요구되는 것은 아니다. 그렇지만 급변하는 4차 산업혁명 시대, AI가 세련된 글쓰기로 인간 작가를 위협하는 시대에 살아남기 위해서는 뛰어난 창의력으로 단단히 무장하지 않으면 안 된다. 문인은 보이지 않는 사물을 보이게 함으로써 마치 그것이 현실인 것처럼 묘사하는 창조자다. 여기서 눈에 보이지 않는 것을 눈에 보이는 것처럼 묘사하는 힘이 곧 상상력이고 창의력이다.
　독일 문학 발전에 이바지한 스위스의 문학 이론가 보드머*Bodmer*

10) 토비 월시, 이기동 역, 생각하는 기계, 프리뷰, 2018, PP.216~217 참조.
11) 최진기, 4차 산업혁명, 이지퍼블리싱, 2018, p.330.

는 독자의 마음을 움직이고 즐겁게 하려면, 상상력은 일상적인 개념, 관습, 습관들과 상충되는 어떤 새로운 것을 묘사해야 한다고 했다. 그에게 상상력은 자동화된 인식에서 탈피하는 것, 즉 '낯설게 하기'[12]로 해석할 수 있다. 낯익은 것은 우리의 감각을 마비시키며 감동을 줄 수 없다는 것이다. 어느 시대에는 상상적인 것이 다른 시대에서는 일상적인 것이 되어 버릴 수 있으므로 상상력은 상대적인 개념인 동시에 역사적인 개념이다. 그러므로 문학은 시대마다 각기 다른 상상력을 구가해야 한다.

신화와 설화·소설·예술 속의 상상은 이제 현실적 과제가 되었다. 시간과 공간을 초월하는 인터넷 소통은 과거 독심술이나 텔레파시로 꿈꾸던 것이고, 「피노키오」에서 목각인형이 살아 움직이도록 상상했던 것이 이제 로봇으로 생산되고 있으며, 「백만 불짜리 사나이」가 선보인 상상의 이야기가 몸속에 장기를 이식하고 컴퓨터 칩을 넣어 사이보그로 실험되고 있다. 「이상한 나라의 앨리스」, 「걸리버여행기」에서 상상되었던 가상의 공간은 이제 일상이 되었다. 연금술이 꿈꾸던 불로장생은 이제 과학의 최대 관심사이자 임무가 되어, 서기 3000년경에는 인간 수명이 300세가 될 것[13]으로 전망하고 있다. 그야말로 상상은 인류에게 영원한 힘이 되고 소망을 주는 강력한 존재다.

조지 오웰이 「1984년」에서 빅브라더가 통제하는 미래 사회를 부정적으로 상상했던 것처럼, 〈매트릭스〉는 2199년의 지구를 기술 유토피아로 상상하지 않는다. 영화의 시작 부분에서 모피어스는 네오에게 두 가지 알약을 준다. 파란색은 현실계에서 지금까지 살

---

12) http://100.daum.net/encyclopedia/view/136XX70700005
13) http://100.daum.net/encyclopedia/view/136XX68400001

아왔던 것처럼 살 수 있게 하는 약이고, 다른 빨간색 알약은 현실계의 미몽에서 깨어나 매트릭스 세계를 알 수 있게 하는 약이다. 네오는 빨간색 약을 선택한다. 워쇼스키 형제는 우리에게 첨단 기술을 자랑하는 영화에서 아주 동화적인 상상력을 제공한다.[14] 〈매트릭스〉는 컴퓨터가 지배하는 가상의 세계와 이에 대항하는 인간의 대결을 축으로 전개된다. 사람들이 실제라고 생각하는 세계가 사실은 컴퓨터 프로그램이라는 단순한 전제를 다루고 있다. 곧 상상력의 힘을 빌려 영화를 제작한 것이다.

일찍이 플라톤은 그의 「이상국론理想國論」 제10권에서 '시인이 선량한 신에 대해서 거짓말을 하고, 미련한 인간을 모사하고, 인간의 행복과 미덕을 방해하는 감정이 오히려 지배적인 자리를 준다.'는 이유로 시인을 그의 이상적인 공화국에서 추방해야 한다고 주장했지만, 낭만주의 계열의 문인들은 문학에서 상상력이 가장 중요한 길잡이임을 강조해 왔다. 영국의 시드니는 '신은 거룩한 상상력으로 세상을 창조했고, 인간은 이를 모방한 상상력을 통해 세상에 없던 형상을 만들었다.'고 인간에게서 상상력이 얼마나 중요한가 주장했다.

셸리Shelley는 아예 '시는 상상의 표현'[15]이라며 문학에서 상상력을 중요시했다. 바슐라르도 상상력과 의지는 심오한 힘의 두 국면이라면서 상상력은 인간 심리 속에서는 열림의 경험, 새로움의 경험 그 자체라고 주장하였다. 그런 의미에서 의지는 바라보기 위해, 미를 즐기기 위해 눈을 만든다는 쇼펜하우어적 주장이 생긴 것이다. 예를 들어 바위가 있어서 벌거벗은 여인을 가리는 것이 아니라 벌

---

14) http://100.daum.net/encyclopedia/view/136XX68400016
15) 김종희, 文學과 想像力, http://cafe.daum.net/dkssud4429/ACSc/35?q=%EB%AC%B8%ED%95%99%EA%B3%BC%20%EC%83%81%EC%83%81%EB%A0%A5

거벗은 여인을 가리기 위해서 바위가 있다는 것[16]이다. 문학작품 속에 놀라운 상상의 세계가 있어서 독자는 평소에 전혀 경험하지 못했던 사실을 문학작품 속에서 발견할 때 경이로움을 느낀다.

그 경이로움을 찾는 것이 AI 시대에 문학의 위기를 극복하는 길이다. 그 방법은 여러 가지가 있으나, 중요한 것은 문학의 고정관념으로부터 과감하게 벗어나는 외형적 일탈을 해야 한다. 언급했듯 독자들은 그동안 작가들이 써낸 작품에 식상함을 느껴 더 이상 매력을 느끼지 못하고 있다. 새로운 변화에 대한 욕구를 채워 줄 신선한 작품을 찾고 있다. 지구촌 곳곳에서 오래전부터 문학의 위기를 대비하여 꾸준히 새로운 형태의 글쓰기를 개발해 왔다. 이른바 낯설게 하기를 통한 창작의 새로운 길 찾기라고 할 수 있다. AI가 언제 인간 작가의 자리를 차고 들어올지 모르는 불안한 시점에서 오늘의 작가들은 긴장 속에 살고 있다.

낯설게 하기는 본래 러시아의 문학 이론가 시클롭스키*Shklovsky*에 의해 개념화된 용어로 지각의 자동화를 피하기 위한 예술기법이다. 일상화되어 있는 우리의 지각은 보통 자동적이며 습관화된 틀 속에 갇혀 신선함을 잃고 산다. 따라서 일탈된 문학의 언어와는 본질에서 다르다. 예술은 바로 이러한 자동화된 일상적 인식의 틀을 깨고 낯설게 하여 사물에게 본래의 모습을 찾아 주는데 그 목적이 있다. 오히려 형식을 난해하게 하고 지각에 소요되는 시간을 연장함으로써 한 대상이 예술적임을 의식적으로 경험하게 하는 양식이 낯설게 하기다.

물론, AI 작가가 등장하기 이전에도 낯설게 하기를 통한 문학의

---

16) 郭光秀 · 김현, 바슐라르 硏究, 民音社, 1981, pp.243~244 참조.

활로 찾기가 꾸준히 시도되어 왔고 앞으로도 계속될 것이다. 몇 가지 대표적인 예를 들면,

첫째, 플래시 픽션flash-fiction이라는 형태의 소설이다. 헤밍웨이가 쓴 〈아기 신발을 팝니다. 한 번도 안 신었어요for sale. baby shoes. never worn〉라는 여섯 단어의 소설을 보고 출판 편집자 제임스 토머스가 섬광flash처럼 눈 깜짝할 사이에 끝나는 소설이라고 해서 플래시 픽션이라는 이름을 붙였다. 2006년에 미국의 한 출판사가 여섯 단어로만 이루어진 플래시 픽션만 모아 책으로 출간하여 관심을 끈 바 있다.

둘째, 미니 픽션mini-fiction이다. 미니 픽션은 20세기의 초 남미에서 시작된 새로운 문학 장르다. 길이는 문화권에 따라 차이가 있으나 소설 한 편의 길이가 미국을 비롯한 영어권에서는 2,500자 이내, 중남미를 비롯한 스페인어 권에서는 2,000자 이내의 초미니 창작물을 일컫지만, 그보다 훨씬 길이가 짧은 경우도 많다. 우리나라에서도 2004년에 미니 픽션 작가들이 협회를 창설하고 문예지를 발행하는 등 열심히 활동하고 있다. 인터넷과 스마트폰에 걸맞은 새로운 문학 형식이다.

셋째, 미니 포엠mini-poem의 시도試圖다. 필자의 한 줄 시집 「싶다」[17]는 현대인들의 감각에 맞게 시를 단 한 줄로 함축한 경우다. 시의 형식에 대한 고정관념으로부터의 과감한 일탈이다. 시집의 서문에서 '말 많은 것도 죄'라고 밝힌 것처럼 더 효과적인 표현을 위하여 필요치 않은 언어와 형식을 과감하게 배제했다. 한 줄 시집에 대한 네티즌들의 리뷰를 보면, '교보에 들렀다가 우연히 한 줄의 시 시집을 보는 순간 나도 모르게 첫 페이지부터 끝까지 읽어 내려갔

---

17) 유창근, 한 줄 시집 「싶다」, 도서출판 문현, 2010.

다. 시집을 그 자리에서 다 읽은 것은 물론 처음이다. 그리고 당장 두 권을 샀다. 한 권은 내 소장용으로 다른 한 권은 내가 제일 사랑하는 친구에게 생일 선물로 주려고… 제목도 시 내용도 그림도 모두 모두 맘에 쏘옥 들었다. 시 내용도 감동적인 것들이 많았다.'라든가, '어떻게 보면 식상할 수 있는 시제들은 중반을 넘어가면서 그냥 즉흥적으로 쓴 것이 아니라는 것을 느낀다. 그리고 소름 돋을 정도의 적확한 그리고 감각적인 표현에 깜짝 놀란다.'라는 리뷰에서 AI 시대 독자들이 가지고 있는 시에 대한 관심과 취향을 읽을 수 있다.

넷째, 그래픽 노블*graphic novel*이다. 문학작품처럼 깊이가 있고 예술성 넘치는 작가주의 만화를 일컫는다. 기존 코믹스에서 보기 힘든 깊이를 추구하며 예술적 실험성이 두드러지는 게 특징이다. 이런 이유에서 그림 소설, 문예 만화라고도 한다. 그래픽 노블은 만화의 형식을 빌리지만 소설처럼 길고 복잡한 스토리 라인을 가지고 있는데, 이야기가 완결되는 구조의 만화책을 그래픽 노블이라 하고, 「배트맨」이나 「슈퍼맨」처럼 시리즈로 이어지는 만화는 코믹스로 구분하기도 한다.

다섯째, 퓨전*fusion* 문학이다. 운문과 산문을 넘나드는 새로운 글쓰기다. 가령, 수필이나 소설 속에 자연스럽게 시가 삽입되는가 하면, 시 작품 속에 산문이 삽입되는 등 새로운 형태의 글쓰기다. 2021년에 발간된 이범찬의 수필집 「나그네의 가을걷이」[18]는 수필 속에 시조를 곁들여 퓨전수필의 진미를 보여 주고 있다. 근자에 와서 미술이나 사진이 문학작품과 융합하는 퓨전 예술이 새롭게 관

18) 이범찬, 수필집 「나그네의 가을걷이」, 교음사, 2021.

심을 끌고 있다. 문학과 타 장르와의 결합은 문예지에서도 볼 수 있는데, 비주얼 문예지 『모티프』는 문학과 타 장르의 접목을 통해 독자들의 접근성을 높이고 있다. 즉, 문학을 패션과 접목하여 작가가 모델이 되거나, 작가의 작품을 패션 화보 형태로 콘텐츠를 선보이고 있다. 이는 기존의 문예지에서 볼 수 없는 낯선 방식이다.

기타, 문학관에 대한 개념의 변화다. 오래전부터 생존 작가의 시비詩碑나 문학관文學館에 대하여 여러 가지 문제가 제기되어 왔다. 생존 작가에 대한 문학적 평가가 이뤄지지 않은 상태에서 문학관 건립이나 시비 건립은 시간을 두고 고민해 볼 과제다. 반면, 사이버 문학관에 관한 관심은 갈수록 높아지는 추세다. 별도의 공간이 필요 없고, 문학관을 운영하는데 별도의 관리비가 필요하지 않으며, 이용자에게는 컴퓨터상으로 자료를 검색하기 때문에 시간적인 절약이 되는 등 활성화될 전망이다.

오늘 우리는 컴퓨터의 성능이 인간 뇌의 용량과 거의 맞먹는 시대에 살고 있다. 컴퓨터가 벽이나 의자·책상·옷·장신구를 비롯하여 사람의 몸 안에까지 탑재되는 등 이미 우리 생활 속에 자리잡고 있으며 갈수록 거의 모든 거래에 가상 인간 즉 자신의 몸을 복사한 아바타avatar가 개입하기 시작했다. 전문가들에 따르면, 2099년까지 한 세기 동안 사람의 생각과 기계 지능을 융합하려는 강력한 움직임이 일어날 것이며, 사람과 컴퓨터 사이에는 뚜렷한 차이점이 사라지게 될 것이고, 의식을 가진 대부분 존재는 고정적인 몸의 형태를 가지지 않을 것[19]으로 내다보고 있다. 앞으로 기존의 인간보다 컴퓨터

---

19) 허정아, 몸 멈출 수 없는 상상의 유혹, 21세기 북스, 2011, P.59.

의 소프트웨어적인 인간이 대세를 이룰 것으로 전망된다.

특히 딥러닝*deep learning* 알고리즘이 마련되면서 AI는 일대 전환점을 맞게 된다. 인간의 신경망을 본뜬 복잡한 네트워크 안에 엄청난 양의 데이터를 넣어 반복해서 훈련하면 그 안에서 저절로 질서가 생긴다는 사실을 발견한 것이다. 빅 데이터를 분류하고 일정한 패턴을 읽어 내는 AI 기술은 새로운 과학적 발견이나 이론의 기초가 될 수 있다. 따라서 2012년부터 본격화된 딥러닝 열풍 이후 약 10여 년간 AI는 눈부신 속도로 발전하고 있다. IT 기업, 병원, 학계에서 AI를 서둘러 도입하기 시작했고, 수많은 전자 기기와 애플리케이션 등에 스며들어 이미 일상생활에 필수적인 존재가 됐다. 공장에서 컴퓨터 시각기술을 이용해 불량품 판정의 정확도를 높이고, 공항에서는 AI를 보안 검색에 활용해 걸어서 검색대를 통과하면 된다. 사람의 표정을 읽어 내 테러 가능성이 큰 사람을 추정할 수도 있고, 백화점과 마켓에서는 물건을 바라보는 사람의 표정을 읽고 구매 의사 정도를 파악해 즉석에서 가격을 낮추거나 프로모션을 제공하는 마케팅이 가능하다. 거의 모든 산업이 AI를 접목하지 않으면 경쟁에서 살아남기 어려운 시대에 접어들었다.[20]

흥미로운 사실은 4차 산업혁명 전쟁의 격전지는 음성서비스와 관련되어 있다는 점이다. 그동안 각자의 영역을 구축해 온 구글과 페이스북, 마이크로소프트, 아마존과 같은 글로벌 기업, 그리고 삼성전자와 LG전자, 네이버 등 국내 기업들이 다투어 4차 산업혁명 기술 개발에 뛰어든 것도 이와 무관하지 않다. 현재까지 이 전쟁의 최고 격전지는 단연코 AI 음성 서비스인데, 누구나 새롭고 복잡한 기

---

20) 주영재, 인공지능 활용, 어디까지 왔나?, http://news.khan.co.kr/kh_news/khan_art_view.html?artid=201904210851001&code=940100

기를 음성인식 기술을 통해 자유자재로 사용할 수 있기 때문이다.

구글은 2018년 5월에 사람처럼 대화할 수 있는 대화형 AI '듀플렉스*duplex*'를 선보였다. AI 비서에게 "화요일 오전 10시~12시로 미용실 예약을 잡아 줘."라고 하자 AI는 직접 전화를 걸어 예약했다. 듀플렉스는 매끄러운 목소리로 대화하며 예약 시간을 유연하게 조정할 뿐만 아니라, 통화 중에 '음~', '어~' 등 잠시 머뭇거리는 소리를 내며 인간의 말투까지 모방했다. 전화를 받은 직원도 상대방이 사람이 아니라는 것을 전혀 눈치채지 못했다.[21] 구글은 이어서 듀플렉스에 순환 신경망*recurrent neural networks*을 적용하여 익명의 전화 통화 데이터 뭉치를 학습하도록 했다. 현재까지 듀플렉스는 사람의 개입 없이도 대부분의 대화에서 스스로 업무를 완수했다. 일반적이지 않은 복잡한 약속을 할 때 과부하誇負荷가 걸린다는 한계가 있으나, 사람처럼 대화 맥락에 적절하게 반응하고 실제 사람의 목소리와 매우 흡사한 음성을 구현한다는 점에서 대화형 AI는 새로운 차원에 돌입했다고 할 수 있다.

그동안 AI를 구현할 때 문제가 되었던 것 중 하나는 '불쾌한 골짜기*uncanny valley*'였다. 불쾌한 골짜기란 인공지능이나 로봇이 어설프게 인간과 닮을수록 불쾌감이 증가하는 현상인데, AI나 로봇이 인간과 부자연스럽게 비슷하면 호감도가 대폭 감소한다는 것이다.

AI 연구자이며 미래학자인 레이 커즈와일*Ray Kurzweil*은 앞으로 수십 년 후, 인간의 뇌에 축적된 지식, 인간이 만들어 낸 기술의 뛰어난 능력, 그 진화 속도, 지식을 공유하는 힘, 이 모든 게 융합해서 특이점*singularity*에 도달하게 되는데, 특이점에 이르면 인류가 오랜

---

21) 김범용, http://100.daum.net/encyclopedia/view/73XXXKSN5591

세월 고민한 문제가 해결되고 창조력은 크게 높아지며, 최종적으로 테크놀로지와 인류는 융합될 것[22]이라고 주장하고 있다.

특히 샌프란시스코 캘리포니아대학의 에드워드 창Edward Chang 교수가 2019년 4월 25일 국제 학술지『Nature』에 발표한 논문에서 '사람이 머리로 생각한 것을 음성으로 합성하는 데 성공했다.'라고 밝혀 화제가 된 일이 있다. 사람이 어떤 말을 하려고 할 때 뇌에서 발생하는 전기 신호를 감지해 그대로 음성으로 만들었다는 것이다. 인공지능과 뇌 과학을 이용해 머리로 생각한 말은 물론, 기억 속의 영상까지 복원한다.[23]면 글쓰기의 패턴도 다각도로 변화되어야 할 것이다.

그동안 AI와 로봇이 대체하기 어려운 직업으로 화가, 사진작가, 작가, 지휘자, 만화가 순으로 창의성과 개성이 두드러지는 예술계 직종을 손꼽아 왔다. 그러나 옥스퍼드대와 예일대 공동연구팀은 전 세계 전문가 352명의 설문을 바탕으로 이 영역조차도 앞으로 AI가 대체할 것이라고 발표하여 작가 또한 안심할 수 없게 되었다. 특히, 이 연구팀은 2024년쯤 AI의 번역 능력이 인간보다 더 좋아지고, 2026년엔 AI가 고등학생 수준의 에세이를 써내며, 2049년 무렵엔 AI 베스트셀러 작가가 탄생할 것이라고 예측하였다. 그리고 지금부터 10년 후에는 세계 일자리의 47%가 AI로 대체될 것이라고 하였다.[24] 이처럼 예상 밖으로 사회의 변화가 빨라지자 사람들은 AI에게 일자리를 빼앗길지도 모른다는 불안감과 AI에게 인간이 지배당할 수 있다는 두려움에서 벗어나지 못하고 있다.

---

22) 스가쓰케 마사노부(현선 역), 앞으로의 교양, 도서출판 항해, 2019, pp.144~145 참조.
23) 이영완, 사람이 생각하면~, 조선경제, 2019. 5. 9, B9면 참조.
24) http://news.kmib.co.kr/article/view.asp?arcid=0924079053&code=13110000&sid1=cul

역사적으로 기술 혁신은 언제나 동전의 양면처럼 혜택과 부작용을 수반한다. 2018년에는 딥페이크*deep fake*와 같은 사이트가 등장하면서 AI 기술의 윤리적, 법적 논란을 부각시킨 일이 발생했다. 딥페이크는 특정 인물의 얼굴 등을 인공지능기술을 이용해 특정 영상에 합성한 편집물을 말한다. 미국에서 '딥페이크'라는 네티즌이 온라인 커뮤니티 레딧에 할리우드 배우의 얼굴과 포르노를 합성한 편집물을 올리면서 시작됐다. 악용할 경우 예기치 않은 부작용이 발생할 수 있다.

사람의 목소리를 감쪽같이 흉내 내는 자연어 합성 기술도 등장했다. 언급한 것처럼 몇 년 전에 구글은 AI 비서 듀플렉스가 식당이나 미용실에 전화를 걸어 대신 예약해 주는 서비스를 공개했다. 해당 영상을 본 사람들은 음성비서의 목소리가 사람과 구분되지 않을 만큼 자연스럽다는 반응을 보였다. 그러나 AI가 통화하는 상대방을 교란할 가능성이 있고, 보이스 피싱 조직이 AI를 이용하여 예전보다 손쉽게 범죄를 저지를 가능성도 있다.

이처럼 AI가 일상생활에 미치는 영향이 커지자 유럽 각국의 전문가 52명이 AI에 대한 윤리 규범을 만들었다. '사람의 영역을 침범하지 말고 공정성을 지키고, 결과에 책임을 지라.'[25]는 내용이다. 이런 윤리 조항을 만든 이면에는 수많은 데이터를 학습한 AI가 실제로 인종이나 성차별을 하는 사례가 발생했기 때문이다. 예를 들어 흑인 사진을 고릴라로 잘못 인식한 것이라든가, 채용 프로그램에서 여성 지원자를 배제하고 남성만 뽑는 등 편향적인 태도를 보

---

25) 박순찬, 인간 영역 침범 말라, 조선일보, 2019. 4. 10일자, B5면 참조.

인 것이다.

AI의 윤리문제는 1942년 미국의 SF 작가 아이작 아시모프*Isaac Asimov*가 공상과학소설 「런어라운드*runaround*」에서 처음으로 언급한 로봇 3원칙이 있다. ①로봇은 인간에게 해를 가하거나, 혹은 행동을 하지 않음으로써 인간에게 해를 끼치지 않는다. ②로봇은 첫 번째 원칙에 어긋나지 않는 한 인간이 내리는 명령에 복종해야 한다. ③로봇은 첫 번째와 두 번째 원칙을 위배하지 않는 선에서 로봇 자신의 존재를 보호해야 한다는 내용이다.

또한, 인간의 도덕을 알고리즘*algorism*화할 수 있다면 그것을 로봇의 두뇌에 탑재할 수 있다. 그리고 로봇과 인간이라는 다른 존재들끼리 공유할 수 있는 도덕 시스템을 구축할 수 있다면 그것을 통해 인간끼리도 입장 차이 등에 의한 분단을 극복하고 다양성 사회를 발전시킬 수 있다[26]는 것이다.

AI의 윤리문제와 관련하여 AI에 대한 저작권법도 속히 제정되어야 한다는 주장도 있다. AI가 이미 스스로 미술, 작곡, 문학 등 예술적 활동을 하고 있는데, 기존의 저작권법은 사람이 직접 만든 창작물만 저작권을 인정하고 있어서 새로운 차원의 논의가 시급하다. 예를 들어 AI가 쓴 작품에 인간 작가가 약간의 수정 보완 과정을 거쳐 자기 작품처럼 위장할 경우 현재로서는 처벌 방법이 없다. 특히 인간과 AI가 협업해서 소설을 썼을 경우,[27] 과연 저작권은 누구에게 부여할 것인지 법적 장치가 시급히 마련되어야 한다.

모두가 새로운 것을 향해 앞으로 나갈 때 움직이지 않고 가만히

---

26) 정웅일 著, 이시훈 譯, 인공지능에 도덕엔진을 탑재하는 법, 클라우드 나인, 2019, pp.22~23.
27) 스가쓰케 마사노부, op.cit., p.208 참조.

서 있는 건 현상을 유지하는 게 아니라 오히려 뒤로 처지는 일이다. 인간의 감성을 다루는 문학은 특히 더 그렇다. 얼마 전까지만 해도 AI가 글을 쓰리라고는 상상조차 못했으며, 글쓰기는 영원히 인간 고유의 몫이라고 생각해 왔다. 그런데 AI가 쓴 글이 문학작품 공모전에서 입상하고, AI가 쓴 시를 모아 시집으로 묶어 내고, 글을 너무 잘 쓴다는 이유로 폐기할 수밖에 없었다는 'GPT-2'의 소식을 듣고 만감이 교차한다.

물론 AI의 글쓰기가 일련의 과정을 구현한다고 할지라도 인간의 지능이나 의식, 감성의 모든 요소를 그대로 재현해 낼 수 있는 완벽한 알고리즘을 만드는 건 어려운 일이다. 아울러 글쓰는 작업이 자동화되기는 힘들 것이라며 그 이유로 첫째, 경제가 계속 성장할수록 사람들은 책을 더 많이 읽게 될 것이고, 둘째, 자동화는 새로운 수요를 창출하게 될 것이며, 셋째, 사람들은 인간 자신의 경험에 관해 쓴 책들을 선호할 것[28]이라는 주장도 공감이 간다. 그렇다고 AI의 글쓰기를 강 건너 불 보듯이 해서는 안 된다. AI로부터 오는 위기를 극복하려면 여러 가지 형태의 낯설게 하기, 신선한 창의력 계발, 작가의 풍부한 체험 등 AI로 대체하기 어려운 분야를 찾아 작가 스스로 끊임없이 연구하고 노력하지 않으면 안 된다.

아울러 지방자치단체나 정부가 앞장서서 AI 시대 위기에 처한 글쓰기를 살리기 위해 적극적인 지원을 하고 그에 대한 구체적 대책을 세워야 한다.

독일의 경우, 작가의 길을 걷는 소수의 사람에게 출판사가 적극적으로 후원한다.[29] 그리고 출판사에서 일단 책을 내주면 그것이

---

28) 토비 월시, op.cit., P.219 참조.
29) 유창근, 문학비평연구, 태영출판사, 2008, PP.446~447 참조.

등단이고, 한 번 책을 내주면 같은 출판사에서 평생 책을 내주는 등 안정된 생활을 하도록 경제적 뒷받침을 해 준다. 조그만 동네 어디에서나 볼 수 있는 수많은 도서관에서는 우선적으로 새로 출판된 작품집을 구입함으로써 작가의 창작에 대한 지원이 구체적이고 적극적으로 이루어진다. 그리고 다양한 문학상 제도, 창작 장학금 등을 통하여 전업 작가들에게 실질적으로 경제적 후원을 해 준다. 또한, 문학을 시민들의 생활 속으로 끌어들이도록 문학의 집이나 시 전문 도서관 등의 시설을 확충하고, 극장에서는 자율적으로 문학작품 낭송회를 자주 연다. 학계의 후원도 적극적이어서 작품의 조명照明은 적어도 50세쯤 되어 저력을 검증받은 문인에 한하며, 학문적 조명 역시 매우 조직적이어서 결국 학자들이 무언의 합의를 통하여 문학사에 남을 만한 작가들을 신중하게 선별하는 등 우리가 본받아야 할 부분들이 많다.

AI 시대, AI 작가의 출현은 우리 문인들을 긴장시키고 있는 게 사실이다. 예기치 못했던 위기가 온 것이다. 문학이 위기에 처했을 때, 작가 스스로 안일 무사주의에 빠져 구태의연한 글이나 쓰고 있다면, 그리고 정부나 지방자치단체에서 문학발전에 대해 아무런 비전이나 대책 없이 수수방관한다면 우리 문학의 위상은 갈수록 세계적 대열에서 뒤처지게 되고 결국 노벨문학상 하나도 받지 못하는 문학 후진국으로 전락할 수밖에 없다.

문학이 무너지면 민족의 얼이 무너지고, 민족의 얼이 무너지면 결국 국가의 기강도 무너진다는 진리를 명심해야 한다. 문학의 힘은 곧 국력이기 때문이다.

현대문학의 전망

미래학자 앨빈 토플러*Alvin Toffler*에 의하면, 산업혁명 이후 시작된 제2의 물결(전기와 기계문명) 시대는 끝나고 있으며 지금 세계는 제3의 물결 시대에 들어섰는데, 이 새로운 물결 속에서는 노동·가족 등의 모든 생활양식과 개념이 근본적으로 변화하게 되므로 우리는 이 새로운 물결에 대비해야 한다고 주장한다. 농업혁명이 수천 년에 걸쳐 완만한 진전을 보였고, 산업혁명이 3백 년에 걸쳐 전개되었던 것에 비한다면 제3의 물결은 불과 20~30년 만에 역사의 흐름을 바꾸고 그 변혁을 완성할지도 모른다는 것이다.

지금 우리 생활 깊숙이 자리잡은 컴퓨터와 전자공학의 발달은 인류문명을 전혀 새로운 것으로 바꾸고 있다. 오늘의 세계는 맥루한*Herbert Marshall McLuhan*이 지적한 대로 활자 문명에서 전자 문명으로의 전환이며, 그것은 지구상의 모든 인간이 한 마을의 일원이 되는 이른바 지구촌*global village*의 시대라는 말로 압축할 수 있다. 전자 문명 시대에는 작가가 아무리 천재적인 상상력을 가지고 글을 쓴다 해도 하루가 멀게 쏟아져 나오는 기상천외한 일들이나 쇼킹한 사건들에 대응하기 어렵게 되었다. 일부 작가나 시인들이 외설적이거나 파격적인 기법을 통해 독자들에게 자극을 가하지만, 정보화의 거대한 물결에 무디어진 독자들을 끌어당기려면 더욱 충격적인 경이로움이 따르지 않으면 안 된다. 문학의 흐름은 한 마디로 경이로움의 역사라고 할 수 있다. 경이로움의 발전은 19세기 초 낭만주의 운동 이래 오늘날까지 동서고금을 막론하고 주요한 문학운동의 특색이 되어 왔다. 고전주의에서 낭만주의로, 낭만주의에서 다시 사실주의로 변천해 올 때마다 새로운 형식과 새로운 내용의 작품을 놓고 문학의 본질에 대한 치열한 논쟁이 벌어졌고, 또한 그것은 문학의 기성 관념 앞에서는 전혀 새로운 경험, 놀라움으로 나타났다. 고전주의에서 낭만주의로 넘어갈 때 워즈워스와 콜리지가 「서정 민요집」에서 내세운 일상어의 강조라든가, 프랑스의 빅토르 위고가 「에르나니 논쟁」에서 고전주의 주장을 꺾고 낭만주의 문학을 확립시킨 것 등이 좋은 예라고 할 수 있다.

독자들은 문학작품 속에서 전혀 경험하지 못했던 사실을 발견할 때 경이로움에 도달한다. 따라서 작가나 시인은 독자가 경험하지 못한 새로운 것들을 보여 주고자 끊임없이 노력해 왔다. 우리 문학사에서 이상李箱의 문학은 낯설음의 좋은 본보기다. 이상의 〈오감도烏瞰圖〉가 1934년 7월 24일부터 8월 8일까지 조선중앙일보에 14회에 걸쳐 연재되던 도중 독자들의 비난과 항의 때문에 연재가 중단되었던 것은 주목할 일이다. 작품이 발표되던 당시부터 지금까지 〈오감도〉가 부정적이든 긍정적이든 계속하여 많은 독자의 관심을 끌게 된 까닭은 바로 낯섦 때문이다. 이른바 다른 사람의 시에서 보지 못했던 비문법성, 의식의 비약 등을 만나면서 독자들은 당황하기 시작한 것이다.

산업사회의 상징이었던 활자 문명은 점차 전자 문명으로 전환하면서 합리화, 획일화, 도시화, 집단화는 불가피하게 해체·재편성할 수밖에 없게 되었다. 컴퓨터와 정보통신의 발달은 도시나 공장이나 회사로 몰려들던 제2의 물결을 이제는 모든 생업적 활동이 가내에서 처리되는 제3의 물결로 변화시키고 있다. 이 시대는 직장 겸 주택으로 이용되는 재택근무시스템*electronic cottage*이 생활의 거점이 되며 가족제도의 변화로 자녀가 없는 생활을 선택하는 사람의 수가 급격히 증가하여 개인의 역할도 다양해지고, 근로자가 자기의 노동시간을 편리할 때 선택할 수 있는 근무시간의 자유선택제*flex-time*가 확산되며, 생산자 겸 소비자가 재등장하는 이른바 자급자족 시대를 맞게 되어 당분간은 시간에 의존하는 생활이 지속되나 마침내 탈 시장 문명의 시대로 들어선다는 것이 앨빈 토플러의 주장이다.

문학의 경우도 예외는 아니다. 산업화 시대의 작가나 시인은 어느 특정한 개인을 위해 창작을 하는 것이 아니라 순수한 사랑과 추구를 위한 창작이나 다수의 대중을 상대로 한 상업주의적 수단으로 글을 써 왔던 것이 사실이다. 이와 같이 모든 가치가 돈으로 환원되고 목적과 수단, 진실과 허위가 뒤바뀌는 시대를 골드만은 신이 숨어 버린 시대, 즉 진정한 가치가 숨어 버린 시대라고 규정짓고 이렇게 타락한 시대에는 소설의 구조도 타락한 방식(간접화의 방식)으로 드러날 수밖에 없다고 지적하였다. 돈이 우선인 사회에서도 사물의 질적인 면과 인간들의 진정한 관계가 소멸되어 모든 것이 간접화, 추상화, 기호화의 구조를 드러낼 수밖에 없다. 문학을 이루고 있는 언어의 경우도 마찬가지이다. 언어는 원래 사물을 대신하는 부수적 기호에 불과했지만, 돈이 모든 사물이나 가치를 지배하면서 이제는 언어가 사물을 지배하고 인간을 지배하는 주체로 변했다.

후기산업사회 시대에 이르러 인간의 생활 패턴이 바뀌어 가듯이 2000년대 우리 문학의 패턴도 여러 가지 새로운 모습으로 변화될 것이다. 활자 문명에 익숙했던 문인, 원고지를 메우는 것을 천직으로 생각했던 문인들의 창작 활동이 전자 문명의 시대가 되면서 영상매체의 영향을 받아 더욱 무기력해질 것이며, 문인의 역할도 점차 약화되어 종국에는 순수 문학작품이 사멸의 위기에서 새로운 활로를 찾지 않으면 안 될 것이다. 이런 변화는 오늘날 인문학, 사학, 철학이 우리 사회에서 위기를 당하자 새로운 방향 찾기에 나서는 일과 무관하지 않다.

문학의 새로운 활로 찾기는 이미 지구촌 곳곳에서 활발하게 진행되고 있다.

우선 새로운 창작 방법이 시도되고 있다. 전자 문명 시대를 사는 독자들에게 기존의 창작 방법은 식상하고 너무나 낯익어 경이로움을 주지 못한다. 한 가지 예를 들면, 1997년부터 일본에서 전개된 연시連詩 운동은 사회적 주제가 상실되어 가는 상황에서 그 시대와 사회적 주제를 반영할 수 있는 장르를 만들고 싶다는 심리에서 비롯된 새로운 방향 찾기라고 할 수 있다. 연시는 테마를 정하고 모인 사람들끼리 이미지를 이어 가며 한 편의 시를 완성하는 방법으로 기승전결의 형식에 따라 교대로 창작하게 되는데 여러 사람이 참여한다는 점에서 색다르다. 산문 분야에서도 한 편의 이야기를 여러 사람이 교대로 이어 가면서 완성하는 방식의 장르 개발이 가능하다는 것을 시사해 주고 있다. 작금의 2000년대에는 지금처럼 문인 혼자만의 독창성을 고집하며 창작한 작품보다 여러 사람의 다양한 체험과 생각이 담겨 있는 작품이 독자들의 관심을 훨씬 더 끌게 되고 공동체 의식도 갖게 할 것이라는 생각이다. 새로운 창작 방법의 모색은 인류가 존재하는 한 꾸준하게 진행될 것이다.

둘째, 소집단 중심으로 문학이 발전하고 있다. 종전의 중앙문단 시대가 쇠퇴하면서 지역 중심의 문단이 형성되고 대단위 문학단체는 그 기능을 잃어 마침내 개인이나 소그룹 문학 동인들에 의해 문학의 흐름이 변형되어 갈 것이다. 현재 프랑스 시단의 거목으로 손꼽히는 쥘 쉬페르비엘과 필립 쟈코데 시인의 경우, 중앙문예를 형성하고 있는 파리와 아주 먼 곳에서 작품 활동을 하고 있다는 점에 주목할 필요가 있다. 중앙에 있는 작가나 시인이 지방에 있는 문인들을 간섭하지도 않고 지방에 있는 문인들이 중앙에 있는 문인 단체에 가입하려고 애쓰거나 그들을 부러워하지도 않는다. 어디에 있든 열심히 작품을 쓰고 가까운 사람들끼리 모여 토론하는 것으로 만족한다. 미래의 문학은 소수 정예의 문인들에 의해 보존·발전될 것이다.

셋째, 문학의 위축에 대한 우려와 그에 비례하여 조용하고도 조직적인 대책들이 적극적이고도 지속적으로 실현되고 있다. 독일의 경우, 무엇보다도 문학 전반에 대한 다양한 제도적 후원이 눈길을 끈다. 작가의 길을 걷겠다는 소수의 사람들을 일단 출판사가 후원한다. 출판사에서 책을 내주면 그것이 등단이고, 한 번 책을 내준 문인은 대부분 같은 출판사에서 평생 책을 내어 준다. 학계의 후원도 대단하여 작품의 조명은 적어도 50세쯤 되어 저력을 검증받은 문인에 한하며, 학문적 조명 역시 매우 조직적이어서 결국은 학자들이 무언의 합의를 통하여 문학사에 남을 만한 작가들이 신중하게 선별된다. 창작에 대한 지원은 조그만 동네 어디에서나 볼 수 있는 수많은 도서관의 책 구입을 통해서 이루어진다. 그리고 다양한 문학상 제도, 창작 장학금 등이 전업 작가들에게 실제로 경제적 후원이 되고 있다. 문학을 시민들의 생활 속으로 스며들게 하는 문학의 집이나 시 전문 도서관 등 시설도 만들고 많은 극장이 문학작품 낭송회를 자주 연다. 지난 일이지만 1999년 괴테*Goethe*의 해 8월 28일에는 그의 250주년 탄생일을 맞이하여 독일 전역에서 헤아릴 수 없는 행사가 벌어졌으며, 괴테의 도시 바이마르 시에서는 300여 행사가 치러졌다고 한다. 문학의 위축을 오직 문인들에게만 떠넘기고 정부나 국민이 아무 대책을 세우지 않는다면 지구촌 어느 곳에서도 문학은 살아남을 수 없다.

문학작품이 창작되는 것처럼 컴퓨터 소프트웨어 개발도 창조적 행위임이 틀림없다. 컴퓨터 소프트웨어 개발은 현재 세계적으로 대략 두 가지 경우로 나눌 수 있는데, 하나는 대부분의 상용 소프트웨어가 채택하고 있는 성당 모델이고 다른 하나는 시장 모델이다.

성당 모델은 화려하고 정교한 성당을 건축하기 위해서 소프트웨어 개발에 뛰어난 소수의 최상급 프로그래머와 많은 자본을 투자해 그 개발 과정을 공개하지 않고 비밀리에 작업을 진행하듯이 조심스럽게 소프트웨어를 개발하는 모델이다. 개발 과정에는 몇몇 선택된 전문가만 참여하기 때문에 안정적이고 뛰어난 소프트웨어가 생산될 것이다. 그러나 소프트웨어의 기능 향상 주기가 느리고 사용자와의 긴밀한 연계가 어렵다는 점이 단점이다. 성당 모델을 추종하는 개발자들은 일반적으로 지적재산권을 추구하며 개발된 산출물에 대하여 기업 또는 개인의 권리를 인정받기 원한다. 성당 모델은 한 마디로 폐쇄된*Closed* 개발 형태다.

시장 모델은 소수의 다양한 수준의 개발자가 참여하고 개발 과정이 모두 공개됨으로써 마치 소란스런 시장과 같은 형태를 이루는 개발 방법인데, 이는 인터넷의 등장으로 지구촌 어디에서나 서로의 의견을 동시에 실시간으로 나눌 수 있게 되면서 가능해졌다. 시장 모델은 이렇게 인터넷을 통해 소프트웨어 개발을 원하는 모든 사람이 참여할 수 있도록 개방된*Open* 개발 형태다. 이런 시장바닥에서 안정되고 우수한 소프트웨어 개발은 불가능하다고 생각될 수 있으나 다수의 소프트웨어(리눅스와 같은 운영체제, 넷스케이프와 같은 웹 브라우저)에서 이미 성공을 거두고 있다. 시장 모델을 추종하는 개발자들은 지식의 공개와 공유를 추구하며 개발된 산출물에 대한 권리는 대중이 소유하기를 원하는 그룹이다. 시장 모델은 소프트웨어 사용자가 곧 개발자라는 입장에서 출발하므로 누구나 개발 과정의 도중에 참여할 수 있으며 끊임없이 기능 향상을 도모할 수 있다. 사용자의 관심이 끊기거나 더 이상의 기능 향상을 기대할 수 없으면 시장 모델의 운명도 끝나는 것이다.

문학작품의 창작 과정도 경우는 비슷하다. 활자 문명 시대에는 작가가 글을 써서 출판사에 맡겨 책으로 출판된 후에야 비로소 독자는 문학작품을 감상할 수 있었다. 이것은 마치 성당 모델과 같은 것인데, 작가는 특수한 소수의 폐쇄적 개발자 집단에 비유할 수 있으며 지적재산권을 주장하고 창작된 문학작품을 통해 이윤을 추구한다. 독자는 작품이 개발 완료되어 책으로 나올 때까지 기다려야 하는 소프트웨어 사용자에 비유할 수 있다. 그러나 영상매체의 발달로 독자들의 시야가 넓어지면서 문학에 대한 태도 역시 달라지고 있다. 전자 문명 시대의 독자들은 인터넷을 통해 아주 빠른 속도로 다양한 문학작품을 만나고자 시도한다.

인터넷은 이미 전 세계를 통합하는 가장 강력한 의사소통 수단이 되었으며 문학도 인터넷에 의해 변화되고 있다. 1990년대에 들어서면서 인터넷이나 컴퓨터 통신망을 이용한 통신작가들이 등장하였는데 이들이 곧 시장 모델의 전형이다. 통신작가들은 자신의 글을 200자 원고지 5~10매 분량으로 수백 회에 걸쳐 연재형식으로 통신에 올리게 되는데, 그때마다 통신을 사용하는 독자들로부터 즉시 반응이 온다. 내용이나 형식, 기교, 문학성 등 문학작품 전반에 걸쳐 작가가 한 페이지 한 페이지를 서술해 나갈 때마다 독자들의 평가를 받게 된다.

통신작가들은 독자들의 평가에 민감하게 반응하여 이따금 자신의 작품 방향을 수정하기도 한다. 따라서 시장 모델은 이전의 성당 모델 작가들이 자기의 작품을 책으로 출판한 후에야 독자들의 평가를 받았던 창작 형태와 근본적으로 다르다. 시장 모델에서는 독자가 곧 독자이면서 작가가 되는 것이다. 다만 컴퓨터 소프트웨어의 추구하는 방향이 사용자의 편의성 향상이라고 전제할 때 시장 모델이 효과적일 수 있으나 문예 창작에서 얼마나 큰 효과가 있는지 더 두고 볼 일이다. 문학작품은 어느 정도의 예술성과 흥미성과 교육성을 추구해야 하는데, 기존의 통신작가들이 흥미성은 만족시켰다 하더라도 예술성이나 교육성을 만족시켰는지도 확인하기 어렵다. 그렇다고 예술성이나 교육성을 고집하며 성당에서 묵묵히 미사나 올리고 있는 작가들의 행위가 바람직하다고 말할 수는 없다. 이미 대중들을 흡입하는 기교와 유희는 예술성이나 교육성만을 고집할 수 없게 변화시키고 있어 성당의 사제들은 시장의 상인들에 비해 매력 없는 상품을 대중들에게 내놓는 격이 되었다.

컴퓨터 소프트웨어 업계에서 고상한 성당의 개발자들이 시장을 주목하고 두 상반된 개발 형태를 발전적인 방향으로 통합한 예가 있다. 문학에서도 컴퓨터 통신을 통해 완성된 시장 형태의 문학작품이 큰 인기를 얻어 성당 형태의 인쇄 매체인 책으로 출판되었다면 시장과 성당의 발전적인 결합이라고 할 수 있다. 이 경우는 시장에서 먼저 성당 쪽으로 손을 내민 경우다. 문학이 특정 작가만의 것이 아니라는 전제 아래 독자들과 공감대를 형성하기 위해서는 성당의 종사자인 문인들이 먼저 시장에 손을 내밀어 일부 시장 모델의 도입을 논의하고 성당 모델과의 장단점을 취합해 2000년대 문학의 방향을 설정해 나가야 할 것이다. 시장 모델 체제에서 작가는 불완전한 생산자이고 독자는 그것을 완성품으로 만드는 생산자가 되는 것이다. 독자는 단순히 작가가 서술한 내용을 따라가는 수동적 감상자가 아니라 작가가 서술한 내용에 자기 생각과 꿈을 보완하여 새롭게 글을 쓰는 또 다른 작가라고 할 수 있다. 독자란 결국 작가의 빈자리를 채워 가는 또 다른 작가다.

문학은 문장sentence이 아니고 담화discourse다. 성당 모델과 시장 모델에서도 언급했듯이 독자가 없는 문학은 아무런 의미가 없다. 문학은 내가 누군가에게 말하는 것이고 동시에 남의 말을 듣는 것이다.

따라서 작가는 혼자 성당 안에 군림할 것이 아니라 시장으로 나가야 한다. 시장 사람들과 직접 대화하면서 그들이 무엇을 요구하는지 찾아내야 한다. 모파상의 「보바리 부인」 서문에서 '나를 즐겁게 해 달라', '나를 슬프게 해 달라', '나를 감동시켜 달라', '나에게 공상을 불러일으켜 달라', '나를 위로케 해 달라', '나를 전율케 해 달라', '나로 하여금 사색케 해 달라'와 같은 독자들의 뜨거운 요구를 만족시켜 주기 위해서 이제 문인들은 시장바닥으로 나아가 시장 사람들과 만나야 한다.

4차 산업화 시대에 문학이 성공하려면 작가들 스스로 기존의 성당 모델로부터 과감히 벗어나지 않으면 안 된다. 신세대 문인들은 이미 시장 속으로 들어가 기성 문학을 깨뜨리기 위해 시장 사람들과 머리를 맞대기 시작했다. 인터넷 홈페이지를 개설하여 독자들의 반응을 신속하게 확인하며 작품을 만들어 간다. 시장 사람들은 그들에게 많은 것을 주문한다. 따라서 작가는 기성 문학에서 얻지 못했던 섹스, 자살 등 우리 문학이 꺼려 온 개인적 욕망에 대한 것을 과감하게 조명하고, 소재도 직접적인 삶의 경험보다 영상 매체나 컴퓨터 등 2차적 가공을 통해 얻으며, 소설에 환상의 세계를 그린 판타지 기법까지 동원하고 있다. 서두에서 밝혔듯이 문학의 흐름이 경이로움의 역사라고 인정한다면 충분히 이해할 수 있는 몸짓이라고 본다. 다만 독자의 요구나 흥미성에 치우치다가 제일 중요한 문학성까지 상실하지 않을까 염려스럽다.

생산된 제품을 잘 팔기 위해서는 사전에 철저한 시장조사가 있어야 한다. 전자 시대·컴퓨터 시대에 문학이 살아남기 위해서는 작가가 독자 속으로 침착해야 한다. 시장의 어떤 물건들이 잘 팔리면 그 물건이 왜 인기가 있는지를 조사하는 일도 중요하지만 앞으로 어떤 물건을 만들어야 잘 팔릴지 미래를 내다보는 일은 더 중요하다. 어떤 의미에서 시장 속으로 작가가 들어가 시장 사람들의 요구에 의해서만 글을 써 간다면 분명 잘못된 일이다. 어디까지나 문학이 주체가 되어 독자들을 이끌고 나가야 한다. 선도적인 위치에 문학이 존재할 때 독자들은 경이로움에 빠지게 마련이다. 급변하는 시대일수록 미래를 내다보고 신속히 방향을 모색하는 사람이 성공한다. 앞으로는 인간의 사고나 생활 패턴이 놀랍게 변화될 것이고 문학에도 유례없이 다음과 같은 큰 변화들이 올 것이다.

첫째, 번역 프로그램이 개발되면서 세계 어느 나라 언어도 즉시 한글로 번역되어 독자들은 외국의 싱싱하고 우수한 작품들을 손쉽게 읽게 될 것이다. 아울러 독자의 시야가 넓어지면서 문학을 보는 수준도 상당히 높아져 국내의 졸작들은 자연도태될 것이다. 이른바 무한경쟁 시대에서 살아남으려면 우리 문인들 모두가 비장한 각오 아래 분발하지 않으면 안 된다.

둘째, 등단제도가 개선될 것이다. 현재 신춘문예나 문예지의 신인상 당선을 통한 등단 방법과 그런 관문을 거치지 않고 작품집을 내거나 인터넷에 작품을 띄워 문인으로 인정받는 방법이 한동안 양립할 것이다. 앙데팡당*indépendants*의 활성화로 종국에는 신문이나 문예지를 통한 등단제도 자체가 무력해질 것이다.

셋째, 개인 컴퓨터로 출판이 가능해지면서 출판물 홍수 시대가 올 것이다. 그동안 출판되던 책들이 CD와 함께 무제한, 무검열, 무

절제하게 쏟아져 나와 독자들을 당혹케 만들 것이다. 따라서 독자들은 1차적인 작품 선택을 평론가의 말이나 매스컴에 의존하게 될 것이고, 수요자들의 적극적인 요구로 작품의 우열을 가려 줘야 하는 평론가들이 전문 직업인으로 급부상될 것이다.

넷째, 문화의 수준이 향상됨에 따라 어린이에 관한 관심은 더욱 높아질 것이고, 차세대 문학 장르는 더욱 활성화될 전망이다. 평론 분야와 함께 가장 인기가 있는 장르로 주목받으면서 기존의 소설가나 시인이 아동문학가로 전환하는 기현상奇現象이 일어날 것이다.

다섯째, 문학의 주제나 소재도 다양해질 것이다. 인간성을 회복하자는 것이 중심 주제가 될 것이다. 그러나 비인간적이고 비도덕적인 면을 과감하게 드러냄으로써 독자의 양심에 맡기는 방식을 택할 것이다. 소재로는 건강과 관련된 부수적인 것들, 환경문제, 육아나 교육에 관한 문제, 취미나 오락 등이 무게 있게 다루어질 것이다.

여섯째, 기존의 문학 장르가 해체되고 새로운 양식의 문학이 젊은 층을 중심으로 형성될 것이다. 이른바 시·소설·희곡이라는 3대 장르가 창작 형태 면에서 일대 변혁을 가져와 시간과 공간을 초월한 판타지 소설 등이 한동안 성행할 것이며 모든 문학작품의 길이도 짧아질 것이다.

사람들은 오래전에 자신의 모습이 흑백사진으로 찍혀 나온 것을 보고 매우 놀랐다. 흑백영화가 나왔을 때도 그랬고, 컬러영화가 나왔을 때도 큰 충격을 받았다. 새로운 문화가 나올 때마다 사람들은 계속해서 또 다른 충격을 받아 왔다. 활자 문명 시대에는 사람들이 오직 책이라는 매체를 통하여 경이로움을 느꼈으나, 지금은 영상매체의 발달로 독서인구가 줄어들고 책에 의한 충격도 적어졌다. 시대적 요구나 독자의 기호에 맞추어 문학의 내용이나 형식, 전달매체도 갈수록 다양하게 변화되고 있다. 잘 훈련된 소수의 문인이 교만하게 앉아서 인기나 누리던 시대는 서서히 막을 내리고 있다. 성당 안에서 써 대던 순수 문학은 이제 한계점에 도달했다. 새로운 4차 산업화 시대를 맞이하여 문학이 다른 문화와 어깨를 겨루려면 문인들 스스로 하루빨리 권위와 고정관념을 벗어 버리고 독자들의 땀 냄새가 물씬 풍기는 시장 안으로 들어가야 한다. 독자가 작가나 작품보다 우세해질 IT 시대에 문학이 사는 길은 그것뿐이다. 그러나 대중 속으로 들어가되 끝까지 예술성을 지켜 갈 때 문학이 오래오래 살아남을 수 있다는 진리를 명심해야 한다.

2부 | 한국 대표시인론

金素月

外來要素의 受容

들어가며

소월素月 김정식金庭湜이 왕성하게 작품 활동을 하던 1920년대는 우리 시단詩壇에 서구의 물결이 범람할 때다. 1910년대부터 해외 문학을 우리나라에 소개하고 근대문학을 형성하는데 크게 영향을 끼쳐 온 김억金億이 『泰西文藝新報』와 『廢墟』에 프랑스 상징파 시인들의 작품이나 상징주의에 대한 이론을 번역하여 발표하는 등 당시 많은 시인이 유행처럼 앞을 다투어 해외 시와 문예사조를 소개하고 있을 때, 오직 소월만은 전통성을 지키는 데 전념했다고 주장하는 사람들이 있다. 그러나 소월을 시인으로 만들고 소월의 시에 전적으로 영향을 끼쳤던 스승 김억이 해외 문학사조와 작품을 국내에 적극적으로 소개하고 있을 때 소월이 외래 문예사조와 무관하게 유독 전통성만을 고집했다는 해석은 모순이다.

물론 소월이 우리나라의 대표적인 전통 시인이라는 점에는 이의가 없다. 엄밀히 말해서 그는 시어 하나하나까지도 향토적인 것을 찾아 썼고, 율격 면에서도 민요조를 살리려고 노력하는 등 우리의 것을 계승 발전시키는 데 최선을 다한 점은 인정한다. 그러나 김소월 시의 내면을 깊이 들여다보면 의외로 외래시^{外來詩}의 영향을 받은 경우가 자주 발견된다.

한시漢詩의 수용

소월의 작품 가운데 한시^{漢詩}를 번역해 놓은 듯한 시가 여러 편 있다. 소월은 일찍이 팔촌 형님이며 한학에 조예가 깊었던 김정면 ^{金廷冕}에게 「四書三經」과 「周易」을 배웠다고 한다.

> 독서에나 취미를 붙이고 지낼까 하고 동경에 갔을 때 보고 싶었던 책을 주문하여다가 독서에 취미를 붙이기 시작할 무렵, 상주 영감은 공부엔 「四書三經」과 「周易」이 제일이라고 하면서 소월의 팔촌 형님인 한학에 능통한 정면廷冕을 시켜서 억지로라도 배워 줘라 했다. ……「사서삼경」을 석 달 안에 다 알아채렸다고 선생인 정면이마저 손을 들고 혀를 찰 정도로 머리가 영리하였으나……30)

소월은 한학을 바탕으로 여러 편의 한시를 번역하여 발표하기도 하였다. 특히 이백의 〈밤가마귀〉를 비롯한 4편의 한시 번역이 『朝鮮文壇』에 발표된 것31)을 비롯하여, 1925년 2월 2일자 『東亞日報』에 백거이^{白居易}의 〈寒食〉, 1934년 8월호 『三千里』에 〈送元二使安西〉, 〈伊州歌〉, 〈長干行〉 등을 발표하는가 하면, 그밖에 유장경의 〈無題〉 외 많은 한시를 번역하여 발표32)하였다. 유장경의 〈無題〉는 소월의 시 〈門犬吠〉와 발상이 매우 흡사하다.

---

30) 金永三, 「素月正傳」, 成文閣, 1966, P.244.
31) 『朝鮮文壇』 14호(1926. 3)에 〈밤가마귀〉 외 3편이 번역 발표됨.
32) 앞에 소개한 한시 외에 번역 발표된 작품은 〈꾀꼬리〉, 〈竹里館〉, 〈鶴省樓에 올라〉 등이 있다.

해 다 지고 날 저무니
푸른 산은 멀도다

날이 하도 추우니
집은 가난하도다

챕싸리 문밖에서
개가 컹컹 짖음은

아마 이 눈 속에도
제집 가는 이로다.

日慕蒼山遠, 天寒白屋貧
紫門開犬吠, 風雪夜歸人[33]

　　　　　　　　　　　　　　　　－유장경의 〈無題〉 전문

소월이 1921년 4월 21일자 『東亞日報』에 발표했던 〈門犬吠〉다.

柳色은 靑靑 비개이자 映窓前에 달이로다
님조차오실말로 봄뜻一時分明할 손
門犬吠개소리를 유심하여 듯나니[34]

　소월은 같은 날짜 같은 지면에 〈莎鷄月〉, 〈銀臺燭〉, 〈一夜雨〉,
〈春菜詞〉, 〈緘口〉 등 한시조를 발표했는데, 이 시들은 소월의 전통
적인 시작詩作 방향과 거리가 있다.

---

33) 김억의 〈記憶에 남은 弟子〉, 『朝光』 48호, 소월이 김억에게 보낸 편지에서 발견된 시.
34) 띄어쓰기와 맞춤법은 원본에 준함.

이들은 우선 외형적으로 볼 때 한자의 사용 빈도가 높고, 시의 제목도 한시풍에 가깝다. 1921년은 소월이 1920년 2월호 『創造』지에 처음 시를 발표하고 1년이 지날 무렵으로 초기 시를 분석해 보면, 시어詩語에 한자의 사용 횟수가 빈번하며, '~하나니', '~하는구나', '~이로다' 등 한시풍漢詩風의 어미가 자주 등장하는 것을 볼 수 있다.

내용을 보면, 두 작품 모두 밤을 배경으로 하고 있으며, '개 짖는 소리'를 공통 시어로 선택하여 청각적 이미지를 부각한 점에서 매우 유사하다. 주제 면에서도 두 작품이 유사한 점을 발견할 수 있는데, 유장경의 〈無題〉와 소월의 〈門犬吠〉는 서로 제목을 바꿔 놓아도 전혀 이질감을 느끼지 못할 정도로 주제가 같고, 전체의 이미지가 동일한 구조로 이루어져 있다. 또한 유장경의 시 셋째 구의 원문이 '紫門開犬吠'라고 표기되었는데, 소월의 시 제목이 〈門犬吠〉라는 점에 주목할 필요가 있다. 어미語尾 역시 '~로다', '~나니' 등 한시풍漢詩風으로 처리하고 있어 유장경의 〈無題〉와 매우 유사함을 확인할 수 있다.

이와 같은 사실로 미루어 볼 때 김소월의 시는 다분히 한시의 영향을 받았다는 판단이 가능하다.

시몬즈와 소월의 〈밤〉

소월이 서구 시의 영향을 직접 받은 시점은 김억이 오산학교에 재직하고 있을 때, 두 사람이 자주 만나서 시를 토론하고, 동서양 시인들의 시가詩歌에 대해 많은 이야기를 주고받은 것에서부터 영향 관계를 찾아볼 수 있다.

안서도 정식이와 매일 얼근이 술에 취하면, 불란서의 시인 베르렌느를 논하고 그의 시를 외우며, 영국의 농촌 시인 로벋 · 번즈의 시를 읊었다……. 그리고 로서아의 트르게네프의 산문시와 그의 문학을 논했다. 기타 워드, 에이츠, 블레이크, 타고르, 구르몽, 노아유 등의 시를 좋아서 읊는 안서는……35)

소월의 숙모 계희영桂熙永도 소월이 보던 책은 대개가 시집이 많았으며, 특히 소월은 하이네의 시를 사랑했다.36)고 술회한 바 있다. 이와 같은 사실에서 소월은 서구 시인들의 시를 접할 기회가 자주 있었음을 알 수 있으며, 소월 스스로 시의 안목을 넓히기 위해 많이 노력한 것을 확인할 수 있다.

또 소월은 아더 · 시몬즈의 시를 즐겨 읽은 것으로 드러나는데, 소월의 유일한 논문 〈詩魂〉에서 시몬즈의 시 한 편을 인용하고 있는 것에서 확인이 된다.

Night, and the silence of night;
In the Venice far away a song;
As if the lyrics water made
Itself a serenade;
As if the waters silence were a song,
Sent up into the night

Night a more perfect day,
A day of shadows luminous,

---

35) 金永三, op.cit., p194.
36) 桂熙永, 「素月選集」, 章文閣, 1970, p.334.

Water and sky at one, at one with us;

As if the very peace of night.

The older peace than heaven or light.

Came down into the day[37]

아더 · 시몬즈의 이 시는 김억이 번역하여 『朝鮮文壇』에 발표했다.

베니스의 밤, 밤은 고요도 하여라.

멀니도 저곳에선 노래가 들리나니

간은 물살을 지어 흘으는 물소리

세레나드의 그윽한 曲調와도 갓고

고요한 물은 밤 속으로 보내는

노래와도 갓하라.

밤, 날보다도 더 完美한 밤을

光輝에 싸힌 그림자의 날이랄는가.

물과 하늘과 내몸은 하나이 되야

밤의 靜和, 하늘과 光明보또

더 오래된 밤의 靜和는 날 속으로

내려오는 듯하여라.[38]

그런데 아더 · 시몬즈에 대한 안서의 글이 1925년 1월호 『朝鮮文壇』에 발표되고, 그해 5월에 소월의 〈詩魂〉이 발표되었는데 특기할 사실은 소월의 〈詩魂〉에 시몬즈의 시가 인용된 점이다. 소월은

---

37) 金素月, 〈詩魂〉, 『開闢』(59호), 1925년 5월호
38) 金岸曙, 〈아더 · 시몬즈〉, 『朝鮮文壇』(제4호), 1925. 1, pp.107~108.

일찍이 시몬즈의 시를 애송했다고 알려졌는데, 안서 김억은 1924년 세 번째 번역시집에 해당하는 시몬즈 선시집 「잃어버린 眞珠」를 내놓으면서 서문에 '이 시집의 원서를 빌려준 소월군에게 고마운 뜻을 드립니다.'[39]라고 밝히고 있다. 이런 정황으로 보아 소월은 이미 아더·시몬즈의 시집을 일찍부터 소유하면서 시몬즈에 대해 관심을 가져왔고 〈詩魂〉을 집필하는데 시몬즈의 시정신詩精神이 깊이 작용된 것으로 판단된다.

김용직도 '성공적인 소월의 작품은 대개 그 언어가 안개에 싸인 듯한 느낌을 준다. 각명한 이미지를 많이 갖지 않는 것이 그의 시의 한 특징이라고 하겠다. 이 역시 시몬즈와 상관관계를 갖는 그의 상징주의적 단면이 아닐까 생각한다'[40]고 소신을 펼친 바 있다.

소월 시 가운데 시몬즈의 영향을 받았다고 추정되는 작품으로 〈밤〉이 있다.

　　홀로 잠들기가 참말 외롭아요.
　　밤에는 사뭇치도록 그립어와요.
　　이리도 무던이
　　아주 얼골조차 니칠듯해요

　　밤서 해가 지고 어듭는대요.
　　이곳은 仁川에 濟物浦, 이름난 곳,
　　부슬부슬 오는 비에 밤이 더듸고
　　바다바람이 칩기만 합니다.

39) 金億, 「잃어버린 眞珠」, 평문관, 1924, P.39.
40) 金容稷, 〈形成期의 韓國近代詩에 미친 A. 시몬즈의 影響〉, 『관악어문』 3집, 서울대 국어국문과, 1979, PP.128~130 참고.

다만 고요히 누어 드르면
다만 고요히 누어 드르면
하이얏케 밀어드는 봄밀물이
눈압플 가루막고 흑느낄뿐이야요.

−〈밤〉 전문

소월은 시적 공간을 '베니스'에서 '인천의 제물포'로 옮겨 밤을 서정적으로 묘사하고 있다. 그러면서 자연스럽게 시몬즈와 공간적인 교집합을 만들어 가고 있다. '베니스의 밤'이 아름답고 즐거움으로 충만해 있다면, '제물포의 밤'은 애상적이고 쓸쓸하며, '베니스의 밤'이 고요하고 음악적이라면 '제물포의 밤'은 고요 그 자체로 시 전체가 적막에 빠져 있다.

서양의 화자가 노래로 끝마무리를 하는데, 우리의 화자는 눈물로 끝을 맺는다. 이는 동양과 서양의 의식구조에서부터 그 원인을 찾아가야 할 것이다. 특히 발상면에서 두 작품이 일치한다고 분석할 때, 소월의 시 〈밤〉은 시몬즈의 〈稅關에서〉를 수용했을 가능성이 크다.

타고르의 〈기탄잘리〉와 소월의 〈님의 노래〉

타고르의 시 〈기탄잘리〉가 우리 문단에 처음 소개된 것은 『創造』 7호[41]에 오천석이 〈기탄잘리〉 1에서 7까지 번역·발표한 데서 비롯하였고, 그 뒤 안서 김억에 의해 우리나라에 번역 소개되었다.[42] 그런데 소월의 〈님의 노래〉가 발표된 것은 1923년 2월 『開闢』 32호

---

41) 『創造』에 오천석이 번역시 〈기탄잘리〉를 발표한 것은 1920년 제7호이다.
42) 金億의 〈기탄잘리〉가 발행된 것은 1923년 4월이다.

로 타고르의 〈기탄잘리〉가 오천석에 의해 소개된 것보다 3년쯤 뒤의 일이고, 안서의 소개보다 약 2개월 앞의 일이라는 사실에 의하면, 김소월이 오천석의 번역 작품을 통해 타고르의 시를 수용했을 가능성이 크다.

　　님은 저를 無窮케 하시니, 이것이 님의 깃거움이서이다.
　　이 깨어지기 쉬운 동이를 님은 여러번 뷔우고 새롭은 生命을 쉬임업시 채우서이다.
　　산을 넘고 골작을 건너 가져온 이 조그만 갈닢 피리로 님은 새롭게 曲調를 누리에 부서이다
　　님의 죽엄 업는 손이 와 다을 때 저의 조그만 가슴은 반가움에 境界를 잃코, 입으로 能히 말을 내일슈 업서이다.
　　임의 주시는 끗없는 선물은 오직 저의 이 조그만 손으로 밧서이다. 때는 흐르서이다.
　　그러나 님은 아직까지 붓지마는 뷔인 자리가 남앗서이다.[43]

　　오천석이 번역하여 발표한 타고르의 〈기탄잘리〉다. 그 후 안서는 번역에서 '님' 대신 '主'를 썼고, 오천석이 원전에 가깝게 직역直譯한 반면, 안서는 의역意譯을 한 점에서 차이를 보인다.
　다음은 소월의 〈님의 노래〉다.

　　그리운 우리 님의 밝은 노래는
　　언제나 제가슴에 젖어 있어요.

43) 『創造』(7호), P.82.

긴날을 문밖에서 서서 들어도
그리운 우리님의 고운 노래는
해지고 저무도록 귀에 들려요
밤들고 잠드도록 귀에 들려요

고히도 흔들리는 노래가락에
내 잠은 그만이나 깊이 들어요
고적한 잠자리에 홀로 누워도
내 잠은 포근히 깊이 들어요.

그러나 자다깨면 님의 노래는
하나도 남김없이 잃어버려요
들으면 듣는 대로 님의 노래는
하나도 남김없이 잊고 말아요.

　타고르의 〈기탄잘리〉나 소월의 〈님의 노래〉는 화두를 기쁨과 행복으로 시작했다는 점에서 동일하다. 그리고 달콤한 멜로디가 흐르는 꿈의 지대에서 아름다운 님을 그리는 시적 정서가 매우 유사하다. 그러나 끝부분에 가서 시적 분위기가 갑자기 반전되는 것을 확인할 수 있다. 〈기탄잘리〉에서는 마지막 행에, 〈님의 노래〉에서는 마지막 연에 공통적으로 '~그러나'라는 접속부사를 사용하면서 상황이 갑자기 공허한 것으로 바뀐다. 〈기탄잘리〉에서 '그러나 님은 아직까지 붓지마는 뷔인 자리가 남앗서이다'라고 표현한 것이나 〈님의 노래〉에서 '하나도 남김없이 잊고 말아요'라고 표현한 것은 똑같이 빈자리의 공허로움을 표출시키고 있다는 점에서 이미지가 동일하다.

또, 두 작품에서 노래를 불러 준 주체는 모두 '님'이라는 면에서도 유사하다. 특히 타고르의 〈기탄잘리〉에서 '님의 죽엄 업는 손이 와 다을 때 저의 조그만 가슴은 반가움에 境界를 잃고, 입으로 能히 말을 내일슈 업서이다'라고 말한 부분과 소월의 〈님의 노래〉에서 '고히도 흔들리는 노래가락에…… 내 잠은 포근히 깊이 들어요'를 비교해 보면, 타고르의 시에 비해 소월의 시는 보다 정적靜的인 것으로 변형되었지만, 궁극적으로 두 작품 모두 화자가 여성 편향적 페미니즘feminism 성향을 지니고 있다는 것에서 유사점을 찾을 수 있다.

그렇다면, 소월은 어떤 방법으로 타고르의 영향을 받았는지 알아볼 필요가 있다.

마즈막으로 이 두 번째 譯稿를 씀에 對하야 나의 未來만흔 金素月君의 힘을 적지않게 빌었습니다. 하고 詩中 한편은 同君의 손에 된 것임을 告白하고 깁히 고맙어 하는 뜻을 表합니다.[44]

이 글에 의하면, 첫째는 소월이 타고르의 시를 번역하는 과정에서 그의 영향을 받았으리라는 추론이 가능하다. 김용직은 이 두 사람의 영향 관계를 다른 시각으로 조명하면서 긍정적인 견해[45]를 피력한 바 있는데, 소월 외에 이광수, 오천석, 백만기, 한용운 등이 모두 타고르의 영향을 받은 시인으로 분류하고 있다.

---

44) 金億, 〈譯者의 한마디〉, 「園丁」, 1924, pp.3~4.
45) 金容稷, 〈Rabindranath Tagore의 수용〉, 「韓國現代詩研究」, 一志社, 1979, pp.131~132.

예이츠의 〈꿈〉과 소월의 〈진달래꽃〉

예이츠의 초기시初期詩가 시몬즈의 영향을 크게 받았다는 것은 널리 알려진 사실이다. 앞에서 시몬즈와 소월의 상관관계를 언급했는데, 예이츠와 소월의 영향 관계를 알기 위해서 먼저 예이츠의 〈꿈〉과 소월의 〈진달래꽃〉을 비교할 필요가 있다.

　　내가 만일 光明의
　　黃金, 白金으로 짜아내인
　　하늘의 繡놓흔 옷
　　날과 밤, 또는 저녁의
　　프르름, 어스럿함, 그리하여 어두움의
　　물들인 옷을 가젓슬지면,
　　그대의 발아레 페노흘려만,
　　아아 가난하여라. 내 所有한 꿈박게 업서라.
　　그대의 발아에 내 꿈을 페노니
　　나의 생각 가득한 꿈우를
　　그대여, 가만히 밟고 지내라.46)

　　　　　　　　　　　　　　　　　　　　－예이츠의 〈꿈〉

이 시는 본래 1899년에 발표한 것으로 〈He wishes for the cloths of heaven〉이라는 제목으로 발표되었다. 항간에 소월이 예이츠의 원서原書를 통해 시상詩想을 얻었을 것이라고 추측하나 확인할 바 없고, 오히려 김억의 번역시집 「懊惱의 舞蹈」에 수록된 〈꿈〉에서 영향받았을 확률이 높다. 이명재도 11행으로 된 이 시는 『開闢』지에

46) 金億 譯, 「懊惱의 舞蹈」, 광익서관, 1921, p.119.

발표된 예의 4연으로 가른 처음의 〈진달래꽃〉과 유사한 면이 많다 [47]며 소월이 예이츠의 영향을 받았으리라고 주장하였다.

> 나보기가 역겨워
> 가실 때에는 말업시
> 고히고히 보내들이우리다.
>
> 寧邊에 藥山
> 그 진달내꼿을
> 한아름 따다 가실길에 뿌리우리다.
>
> 가시는 발거름마다
> 뿌려노흔 그 꼿을
> 고히나 즈려밟고 가시옵소서
>
> 나보기가 역겨워
> 가실 때에는
> 죽어도 아니, 눈물 흘니우리다.
>
> ─〈진달내꼿〉 전문, 『開闢』(1922. 7)

소월의 〈진달래꽃〉의 첫머리에 '만약'이라는 부사를 삽입하여 시를 읽어 보면, 예이츠의 〈꿈〉 첫 부분에 나오는 '내가 만일 光明의/ 黃金, 白金으로 짜아내인'이라는 부분과 구조가 일치하는 것을 발견할 수 있다.

사실상 〈진달래꽃〉에서 화자가 소유하고 있는 것은 오직 진달래

---

47) 李明宰, 〈진달래꽃의 짜임〉, 『金素月 硏究』, 새문사, 1982, pp.1~12 참조.

꽃 하나뿐이고, 예이츠의 〈꿈〉에서는 꿈뿐이다. 엄밀히 말해서 진달래꽃이나 꿈은 경제적 측면에서는 아무런 재산적 가치가 없는 것들이다. 그러나 앞의 시에서 꿈이나 진달래꽃은 화자가 사랑하는 사람에게 줄 수 있는 가장 값지고 소중한 선물이다. 김소월은 예이츠의 〈꿈〉에서 시상을 얻어 〈진달래꽃〉을 창작했으리라는 예측이 가능한 부분이기도 하다. 작품 속으로 조금 더 깊이 들어가 보면, 〈꿈〉에서 화자는 그대의 발아래 꿈을 펼쳐놓는데, 〈진달래꽃〉에서도 화자는 진달래꽃을 뿌려 놓고 그 위로 밟고 지나가기를 권유한다. 다만 밟고 지나가되 조심스럽고 가벼운 걸음으로 지나가길 바라고 있다. 두 작품 모두가 수동적인 여성의 입장에서 님을 떠나보내는 정황 또한 일치한다.

이양하도 '진달래를 밟고 꿈을 밟는데 사뿐히 밟으라는 데에서 두 시가 비슷하고, 두 시가 다 애인에게 사랑을 호소하는 것으로 볼 수 있는 점에 있어서도 서로 일치되므로 소월이 거기서 시상을 얻었을 가능성이 있다.'[48]고 밝힌 바 있으며, 데이비드 머켄은 소월의 '한아름 따다 가실 길에 뿌리우리다'와 예이츠의 '그대의 발아래 페노흐련만'에 이르러 직접 영향을 받지 않았나 짐작할 수 있다.[49]고 소월의 시 〈진달래꽃〉이 예이츠의 〈꿈〉을 수용했을 가능성에 대해 언급한 바 있다. 거기다 김억의 번역시집 「懊惱의 舞蹈」에 예이츠의 〈꿈〉이 발표되던 해가 1921년 3월 20일인데, 소월의 〈진달래꽃〉이 『開闢』에 발표된 해는 1922년 7월로 약 1년 6개월 뒤의 일이라고 할 때 소월이 예이츠의 시를 수용했을 가능성은 크다.

또한, 두 작품 속의 화자가 성격 면에서 매우 흡사하다는 점을 들

---

48) 이양하,〈소월의 진달래와 예이츠의 꿈〉,「이양하 教授追念文集」, 1964, p.63.
49) 데이비드 머켄,〈그 꽃을 다시 밟으며〉,『心象』(통권 13호), 1974, pp.38~39.

수 있다. 두 작품의 화자는 모두 여성으로, 사랑하는 님에게 밝히는 정황을 보여 주고 있다. '가시는 발거름마다/뿌려노흔 그 꼿을/고히나 즈려밟고 가시옵소서'라고 이성으로부터 정신적 또는 육체적으로 학대받는 상황을 보게 되는데 일종의 마조히즘*masochism* 으로 두 작품의 정황이 비슷하다.

이상에서 예이츠의 〈꿈〉과 소월의 〈진달래꽃〉은 그 발상이나 모티브가 매우 유사하며, 시의 발표 연대를 보거나 소월이 평소 예이츠의 시를 즐겨 읽었다는 사실을 통해 소월의 시가 예이츠의 영향을 받았다는 것을 입증했다.

소월 시의 외래요소 수용문제에 대해서 부분적이나마 여러 가지 자료와 관련 시작품을 비교하면서 분석한 결과, 소월은 1920년대를 전후해서 우리나라에 본격적으로 소개된 해외 문학의 영향을 받은 것으로 확인됐다.

특히 그의 시 〈밤〉은 시몬즈의 〈稅關에서〉, 〈님의 노래〉는 타고르의 〈기탄잘리〉와 유사점이 많으며, 소월의 대표작이라고 할 수 있는 〈진달래꽃〉 역시 예이츠의 〈꿈〉과 발상이나 이미지 처리가 매우 흡사하다는 점을 밝혔다. 이와 같은 현상은 당시 우리 문단에 번역·소개되었던 유명한 해외 시인들의 시를 애송한 데서 크게 영향을 받은 것으로 분석된다. 그러나 소월 시의 근간은 전통성에 뿌리를 내리고 있으므로 그의 시 속에 깊이 자리잡은 우리 고유의 전통적 율격, 향토적인 시어나 소박한 정서는 값진 것으로 평가된다.

〈대표시〉

진달래꽃

나 보기가 역겨워
가실 때에는
말없이 고이 보내 드리우리다.

영변에 약산
진달래꽃
아름따다 가실 길에 뿌리우리다.

가시는 걸음 걸음
놓인 그 꽃을
사뿐히 즈려 밟고 가시옵소서.

나 보기가 역겨워
가실 때에는
죽어도 아니 눈물 흘리우리다.

초혼

산산이 부서진 이름이여!
허공 중에 헤어진 이름이여!
불러도 주인 없는 이름이여!
부르다가 내가 죽을 이름이여!

심중에 남아 있는 말 한마디는
끝끝내 마저 하지 못하였구나.
사랑하던 그 사람이여!
사랑하던 그 사람이여!

붉은 해는 서산마루에 걸리었다.
사슴의 무리도 슬피 운다.
떨어져 나가 앉은 산 위에서
나는 그대의 이름을 부르노라.

설움에 겹도록 부르노라.
설움에 겹도록 부르노라.
부르는 소리는 비껴 가지만
하늘과 땅 사이가 너무 넓구나

선 채로 이 자리에 돌이 되어도
부르다가 내가 죽을 이름이여!
사랑하던 그 사람이여!
사랑하던 그 사람이여!

산유화

산에는 꽃 피네
꽃이 피네
갈 봄 여름 없이
꽃이 피네.

산에
산에
피는 꽃은
저만치 혼자서 피어 있네.

산에서 우는 작은 새여
꽃이 좋아
산에서
사노라네.

산에는 꽃 지네
꽃이 지네
갈 봄 여름 없이
꽃이 지네.

김소월(金素月 1902. 9. 7~1934. 12. 24)

본명은 김정식金廷湜이다. 1902년 9월 7일(음 8월 6일) 평안북도 구성군 서산면 왕인리 외가에서 아버지 김성도金性燾와 어머니 장경숙張景淑의 아들로 태어났다. 자란 곳은 아버지의 고향인 평안북도 정주군 곽산면 남단리이다. 1904년 아버지 김성도가 처가에 말을 타고 가던 길에 정주와 곽산 사이의 철도를 부설하던 일본인 목도꾼들에게 구타당해 정신이상자가 되는 사건이 벌어진다. 아버지가 사고를 당한 직후인 1905년 계희영이 김소월의 숙모로 들어온다.

사립 남산학교南山學校를 거쳐 오산학교五山學校 중학부에 다니다가 3·1운동 직후 한때 폐교되자 배재고등보통학교에 편입, 졸업하였다. 1923년 일본 도쿄상과대학 전문부에 입학하였으나 9월 관동대지진關東大地震으로 중퇴하고 귀국하였다. 오산학교 시절에 조만식曺晩植을 교장으로 서춘徐椿·이돈화李敦化·김억金億을 스승으로 모시고 배웠다.

특히, 그의 시재詩才를 인정한 김억을 만난 것이 그의 시에 절대적 영향을 끼치게 되었다. 문단의 벗으로는 나도향羅稻香이 있다. 일본에서 귀국한 뒤 처가가 있는 구성군으로 이사하여 그곳에서 동아일보지국을 경영하였으나 실패한 뒤 심한 염세증에 빠졌다. 1930년대에 들어서 작품 활동은 극히 저조해졌고 그 위에 생활고가 겹쳐 생에 대한 의욕을 잃기 시작하였다. 1934년 12월 24일 밤 아편을 먹고 자살하였다.

시작詩作 활동은 1920년 『創造』에 시 〈浪人의 봄〉, 〈夜의 雨滴〉, 〈午過의 泣〉, 〈그리워〉, 〈春崗〉 등을 발표하면서 시작되었다. 작품발표가 활발해지기 시작한 것은 1922년 배재고등보통학교에 진학하면서부터인데, 주로 『開闢』을 무대로 활동하였다.

(네이버 지식백과 참조)

林和

이데올로기와 藝術魂

　임화林和는 1908년 서울에서 태어났다. 본명은 임인식林仁植, 필명
으로 성아星兒, 쌍수대인雙樹臺人을 썼으며, 김철우金鐵友라는 익명을
쓰기도 했다. 1921년 보성중학교에 입학하였으나 가정의 파산과
모친상을 당하여 졸업 직전에 중퇴하고 서울 거리를 방황하면서
다다이즘dadaism과 계급주의 사상에 젖게 되었는데 당시의 상황을
임화는 다음과 같이 기록하고 있다.

　　尹基鼎君을 만난 것은 그보다 좀 뒤였는데, 그는 나의 학교 친구
　　로 그때 소설을 쓰던 趙君과 친했습니다. 나는 그와 곧 친해지면서
　　예술동맹에 가입하는 것을 명예라고 생각했습니다. 朴英熙氏를 안
　　것도 물론 그때입니다. …… 西曆으로 1926~7경이겠지요. 그중에
　　도 尹基鼎君은 집을 나와 路頭에 방황하던 고독한 나에게 부모같
　　이 다정했고, 懷月은 좋은 스승이었습니다. 나는 쉽사리 이 단체의
　　충실한 일원이 될 수 있었습니다.[50]

---

50) 林和, 〈어떤 靑年의 懺悔〉, 『文章』, 1940. 2월호, 文章社, pp.23~24.

1926년부터 매일신보와 조선일보에 평론과 시를 발표하면서 임화의 문단 활동은 활발히 전개되기 시작하는데 당시 그는 연극, 영화에 관심을 두고 영화를 제작한 일이 있었다고 한다. 1927년부터 일본에서 金南千, 尹基鼎, 安漠 등의 소장파와 더불어 KAPF의 주도권을 잡았고 1931년에는 KAPF의 중앙위원이 되어 KAPF 일에 몰두하면서 시와 논문을 열심히 썼다. 특히 프로 시의 대중화 문제와 관련하여 '단편서사시'라고 불리는 〈네거리의 순이〉, 〈우리 오빠의 화로〉, 〈우산 받은 요꼬하마의 부두〉, 〈다 없어졌는가〉 등의 시를 발표하여 호평을 받기도 했다. 1935년 KAPF가 불법화될 즈음 임화는 마지막 프로예맹위원장을 지내고, 광복 직후 종로 한청빌딩 3층에 '문학건설총본부'라는 간판을 내걸고 전국에 흩어져 있는 문인들을 포섭하여 그 조직을 확대하고자 했으나 이는 문학 본연의 순수성을 떠난 정치적 목적을 위한 조직이었으며[51], 가식적인 면이 드러났기 때문에 1946년 2월 제1회 전국문학자대회에서 233명의 문인 중 91명만이 참석[52]했다고 한다.

　　좌익에 대한 검거가 시작되자 임화는 1947년 월북하여 조·소 문화협회 중앙회 부위원장을 맡으며 공산당을 위한 시를 열심히 썼다. 전 생애를 공산주의에 바쳤으며 공산주의 깃발 아래 죽는 것을 슬퍼하지 말라고 선두에 나서서 외쳤지만 임화는 〈흰 눈을 붉게 물들인 나의 피 위에〉라는 시를 마지막[53]으로 1953년 8월 6일 공산주의에 의해 반동분자로 몰려 간첩죄의 명목 아래 총살형을 당한다.

---

51) 金昌順, 「北韓總攬」, 북한연구소, 1983, p.1109.
52) op.cit., p.1110.
53) 李基奉, 〈北의 文學과 藝術人〉, 思社硏, 1986, p.290

시집으로 「현해탄」(동광당서점, 1938), 「찬가」(백양당, 1947), 「회상시집」(건설 출판사, 1947), 평론집으로 「문학의 논리」(학예사, 1940)가 있다.

프로 시에는 과격한 정치적 선전과 무분별한 사회의식이 개입되어 예술성을 찾아볼 수 없다는 것은 다 알고 있는 사실이다. 그들은 조직체 구성과 함께 일체 작품 활동의 목표가 계급의식의 고취에 있다고 못 박고 있으며, 모든 작품을 그와 같은 기준에 의해 평가했다. 그러나 이와 같은 작품을 양산해 낸 1920년대 후반기와 1930년대 초기에 우리 주변에서 이들의 작품을 읽는 노동자와 농민은 사실 전무하다시피 했다. 이러한 작품이 게재된 잡지조차 전혀 그들의 손에 들어가지 않았다. 그들은 그걸 읽고 감상할 능력이 없을 뿐 아니라 잡지 구독의 경제력도 갖지 않았다.[54]

이른바 프로 시는 독자를 갖지 못하는 자가당착 현상에 빠지게 되자 金基鎭이 대중화 문제를 들고나온다. 특히 프로문학 운동은 이념상 대중과 함께 호흡하지 못하면 자기모순에 빠지기 쉬운데 시 쪽에서는 대중이 노래 부를 수 있도록 흥미를 가미, 통속화되어야 한다고 주장하면서 〈文藝時評-단편 서사시의 길로〉[55]에서 임화의 단편 서사시 〈우리 오빠의 화로〉를 프로 시가의 표준으로 삼을 것을 역설했다.[56] 아울러 김기진은 문제의 소재가 카프 맹원들의 작품이 어려운 데 있는 것으로 파악하여 그를 노동자와 농민이 읽고 읊조리는 시가 되기 위해 그 내용과 형식을 개조해야 한다고 보았다.

그러나 카프의 작품이 구전 노동요, 타령, 잡가로 전환된다는 것

---

54) 金容稷, 「韓國文學의 흐름」, 도서출판 문장, 1980, p.130.
55) 金基鎭, 〈文藝時評-단편서사시의 길로〉, 「朝鮮之光」, 1929, 1월호.
56) 金允植, 「韓國現代文學批評史」, 서울대학교출판부, 1982, p.84.
　　白鐵, 「韓國新文學發展史」, 博英社, 1975, p.186.

은 본래 목적과 어긋날 뿐 아니라 이와 같은 행위는 시에 대한 모욕이요 포기에 지나지 않는다. 김기진을 비롯한 박팔양, 김창술, 임화, 권환 등이 계속해서 프로 시를 창작하지만, 임화의 〈네거리의 순이〉[57], 〈우리 오빠와 화로〉[58], 〈우산 받은 요꼬하마의 부두〉[59]는 프로 시의 본보기로 계속 각광을 받았다.

> 오빠! 그러나 염려는 마세요.
> 저는 용감한 이 나라 청년인 우리 오빠의 핏줄을 같이한 계집애이고
> 영남이도 오빠도 늘 칭찬했던 쇠같은 거북무늬 화로를 사온 오빠의 동생이 아니에요
> 그리고 참 오빠 아까 그 젊은 나머지 오빠의 친구들이 왔다 갔습니다.
> 눈물 나는 우리 오빠 동무의 소식을 전해주고 갔어요.
> 사랑스런 용감한 청년들이었습니다.
> 세상에 가장 위대한 청년들이었습니다.
> 화로는 깨어져도 화젓갈은 깃대처럼 남지 않았어요.
> 우리 오빠는 가셨어도 귀여운 「피오닐」 영남이가 있고……
> 　　　　　　　　　　　　　　　　　　　－〈우리 오빠와 화로〉 일부

이 시의 화자는 쟁의로 오빠를 감옥에 보낸 어느 소녀이다. 현상적 화자인 소녀 '저'가 현상적 청자인 '오빠'를 향해 이야기하는 형

<hr>

57) 『朝鮮之光』 1929, 1월호에 게재.
58) 『朝鮮之光』 1929, 2월호에 게재.
59) 『朝鮮之光』 1929, 9월호에 게재.

식을 취함으로써 화자와 독자 사이를 직접 연결하여 동일시 현상을 유도한 작품이다.

이러한 기법은 대중화의 일차적 단계인 서정성을 첨가한 경우로 분석할 수 있는데, 어린 남매의 어려운 생활 양상을 숨김없이 그대로 노출시키고 있는 점에 주목할 필요가 있다. 팔봉은 임화의 이 시를 세밀히 분석하면서 이것이야말로 프로 시가 나아갈 '단편 서사시'라고 하고 이 양식은 프로 시의 참된 모습이자 동시에 대중화의 길이기도 하다는 것을 논증하고자 하였다.[60]

그러나 프로 시의 본래 목적인 '대중의 선동화'를 이 시에서는 찾아볼 수 없다는 아이러니에 빠진다.

> 눈바람 찬 불쌍한 도시 종로 복판에 순이야!
> 너와 나는 지나간 꽃피는 봄에 사랑하는 한 어머니를 눈물나는 가난 속에 여의였지!
> 그리하여 너는 이 믿지 못할 얼굴 하얀 오빠를 염려하고
> 오빠는 가냘픈 너를 근심하는
> 서글프고 가난한 그늘 속에서도
> 순이야, 너는 마음을 맡길 믿음성 있는 이곳 청년을 가졌었고…….
>
> – 〈네거리의 순이〉 일부

깨어진 화로를 보며 감상에 젖은 상태를 묘사한 〈우리 오빠의 화로〉보다 1개월 앞서 발표된 단편 서사시이다. 이 작품 역시 무산

---

60) 정재찬, 〈시인, 임화론〉, 「임화 선집 1」, 도서출판 世界, 1988, p.230.

자無産者의 이야기를 형상화했는데 〈우리 오빠의 화로〉와는 다르게 남성 화자인 오빠가 근로자인 여동생을 향하여 말하고 있다. 가난 속에서 눈물을 흘리면서도 젊음으로 어려움을 극복하고 있는 모습이 곳곳에서 발견된다. 또한, 설의법, 반복법, 영탄법을 활용하여 시적 분위기를 선동적으로 이끌어 가는 것을 발견할 수 있다. '순이야! 누이야!/근로하는 청년 용감한 사내의 연인아!'라는 부분에서 한 대상자를 놓고 여러 가지 호칭을 반복하여 부르는 행위를 통해 점점 감정이 고조되고 있음을 확인할 수 있다.

> 항구의 계집애야! 이국異國의 계집애야
>
> 독크를 뛰어오지 말아라 독크는 비에 젖었고
>
> 내 가슴은 떠나가는 서러움과 내어쫓기는 분함에 불이 타는데
>
> 오오 사랑하는 항구 요꼬하마의 계집애야!
>
> 독크를 뛰어오지 말아라 난간은 비에 젖어 있다
>
> −〈우산 받은 요꼬하마의 부두〉 일부

이 시는 화자가 독백하는 형태로, 화자인 '나'와 청자인 요꼬하마의 계집인 '너'가 노동하는 형제라는데 동질성을 찾게 된다. 그러면서도 '이국의 계집애'와 '식민지의 사나이'라는 이질감 때문에 계속 '계집애'라는 시어를 반복 사용하고 있는데 어딘가 모르게 끈끈하게 흐르는 사랑의 감정을 느낄 수 있다. 임화는 프로 시의 목적을 달성하기 위해 시에서 감상성을 배제하려 했지만 뜻을 이루지 못하고 마침내 단편 서사시 계열의 작품들을 통렬한 자기비판의 대상으로 삼는데 이르게 된다.

〈시인이여! 일보 전진하자〉라는 글에서 임화는 "네거리의 순이를 부르고 꽃구경 다니며 동지를 생각했다. 이런 프롤레타리아가 사실로 있을 수 있는가?"라며 갈등에 빠지게 된다. 그래서 임화의 단편 서사시 양식은 시집 「현해탄」을 중심으로 점차 소멸하여 간다. 아울러 프로 시는 10여 년간 이 땅에 존재하면서 예술성은 말할 것도 없고, 그들의 지상 목표인 정치적 선전 수단으로도 효과를 거두지 못한 채 빈약한 모습으로 막을 내리고 만다.

<대표시>

우리 오빠와 화로

사랑하는 우리 오빠 어저께 그만 그렇게 위하시던 오빠의 거북무늬 질화로가 깨어졌어요

언제나 오빠가 우리들의 '피오닐' 조그만 기수라 부르는 영남永南이가

지구에 해가 비친 하루의 모—든 시간을 담배의 독기 속에다

어린 몸을 잠그고 사온 그 거북무늬 화로가 깨어졌어요

그리하여 지금은 화火젓가락만이 불쌍한 영남永男이하구 저하구처럼

똑 우리 사랑하는 오빠를 잃은 남매와 같이 외롭게 벽에 가 나란히 걸렸어요

오빠……

저는요 저는요 잘 알았어요

왜—그날 오빠가 우리 두 동생을 떠나 그리로 들어가신 그날 밤에

연거푸 말은 궐련[卷煙]을 세 개씩이나 피우시고 계셨는지

저는요 잘 알았어요 오빠

언제나 철없는 제가 오빠가 공장에서 돌아와서 고단한 저녁을 잡수실 때 오빠 몸에서 신문지 냄새가 난다고 하면

오빠는 파란 얼굴에 피곤한 웃음을 웃으시며

……네 몸에선 누에 똥내가 나지 않니—하시던 세상에 위대하고 용감한 우리 오빠가 왜 그날만

말 한 마디 없이 담배 연기로 방 속을 메워 버리시는 우리 우리 용감한 오빠의 마음을 저는 잘 알았어요

천정을 향하여 기어 올라가던 외줄기 담배 연기 속에서—오빠의 강철 가슴속에 박힌 위대한 결정과 성스러운 각오를 저는 분명히 보았어요

그리하여 제가 영남永男이의 버선 하나도 채 못 기웠을 동안에

문지방을 때리는 쇳소리 마루를 밟는 거칠은 구둣소리와 함께— 가 버리지 않으셨어요

그러면서도 사랑하는 우리 위대한 오빠는 불쌍한 저의 남매의 근심을 담배 연기에 싸 두고 가지 않으셨어요

오빠—그래서 저도 영남永男이도

오빠와 또 가장 위대한 용감한 오빠 친구들의 이야기가 세상을 뒤집을 때

저는 제사기製絲機를 떠나서 백 장에 일 전짜리 봉통封筒에 손톱을 부러뜨리고

영남永男이도 담배 냄새 구렁을 내쫓겨 봉통封筒 꽁무니를 뭅니다

지금—만국지도 같은 누더기 밑에서 코를 고을고 있습니다

오빠—그러나 염려는 마세요

저는 용감한 이 나라 청년인 우리 오빠와 핏줄을 같이한 계집애 이고

영남永男이도 오빠도 늘 칭찬하던 쇠같은 거북무늬 화로를 사온 오빠의 동생이 아니예요

그리고 참 오빠 아까 그 젊은 나머지 오빠의 친구들이 왔다 갔습니다

눈물나는 우리 오빠 동무의 소식을 전해 주고 갔어요

사랑스런 용감한 청년들이었습니다

세상에 가장 위대한 청년들이었습니다

화로는 깨어져도 화火젓갈은 깃대처럼 남지 않았어요

우리 오빠는 가셨어도 귀여운 '피오닐' 영남永男이가 있고

그리고 모든 어린 '피오닐'의 따뜻한 누이 품 제 가슴이 아직도 더웁습니다

그리고 오빠……

저뿐이 사랑하는 오빠를 잃고 영남永男이뿐이 굳세인 형님을 보낸 것이겠습니까?

슬프지도 않고 외롭지도 않습니다

세상에 고마운 청년 오빠의 무수한 위대한 친구가 있고 오빠와 형님을 잃은 수없는 계집아이와 동생 저희들의 귀한 동무가 있습니다

그리하여 이 다음 일은 지금 섭섭한 분한 사건을 안고 있는 우리 동무 손에서 싸워질 것입니다

오빠 오늘 밤을 새워 이만 장을 붙이면 사흘 뒤엔 새 솜옷이 오빠의 떨리는 몸에 입혀질 것입니다

이렇게 세상의 누이동생과 아우는 건강히 오늘 날마다를 싸움에서 보냅니다

영남永男이는 여태 잡니다 밤이 늦었어요

　—누이동생

네거리의 順伊

네가 지금 간다면, 어디를 간단 말이냐?
그러면, 내 사랑하는 젊은 동무,
너, 내 사랑하는 오직 하나뿐인 누이동생 순이,
너의 사랑하는 그 귀중한 사내,
근로하는 모든 여자의 연인……
그 청년인 용감한 사내가 어디서 온단 말이냐?

눈바람 찬 불상한 도시 종로 복판에 순이야!
너와 나는 지나간 꽃 피는 봄에 사랑하는 한 어머니를
눈물나는 가난 속에서 여의었지!
그리하여 너는 이 믿지 못할 얼굴 하얀 오빠를 염려하고,
오빠는 가냘핀 너를 근심하는,
서글프고 가난한 그날 속에서도,
순이야, 너는 마음을 맡길 믿음성 있는 이곳 청년을 가졌었고,
내 사랑하는 동무는……
청년의 연인 근로하는 여자 너를 가졌었다.

겨울날 친 눈보라가 유리창에 우는 아픈 그 시절,
기계소리에 밀려 흩어지는 우리들의 참새 너희들의 콧노래와
언 눈길을 걷는 발자국 소리와 더불어 가슴속으로 스며드는

청년과 너의 따뜻한 귓속 다정한 웃음으로
우리들의 청춘은 참말로 꽃다웠고,
언 밥이 주림보다도 쓰리게
가난한 청춘을 울리는 날,
어머니가 되어 우리를 따뜻한 품속에 안아 주던 것은
오직 하나 거리에서 만나 거리에서 헤어지며,
골목 뒤에서 중얼대고 일터에서 충성되던
꺼질 줄 모르는 청춘의 정열 그것이었다.
비할 데 없는 괴로움 가운데서도
얼마나 큰 즐거움이 우리의 머리 위에 빛났더냐?

그러나 이 가장 귀중한 너 나의 사이에서
한 청년은 대체 어디로 갔느냐?
어찌된 일이냐?
순이야, 이것은……
너도 잘 알고 나도 잘 아는 멀쩡한 사실이 아니냐?
보아라! 어느 누가 참말로 도적놈이냐?
이 눈물나는 가난한 젊은 날이 가진
불상한 즐거움을 노리는 마음하고,
그 조그만 참말로 풍선보다 엷은 숨을 안 깨치려는 간지런 마음
하고,
말하여 보아라, 이곳에 가득찬 고마운 젊은이들아!

순이야, 누이야!

근로하는 청년, 용감한 사내의 여인아!
생각해 보아라, 오늘은 네 귀중한 청년인 용감한 사내가
젊은 날을 부지런할 일에 보내던 그 여윈 손가락으로
지금은 굳은 벽돌담에다 달력을 그리겠구나!
또 이거 봐라, 어서,
이 사내도 네 커다란 오빠를……
남은 것이라고는 때묻은 넥타이 하나뿐이 아니냐!
오오, 눈보라는 트럭처럼 길거리를 휘몰아간다.

자 좋다, 바로 종로 네거리가 예 아니냐!
어서 너와 나는 번개처럼 두 손을 잡고,
내일을 위하여 저 골목으로 들어가자,
네 사내를 위하여,
또 근로하는 모든 여자의 연인을 위하여……

이것이 너와 나의 행복된 청춘이 아니냐?

우산 받은 요꼬하마의 부두

항구의 계집애야! 이국異國의 계집애야!
'독크'를 뛰어오지 말아라 '독크'는 비에 젖었고
내 가슴은 떠나가는 서러움과 내어 쫓기는 분함에 불이 타는데
오오 사랑하는 항구 '요꼬하마'의 계집애야!
'독크'를 뛰어오지 말아라 난간은 비에 젖어 있다
'그나마도 천기天氣가 좋은 날이었더라면?'……
아니다 아니다 그것은 소용 없는 너만의 불쌍한 말이다
너의 나라는 비가 와서 이 '독크'가 떠나가거나
불쌍한 네가 울고 울어서 좁다란 목이 미어지거나
이국異國의 반역 청년인 나를 머물러 두지 않으리라
불쌍한 항구의 계집애야—울지도 말아라

　추방이란 표標를 등에다 지고 크나큰 이 부두를 나오는 너의 사
나이도 모르지는 않는다
　네가 지금 이 길로 돌아가면
　용감한 사나이들의 웃음과 아지 못할 정열 속에서 그 날마다를
보내이던 조그만 그 집이
　인제는 구둣발이 들어나간 흙자욱밖에는 아무것도 너를 맞을 것
이 없는 것을
　나는 누구보다도 잘 알고 생각하고 있다

그러나 항구의 계집애야!—너 모르진 않으리라

지금은 '새장 속'에 자는 그 사람들이 다—너의 나라의 사랑 속에 살았던 것도 아니었으며

귀여운 너의 마음속에 살았던 것도 아니었었다.

그렇지만—

나는 너를 위하고 너는 나를 위하여

그리고 그 사람들은 너를 위하고 너는 그 사람들을 위하여

어째서 목숨을 맹서하였으며

어째서 눈 오는 밤을 몇 번이나 거리[街里]에 새웠던가

거기에는 아무 까닭도 없었으며

우리는 아무 인연도 없었다

더구나 너는 이국異國의 계집애 나는 식민지의 사나이

그러나—오직 한 가지 이유는

너와 나—우리들은 한낱 근로하는 형제이었던 때문이다

그리하여 우리는 다만 한 일을 위하여

두 개 다른 나라의 목숨이 한 가지 밥을 먹었던 것이며

너와 나는 사랑에 살아왔던 것이다

오오 사랑하는 '요꼬하마'의 계집애야

비는 바다 위에 나리며 물결은 바람에 이는데

나는 지금 이 땅에 남은 것을 다 두고

나의 어머니 아버지 나라로 돌아가려고

태평양 바다 위에 떠서 있다

바다에는 긴 날개의 갈매기도 옳은 볼 수가 없으며

내 가슴에 날던 '요꼬하마'의 너도 오늘로 없어진다

그러나 '요꼬하마'의 새야—

너는 쓸쓸하여서는 아니 된다 바람이 불지를 않느냐

하나뿐인 너의 종이 우산이 부서지면 어쩌느냐

이제는 너의 '게다' 소리도 빗소리 파도 소리에 묻혀 사라졌다

가 보아라 가 보아라

내야 쫓기어 나가지마는 그 젊은 용감한 녀석들은

땀에 젖은 옷을 입고 쇠창살 밑에 앉아 있지를 않을 게며

네가 있는 공장엔 어머니 누나가 그리워 우는 북륙北陸의 유년공

幼年工이 있지 않으냐

너는 그 녀석들의 옷을 빨아야 하고

너는 그 어린것들을 네 가슴에 안아 주어야 하지를 않겠느냐—

'가요'야! '가요'야! 너는 들어가야 한다

벌써 '싸이렌'은 세 번이나 울고

검정 옷은 내 손을 몇 번이나 잡아다녔다

이제는 가야 한다 너도 가야 하고 나도 가야 한다

이국異國의 계집애야!

눈물은 흘리지 말아라

거리街里를 흘러가는 '데모' 속에 내가 없고 그 녀석들이 빠졌다

고—

섭섭해하지도 말아라

네가 공장을 나왔을 때 전주電柱 뒤에 기다리던 내가 없다고—

거기엔 또다시 젊은 노동자들의 물결로 네 마음을 굳세게 할 것
이 있을 것이며

사랑의 주린 유년공幼年工들의 손이 너를 기다릴 것이다—

그리고 다시 젊은 사람들의 입으로 하는 연설은

근로하는 사람들의 머리에 불같이 쏟아질 것이다

들어가거라! 어서 들어가거라

비는 '독크'에 나리우고 바람은 '덱기'에 부딪친다

우산이 부서질라—

오늘—쫓겨나는 이국異國의 청년을 보내 주던 그 우산으로 내일
은 내일은 나오는 그 녀석들을 맞으러

'게다' 소리 높게 경빈가도京濱街道를 걸어야 하지 않겠느냐

오오 그러면 사랑하는 항구의 계집애야

너는 그냥 나를 떠나 보내는 서러움

사랑하는 사나이를 이별하는 작은 생각에 주저앉을 네가 아니다

네 사랑하는 나는 이 땅에서 쫓겨나지를 않는가

그 녀석들은 그것도 모르고 갇혀 있지를 않은가 이 생각으로 이
분한 사실로

비둘기 같은 네 가슴에 발갛게 물들어라

그리하여 하얀 네 살이 뜨거서 못 견딜 때

　그것을 그대로 그 얼굴에다 그 대가리에다 마음껏 메다쳐 버리어라

　그러면 그때면 지금은 가는 나도 벌써 부산, 동경을 거쳐 동무와
같이 '요꼬하마'를 왔을 때다

　그리하여 오랫동안 서러웁던 생각 분한 생각에

　피곤한 네 귀여운 머리를

　내 가슴에 파묻고 울어도 보아라 웃어도 보아라

　항구의 나의 계집애야!

　그만 '독크'를 뛰어오지 말아라

　비는 연한 네 등에 나리우고 바람은 네 우산에 불고 있다.

-『朝鮮之光』, 1929. 9.

시인이며 문학평론가, 정치가이다. 서울 출신이며, 본명은 임인식林仁植이며, 아호雅號는 쌍수대인雙樹臺人, 성아星兒, 청로青爐이다. 그 외에도 임화林華, 김철우金鐵友 등의 필명을 사용하였다. 조선프롤레타리아예술가동맹(카프)의 멤버로 활동하였으며, 해방 이후에는 정계에 진출하여 조선공산당 재건운동과 건국준비위원회 활동, 남조선로동당 창당 활동 등에 참여했다. 1947년 미군정의 탄압을 피해 월북, 남북 협상에 참여한 뒤 조선민주주의인민공화국 건국에 참여하였으나 휴전 직후인 1953년 8월 6일에 남로당 중심인물들과 함께 조선민주주의인민공화국 최고재판소 군사재판부에서 '미제간첩' 혐의로 사형을 선고받고 처형당했다.

임화라는 필명은 1927년경부터 계급문학에 관심을 보이며 쓰기 시작했다. 1929년에 시 〈우리 오빠와 화로〉, 〈네거리의 순이〉, 〈우산 받은 요꼬하마의 부두〉 등을 발표하여 대표적인 경향파 시인으로 자리를 잡고 조선프롤레타리아예술가동맹을 대표하는 작가로 부상했다. 약 1년 동안 일본 유학을 다녀와 1931년 귀국한 이후로도 참여적인 성향을 대표하는 카프에서 좌파 문학 이론을 생산하고 김기진, 김화산 등을 공격하는 각종 논쟁에 적극 참여하였다. 카프 활동으로 제1차 카프 검거 사건 때 체포되어 수감되기도 했다. 제2차 카프 검거 사건 이후 1935년 자신이 서기장까지 지낸 카프가 강제적으로 해산된 이후 순수문학으로 전향하는 듯하였으나, 태평양전쟁 종전 후 조선문학건설본부, 조선문학가동맹 등 좌익 문학단체에 적극 참여하면서 박헌영에게 매료된 이후 남로당 노선을 걸었다. 『위키백과사전』 참조)

朴斗鎭

에덴의 詩學

들어가는 글

혜산兮山 박두진朴斗鎭은 1916년 경기도 안성군 읍내면 봉남리(현 안성시 봉남동)에서 태어났다. 본관은 경주慶州이며, 1939년 당시의 문 예지였던 『文章』지 6월호에 〈墓地頌〉, 〈香峴〉, 9월호에 〈落葉松〉, 1940년 1월호에 〈蟻〉, 〈들국화〉라는 시가 3회 추천을 받아 등단한 자연파 시인이다. 박목월·조지훈과 함께 1946년에 공동시집 『靑 鹿集』을 내면서 세칭 '청록파'라는 이름이 붙게 되었는데, 3인의 시 에 공통적으로 사슴이 많이 나오기 때문에 붙여진 이름이다.

『한국민족문화대백과사전』에 의하면, 혜산 박두진은 8·15광복 후 공산주의를 신봉하는 좌익계의 조선문학가동맹에 맞서 김동리 金東里·조연현趙演鉉·서정주徐廷柱 등과 함께 우익진영에 서서 1946 년 조선청년문학가협회의 결성에 참여했고, 이어 1949년 한국문학 인협회에도 가담하여 시분과위원장을 지냈다. 그는 독실한 기독교 신자로서의 윤리의식과 강렬한 민주적 민족주의자로서 말년까지 왕성한 작품 활동을 하여 많은 시집과 산문집을 남겼다. 초기에는 역사나 사회의 부조리에 저항하는 작품을 썼고, 후기에는 기독교적 신앙 체험을 고백하는 작품을 발표하였다.

새로운 자연의 발견과 이상향에 대한 법열적法悅的인 승화가 〈향현〉, 〈묘지송〉 등 일련의 추천 작품을 비롯한 초기 시에 나타난 특색이라면, 바로 그 뒤에 간행된 시집 「해」의 시편들은 '산'과 '해'의 심상을 통해서 강렬한 생명력과 밝은 앞날의 예언을 노래하고 있다. 수상 경력으로 아세아자유문학상(1956), 서울시문화상(1963), 3·1문화상(1970), 대한민국예술원상(1976), 인촌상仁村賞(1988), 지용문학상芝溶文學賞(1989), 외솔문학상(1993), 동북아 기독문학상(1997) 등이 있다. 새로운 자연의 발견과 이상향에 대한 법열적法悅的인 승화가 〈향현〉, 〈묘지송〉 등 일련의 추천 작품을 비롯한 초기 시에 나타난 특색이라면, 바로 그 뒤에 간행된 시집 「해」의 시편들은 '산'과 '해'의 심상을 통해서 강렬한 생명력과 밝은 앞날의 예언을 노래하고 있다.

박두진이 시인으로 추천을 받을 당시 우리나라는 사회적으로 일제의 탄압이 극심했던 때로 일본이 우리의 문화 말살을 위해 혈안이 되었을 때다. 그런데도 일제의 감시를 피해 한글로 시를 썼고, 1941년 4월『文章』이 폐간된 이후에도 일제의 감시를 피해서 계속 한글로 시를 썼던 사람이 바로 혜산 박두진이다. 일제의 문화 말살 정책에 견디기 어려워 정신생활의 중심이 문학보다는 종교적인 데 있었음을 다음과 같이 술회하고 있다.

문학보다는 인생문제가 더 긴밀한 것으로 생각되었고 모든 알 수 없는 기본적인 인생문제의 해결을 위해서는 종교라는 것에 직접 부딪쳐 그 궁극의 결론을 얻어 보고자 하였다.[61]

---

61) 朴斗鎭, 「詩人의 故鄕」, 凡潮社, 1959, p.206.

당시의 혜산이 종교와 문학 사이에서 인생의 한 갈등을 겪고 있었음을 짐작할 수 있다. 문학보다는 인생 문제가 더 긴밀하며, 인생 문제를 해결하기 위해서 결국 종교에 의존하게 되었다고 술회한다. 그의 작품 속에서 자연과의 교감을 통해 새로운 생명을 추구해 온 근원은 곧 '믿음 · 소망 · 사랑'이라는 기독교의 깊은 진리에서 비롯되었음을 확인할 수 있는 부분이다.

혜산은 또 산을 배경으로 하여 자연에 대한 관념적 신앙을 하나의 이념으로 확립하였다고 볼 수 있다. 그리하여 그의 시에서는 무언가를 갈구하는 듯한 '종교적 피안 의식'을 느끼게 되고 '기독교적인 취향'도 농후하다.[62]

간혹 〈해〉가 발표된 때를 두고 시기적으로 광복 이듬해인 1946년이므로 광복의 기쁨을 주제로 하였다는 주장이 있는데, 이는 시작詩作 연도와 발표 연도를 구분하지 못한 데서 온 오류다. 이 시가 창작된 때는 분명히 광복 이전 일제의 침략기라는 사실이 이미 여러 자료를 통해 밝혀졌기 때문에 이에 대해서는 일고一考할 가치가 없다.

아는 바와 같이 '해야 솟아라, 해야 솟아라, 말갛게 씻은 얼굴 고운 해야 솟아라'로 시작하는 시 〈해〉는 박두진의 대표작으로, 어둠의 세계가 가고 "해"로 상징되는 밝은 세계가 오길 바라는 화자의 소망이 간절하게 표현된 시다. 해가 솟은 밝은 세계는 "모두 불러 한자리 앉아, 애띠고 고운 날"을 누릴 수 있는 화합의 세계다. 발표 시기보다 앞서 창작했던 시로 박두진이 꿈꾸던 밝은 세계는 해방된 조선을 의미함을 짐작할 수 있다.[63]

---

62) 尹炳魯, 「국문학입문」, 성균관대학교 출판부, 1981, pp.142~143.
63) https://www.anseong.go.kr/tour/main.do

어둠의 세계가 가고 밝은 세계가 오길 간절한 마음으로 소망하는 화자의 내면 심리를 제대로 파악한다면 '광복의 기쁨'을 노래한 시라는 해석이 얼마나 그릇된 것인지 알 수 있다.

시와 종교

박두진이 시를 쓰기까지는 철저히 금욕 생활을 신조로 하는 청교도 정신과 현실적이고 인간적이며 감각적인 시의 정신 사이에서 심한 갈등을 느꼈다고 한다. 그러나 그의 갈등은 해결의 실마리를 찾게 되고 마침내 시를 쓰거나 좋은 시를 즐겨 읽는 생활이 그르다고 생각하는 견해만은 틀린 것으로 단정하며, 시는 신의 영광을 위하여 써야 하고 인류는 신의 사랑의 섭리 아래 하나로 완성된 것임을 궁극의 이념으로 표현하려는 것이 시작 생활의 현재의 한 방향이며 신념[64]이라고 밝힌 바 있다. 또 그는 일생의 시작詩作 생활 계획을 '첫째는 자연, 둘째는 인간과 사회, 셋째는 인생과 신의 세계'[65]로 나누어 궁극적 목표를 신神께 영광 돌리는 것으로 삼았다.

박두진의 이와 같은 시작 방향은 그에게 수많은 종교적인 시를 쓰게 했는데, 몇 가지 예를 든다면, 광복 전후에 쓰인 〈香峴〉, 〈푸른 하늘 아래〉, 〈雪岳賦〉, 〈해〉 등에서 기독교의 색채를 쉽게 발견할 수 있다. 그는 자연을 관망이나 정복의 대상으로 바라보지 않을 뿐더러 선禪이나 기독교基督敎와 같은 그러한 종교적인 의식이나 관념이 발생하기 이전의 원시인이 가진 소박하고 단순한 경이와 생명의 희열과 존엄으로서 자연과 함께 영위되는 자기의 신앙을 노

---

64) 朴斗鎭, op.cit., p176.
65) Ibid., p.174.

래했을 뿐[66]이라고 조연현은 분석하고 있다.

구중서는 박두진의 시와 종교의 연관성에 대해서 '의인 의식, 부활에의 신념, 기원'[67] 등을 예로 들어가며 박두진의 시가 기독교의 깊은 진리를 근원으로 형성되었음을 입증하고 있다. 이러한 정신은 그의 작품 〈해〉에서도 쉽게 찾을 수 있는데, 〈해〉의 마지막 연을 보면서 우리는 유토피아의 세계에 와 있는 듯한 착각 속에 빠지게 된다. 작품 〈해〉에서 노래하고 있는 '꽃도 새도 짐승도 한데 어울려 사는' 경우란, 현실 속의 상황이 아니라, 바로 성경 속의 아담과 하와가 뛰놀던 에덴동산을 말한다. 혜산은 이처럼 자연 속에 종교적인 이념을 이입하여 작품으로 형상화시키는 경우가 종종 있다.

자연과의 교접

혜산은 똑같은 자연을 보더라도 자연 그 자체만으로 보는 경우가 극히 드물다. 그의 시에는 의외로 종교를 배경 삼아 이념적인 시각으로 형상화한 것들이 많이 발견된다. 혜산의 자연관은 독특한 데가 있는데, 자연을 관망이나 정복의 대상으로 느끼지 않고 처음부터 자연에 대한 특이한 관념적 신앙을 하나의 이념으로서 확립[68]하고 있다. 전규태도, '박두진은 자연을 노래할 때, 이를 일종의 경건한 종교적인 믿음으로 승화시키고 있다.'[69]고 혜산의 시를 구체화하여 설명하고 있다. 또, 박두진이 참여했던 청록파를 가리켜, '청록파는 고향과 문화를 상실한 민족에게 고향 회복의 길로

---

66) 趙演鉉, 「現代韓國作家論」, 正音社, 1978, p.48.
67) 具仲書, 「民族文學의 길」, 새밭, 1979, p.226.
68) 趙演鉉, 「韓國現代文學史」, 成文閣, 1980, p.595.
69) 全圭泰, 「韓國現代文學史」, 瑞文文庫, 1978, p.305.

자연을 제시하였다. 이어 자연을 이데아의 세계로 유도하는 건강한 에너지로 파악하여 한국시의 현묘한 경지와 진실한 지향점을 드러내고 있다.'[70]고 지적하는 등 그동안 박두진에 대한 여러 견해가 대두되었다.

그의 초기 시가 자연을 바탕으로 할 수밖에 없었던 필연적인 이유는 일제의 철저한 문화 말살 정책으로 시 창작에 정신적인 구속을 크게 받았다는 데에 원인이 있는 것으로 판단된다.

민족적인 참담한 현실에 대한 정치적 의분義憤과 반항의식, 어쩔 수 없는 강압에 대한 억울한 인욕忍辱 내지는 어디 두고 보자고 벼르는 대기태세가 이 당시의 내 시의 주요한 창작 계기였고, 그러기 위하여 그들의 강압 검열의 옥문을 통과하는 때문에 모든 직접적인 표현의 제약을 받지 않을 수 없었으니 이러한 정세에서 타개한 시의 길이 '정치'나 '사회'나 '세계'보다는 그 유일한 혈로를 '자연'에다 구할 수밖에 없었던 것입니다.[71]

박두진의 시를 분석해 보면 그의 초기 시는 대부분 '산'을 배경으로 했는데, 생명력은 있으나 침묵뿐인 '산'이라는 매체를 시어로 선택하여 숨통 막혔던 당시의 심정을 형상화했다.

그 밖에 '해'와 '달', '나무' 등 객관적 상관물을 자주 사용하고 있는데 이와 같은 소재 역시 이념적인 이미지를 내포한 것으로 분석할 수 있다. 사회적인 제약이 극심했던 당시의 상황에서 인간성을 상실한 시, 나라를 잃은 민족으로서 뚜렷한 사상이 없는 시로 일색

70) 鄭漢模, 「韓國現代詩의 精髓」, 서울대학교출판부, 1981, p.117.
71) 朴斗鎭, op.,cit, p.183.

하였으나 박두진의 시는 항상 인간과 자연을 기독교적인 사랑, 관념적인 사랑으로 승화시켰다는 점에서 높이 평가할 수 있다.

그리고 꽃과 새와 짐승들, 그리고 이 세상의 모든 자연은 그의 시 세계에 들어가면 하나같이 웃고, 즐기고, 아름다운 사랑으로 넘치게 된다는 점도 간과하면 안 된다. 혜산은 자연을 사랑의 용광로 속에 넣고 용해시켜 새로운 모습으로 변화시킨다. 자연에 생명을 부여하고, 자연과 더불어 생활을 하면서 꾸준한 모습으로 그는 신과 교접하고 있다.

작품의 내면세계

박두진의 〈해〉는 한국 서정시가 이룰 수 있는 절정을 노래한 것이라는 평을 받아 왔는데, 산문시에서도 운율이나 감수성 및 사물의 형상화 면에서 적잖게 성공을 거두고 있다.

해야 솟아라. 해야 솟아라. 맑게 씻은 얼굴 고은 해야 솟아라. 산 넘어 산 넘어서 어둠을 살라 먹고, 산 넘어서 밤새도록 어둠을 살라 먹고 이글이글 애띈 얼굴 고은 해야 솟아라.

달밤이 싫여, 달밤이 싫여, 눈물같은 골짜기에 달밤이 싫여, 아무도 없는 뜰에 달밤이 나는 싫여…….

해야, 고은 해야. 늬가 오면, 늬기사 오면, 나는 나는 청산이 좋아라. 훨훨훨 깃을 치는 청산이 좋아라. 청산이 있으면 홀로래도 좋아라.

사슴을 뚫아, 사슴을 뚫아, 양지로 양지로 사슴을 뚫아 사슴을 만
나면 사슴과 놀고
칡범을 뚫아, 칡범을 뚫아 칡범을 만나면 칡범과 놀고…….

해야, 고운 해야, 해야 솟아라. 꿈이 아니래도 너를 만나면, 꽃도
새도 짐승도 한자리에 앉아, 워어이 워어이 모두 불러 한자리에 앉
아 애뙤고 고은 날을 누려 보리라.

– 〈해〉 전문[72]

이 한 편의 시로 박두진은 부르고 싶었던 모든 것을 다 노래했을
지도 모른다. 여기엔 적어도 한 인간이 도달할 수 있는 최고의 경
지에 이르렀다고 하겠다. 박두진은 이 한 편으로서 유언 없이 죽을
수 있는 인간이 되어 버린 것[73]이라고 극찬하기도 했다.

1연에서 그는 자연에게 명령을 내린다. '해야 솟아라' 하고 네 번
씩이나 반복하여 명령을 내리는 자세에서 자연을 단순히 인격이
없는 자연으로만 취급하지 않고, 인간과 동일시하여 대화를 나누
는 기법을 차용하고 있다. 그것은 바로 상상의 세계요, 신의 세계
로 해석할 때 시의 내면적 의미를 제대로 맛볼 수 있다.

이 시의 1연은 우리나라 전래 동요에서 그 원형原型을 찾아볼 수
있다.

해야 해야 나오너라
김치국에 밥 말아 먹고
장구 치고 나오너라

---

72) 朴斗鎭의 수상집 「詩人의 故鄕」에 있는 원문을 그대로 옮겼다. 연 가르기도 5연으로 되었다.
73) 趙演鉉, 「現代韓國作家論」, 正音社, 1978, p.39.

시상詩想이나 구조가 매우 흡사하다. 해를 향해 나오라고 명령을 내리는 행위나, 해가 솟아오르기 전에 일종의 의식이나 과정을 거쳐서 비로소 해가 솟아오른다는 통과제의*initiation*를 통해 한국인의 내면에 흐르는 원형적인 맥을 찾을 수 있을 것이다. 앞에 예시한 우리나라 전래 동요와 혜산의 〈해〉 두 작품을 비교하면서 원형비평 측면으로 접근하는 것도 의의가 있다고 본다.

이 시의 2연에서는 '달밤이 싫여'라는 말이 4회씩 반복되는데, 이는 1연을 더욱 강조하기 위한 보조 연으로 쓴 것으로 분석할 수 있다. 3연에서는 '해'와 '청산'이 어울려 밝은 이미지를 주고 있는데, 박두진은 이 3연을 통해 인간의 궁극적인 목표를 무엇인가를 서슴없이 표출하고 있다. 여기서 '청산'은 바로 꿈과 사랑이 익어 가는 이상의 동산으로, 이는 고려가요 〈靑山別曲〉에 등장하는 속세에 때묻지 않은 청산으로 해석할 수도 있다.

4연은 연聯의 구성 문제에 대해서 언급할 필요가 있다. 1946년 '상아탑'에 처음 발표했을 당시는 사슴을 노래한 부분과 칡범을 노래한 부분을 각각 4, 5연으로 나누어 연을 구분했는데, 그 후 1959년 수상집 「시인의 故鄕」 부록 편에 수록한 작품에는 4연과 5연을 구분하지 않고 하나의 연으로 통합한 것을 발견할 수 있다. 그러나 내용상으로 크게 문제가 되지 않다고 판단되어 「시인의 故鄕」에 표기된 대로 하나의 연으로 묶어서 작품을 분석하고자 한다.

4연에서는 인간의 평화 사상을 저변에 깔고 있는데, 약자인 사슴을 만나든 강자인 칡범을 만나든 가리지 않고 어울려 지내리라는 의지를 강하게 내포하고 있다. 사슴과 칡범이 한 피붙이로서 생존경쟁의 피 냄새를 잊어버리고 영원한 자유와 평화를 누리고 있다.[74] 이 양자의 공존이야말로 혜산이 추구하는 이상적 세계인 것이다.

마지막 연은 이 시의 주제가 담긴 부분으로 자연과 인간의 합일사상合一思想이 가장 진실한 모습으로 용해되어 있다. 짐승과 인간의 대화가 가능하고 자리를 같이할 수 있는 것은 바로 신의 경지이며, 인간이 갈구하는 최고의 이상향이다.

이와 같은 분석에 비추어 볼 때, 8·15라는 민족의 거대한 역사적 전기를 맞이하여 들끓는 환희를 바탕으로 한 민족의 장래와 이념과 염원을 읊어 주고 있는 것[75]이라는 주장은 사실과 거리가 있다.

하나의 작은 試論

박두진의 시는 종교적인 이념을 바탕으로 창작된 것이 대부분이다. 정신분석학 측면에서 볼 때, 그의 시는 생동감이 넘치며 기쁨으로 충만하다는 사실을 시어의 선택에서 발견할 수 있다. 전반적으로 '산·해·달·나무' 등의 시어가 주로 등장하는데, 앞에서 논한 〈해〉에서도 예외는 아니다. 인류학이나 심리학에서 일반적으로 '해'나 '산'은 남성을 상징하는 것으로 활기차고 힘이 넘치는 역동적 이미지로 표상된다.

〈해〉의 1연에서 '해'의 등장은 남성 상징으로 '어둠'이라는 시어와 연결되는데, 프로이트의 심리학에 의하면 '어둠'은 여성 상징이고 모태母胎를 의미하며, 심리학자 융Jung도 동일한 해석을 내리고 있어서 박두진의 〈해〉는 1연에서부터 매우 생산적인 이미지를 적극적으로 표출한 것으로 읽을 수 있다.

---

74) 朴哲石, 「韓國現代詩人論」, 學文社, p.239.
75) 李洧植, 〈朴斗鎭論〉, 「現代文學」, 통권 131호, 1965, p.79.

2연에서는 '달밤'과 '골짜기', '눈물', '뜰'이라는 여성 상징[76]의 시어를 결합함으로써 여성적인 분위기를 드러내고 있는데, 아들은 대체로 조용하고 애상적인 이미지를 창출하고 있다. 1연에서 잠깐 등장했던 여성(어둠)의 이미지를 더 구체화한 것으로 분석된다.

3연에서는 '해'와 '靑山'의 이미지가 결합하면서 1연과 유사한 이미지를 드러내고 있다.

4연에 주로 등장하는 시어는 동물로 '사슴'과 '칡범'이다. 대체로 이들은 밝음과 희망을 상징하는 '양지陽地'라는 시어와 조화를 이루고 있다. 성적性的으로 '사슴'은 여성을, '범'은 남성을 상징한다고 볼 때, 남성과 여성이 원초적인 교섭을 나누며 열락悅樂의 경지를 누리고 있다는 해석도 가능하다.

마지막 연에서는, 1연과 같이 '해'를 첫머리에 내세워 '해'의 이미지를 더욱 강하게 부각하면서, '꽃', '새', '짐승'과 접맥하여, 시적詩的 조화를 이루어 가고 있다. 정신분석학에서 '꽃'은 말할 나위 없이 여성을 상징하고, '새'나 '짐승'도 작은 짐승이라는 의미에서 여성을 상징한다.

지금까지 시어의 상징적인 관계에서 박두진의 시세계를 조명해 볼 때, 대체로 '자연', '인간과 사회', '인생과 신의 세계'라는 그의 시정신詩精神과 일치하고 있는 점, 그리고 '원초적 새로운 생명과의 만남'이라는 측면에서 '에덴동산'과 맥락을 같이하고 있는 사실을 부분적이나마 입증했다.

---

76) Freud, 金聖泰 역, 「精神分析入門」, 삼성출판사, 1976, pp.119~132.

결론

  '해'의 시인 박두진—그는 작품 〈해〉에서 종교적인 관념의 세계를 자연과 접맥하여 혜산 시의 궁극적 목표인 신神과 인간人間의 관계를 더욱 끈끈하게 밀착시켰다고 할 수 있다.

  박두진의 〈해〉에 대한 연구가 그동안 많은 사람에 의해 시도되었는데, 결론적으로 혜산의 〈해〉는 기독교의 상징적 이념인 '에덴동산'을 격조 높게 형상화한 작품으로 평가된다. 이 시의 화자話者가 1·2연에 나오는 '어둠, 밤, 골짜기' 등에서 연상되는 죄의식罪意識이나 죽음을 완강히 거부하고 있으며, 세례의식洗禮儀式을 통해 죄를 말끔히 씻어 내고 '맑게 씻은 얼굴 고은 해'로 다시 솟아오를 것을 간절한 마음으로 소망하며, 시의 끝 연에서 '꽃도 새도 짐승도 한자리에 앉아' 즐겁게 어울려 살아가고 있는 에덴동산의 평화로운 정경을 현장감 있게 형상화한 점으로 미루어 볼 때, 〈해〉의 주제는 '예수 그리스도의 재림再臨'으로 해석할 수 있다. 아울러 정신분석학이나 인류학적인 측면에서 〈해〉의 배경은 곧 '에덴동산'을 상징한다고 볼 수 있다.

청산도

산아, 우뚝 솟은 푸른 산아, 철철철 흐르듯 짙푸른 산아. 숱한 나무들, 무성히 무성히 우거진 산마루에, 금빛 기름진 햇살은 내려오고, 둥둥 산을 넘어, 흰구름 건넌 자리 씻기는 하늘. 사슴도 안 오고 바람도 안 불고, 넘엇 골 골짜기서 울어오는 뻐꾸기.

산아, 푸른 산아. 네 가슴 향기로운 풀밭에 엎드리면, 나는 가슴이 울어라. 흐르는 골짜기 스며드는 물소리에, 내사 줄줄줄 가슴이 울어라. 아득히 가버린 것 잊어버린 하늘과, 아른아른 오지 않는 보고 싶은 하늘에, 어쩌면 만나도 질 볼이 고운 사람이, 난 혼자 그리워라. 가슴으로 그리워라.

티끌 부는 세상에도 벌레 같은 세상에도 눈 맑은, 가슴 맑은, 보고지운 나의 사람. 달밤이나 새벽녘, 홀로 서서 눈물어릴 볼이 고운 나의 사람. 달 가고, 밤 가고, 눈물도 가고, 틔어 올 밝은 하늘 빛난 아침 이르면, 향기로운 이슬밭 푸른 언덕을, 총총총 달려도 와줄 볼이 고운 나의 사람.

푸른 산 한나절 구름은 가고, 골 넘어, 골 넘어, 뻐꾸기는 우는데,

눈에 어려 흘러가는 물결 같은 사람 속, 아우성쳐 흘러가는 물결 같은 사람 속에, 난 그리노라. 너만 그리노라. 혼자서 철도 없이 난 너만 그리노라.

도봉

산새도 날아와
우짖지 않고,

구름도 떠가곤
오지 않는다.

인적 끊인 곳
홀로 앉은
가을 산의 어스름.

호오이 호오이 소리 높여
나는 누구도 없이 불러 보나,
울림은 헛되이
빈 골 골을 되돌아올 뿐.

산그늘 길게 늘이며
붉게 해는 넘어가고,

황혼과 함께
이어 별과 밤은 오리니,

삶은 오직 갈수록 쓸쓸하고,
사랑은 한갓 괴로울 뿐.

그대 위하여 나는 이제도, 이
긴 밤과 슬픔을 갖거니와,

이 밤을 그대는, 나도 모르는
어느 마을에서 쉬느뇨?

아버지

철죽 꽃이 필 때면, 철죽 꽃이 화안하게 피어날 때면,
더욱 못견디게 아버지가 생각난다.

칠순이 넘으셔도 老松처럼 정정하여,
철죽꽃이 피는 철에 철죽 꽃을 보시려,
아들을 앞세우고
冠岳山,
서슬진 돌 바위를 올라가셔서,
철죽 나물 캐어다가
뜰 앞에 심으시고
철죽 꽃이 피는 것을 즐기셨기에,
철죽 나물 캐어 드신
흰 수염 아버지가
어제같이 산탈길을 걸어 내려오시기에,

철죽 꽃이 피는 때면,
철죽 꽃과 아버지가
한꺼번에 어린다.

물에 젖은 둥근 달

달이 솟아오르면,
흰옷을 입으셨던
아버지가 그립다.
달 있는 川邊길을
늦게 돌아오노라면
두진이냐?
저만치서 커다랗게 불러 주시던
하얗게 입으셨던 어릴 때의 아버지

四月은 가신 달,
아아, 철죽 꽃도 흰 달도
솟아 있는데,
손수 캐다 심어 놓신
철죽 꽃은 피는데,

어디 가셨나
큰기침을 하시며,
흰옷을 입으시고
어디 가셨나.

호는 혜산(兮山)이며, 1916년 경기도 안성군 읍내면 봉남리(현 안성시 봉남동)에서 태어났다. 본관은 경주(慶州)이며, 혈액형은 A형이다. 1939년 정지용의 추천으로 『文章』에 〈향현(香峴)〉, 〈묘지송(墓地頌)〉 등을 발표하며 등단하였다. 초기에는 역사나 사회의 부조리에 저항하는 작품을 썼고, 후기에는 기독교적 신앙 체험을 고백하는 작품을 발표하였다.

〈묘지송(墓地頌)〉이라는 시에서는 죽음의 의식을 떨쳐 버리고 새로운 삶을 예견하는 햇빛을 노래하여 조국의 광복을 기원하는 분위기가 나타나 있다. 이듬해인 1940년에는 〈도봉〉이라는 시를 지었다. 해당 시는 도봉산에 올라 일제강점기 말기의 암담한 현실에 대해 느낀 심경을 읊은 서정시다.

8.15 광복 이듬해인 1946년에는 조지훈, 박목월과 함께 청록파(靑鹿派)를 결성하고 「청록집(靑鹿集)」이라는 시집을 발간했다. 해당 시집에는 이전에 창작한 〈묘지송〉, 〈도봉〉 이외에 〈설악부〉라는 시도

추가했다.

1949년에는 첫 개인 시집 「해」를 발간했다. 해당 시집에 포함된 〈해〉라는 시는 당대의 비관적인 현실이 '어둔', '밤'으로 표상되어 있으며 해가 솟아나서 어두운 현실에서 벗어나기를 바라는 소망이 담겨 있다. 시집 안에는 한컴타자연습으로 유명해진 〈청산도〉도 수록되어 있다.

이후 이화여자대학교, 연세대학교 등에서 국어국문학과 교수를 역임했으며 1998년에 83세의 나이로 별세했다. ^(나무위키 참조)

任剛彬

對象과의 美學的 距離

우봉又峰 임강빈任剛彬 시인으로부터 열세 번째 시집 「바람, 만지작거리다」를 받아 읽은 게 엊그제 같은데, 지난 2020년 7월 16일 서거 4주기를 맞아 뜻있는 문인과 후학들이 그의 문학적 업적을 기리고자 대전 보문산 사정근린공원에 시비詩碑를 건립했다고 한다.

임강빈 시인의 시집 서문序文은 언제나 몇 줄에 지나지 않았던 것처럼 열세 번째 시집에서도 예외 없이 서문은 단 일곱 줄이다. 서문을 통해 '앞으로 시가 몇 편 나올지 모르지만, 그러나 시집은 이번이 마지막일 것'이라고 말하여 석연치 않은 생각을 했던 게 사실이다. 그런데 말대로 시집이 출간되고 나서 두 달 만에 세상을 떠나 결국 열세 번째 시집이 마지막 시집이 되고 말았다.

박용래 · 한성기와 더불어 충청도 삼가시인三家詩人이라 불려온 우봉 임강빈은 우리나라의 대표적 순수 서정시인으로 알려져 있다. 1931년 공주군 반포면 봉암리에서 서예가인 아버지 임영순任瑛淳과 어머니 정순모鄭順謨 사이에 장남으로 태어나 여섯 살 때 어머니를 잃는 슬픔을 겪게 된다. 1952년 공주사범대학을 졸업하고 중학교 교사로 재직하던 1956년 『현대문학』에 시 〈항아리〉, 〈코스모스〉,

〈새〉가 박두진 선생의 3회 추천을 받아 시인으로 등단했다. 생전에 열세 권의 시집을 상재했는데, 첫 번째 시집 「당신의 손」^(현대문학사, 1969)은 등단한 지 13년 만에 본인의 서문 대신 추천자인 박두진 선생의 서문과 김구용 선생의 제자題字 및 발문을 받아 상재했고, 이어서 「冬木」^(농경출판사, 1973), 「매듭을 풀며」^(심상사, 1979), 「등나무 아래에서」^(문학세계사, 1985), 「조금은 쓸쓸하고 싶다」^(창작과비평, 1989), 「버리는 날의 반복」^(오늘의문학사, 1993), 시선집 「초록빛에 기대어」^(오늘의문학사, 1995), 「버들강아지」^(오늘의문학사, 1997), 「비 오는 날의 향기」^(문학세계사, 2000), 「쉽게 시詩가 쓰여진 날은 불안不安하다」^(리토피아, 2002), 「한 다리로 서 있는 새」^(리토피아, 2004), 「집 한 채」^(황금알, 2007), 「이삭줍기」^(동학사, 2010), 그리고 열세 번째이자 마지막 시집 「바람, 만지작거리다」^(오늘의문학사, 2016)를 상재했다. 그가 세상을 떠난 뒤 후학들이 미발표 시 94편과 운명 직전 2개월간 써 놓은 육필 시 11편을 발굴하여 유고시집 「나는 왜 눈물이 없을까」^(오늘의문학사, 2019)를 출간하였다. 동시에 고인의 시집 열세 권에 수록된 모든 시와 유고시집의 시 전체를 한 권에 집대성한 「임강빈 시전집」^(오늘의문학사, 2019)을 46배판 양장본 640쪽의 방대한 분량으로 세상에 내놓았다. 이는 한국문학사에 길이 남을 값지고 보람 있는 일이다.

앞에 나서는 것을 싫어했고 늘 겸손하게 작품 창작에만 전념했던 우봉은 평소 그의 문학적 성과를 높이 평가받아 충남문화상을 비롯해 요산문학상, 대전시인상, 상화시인상, 정훈문학상 등 여러 차례의 문학상을 받았다.

시집 「바람, 만지작거리다」는 국판 양장본 144쪽에 4부로 나누어

85편의 시를 수록하였고, 후미에 작품 해설과 우봉의 연보를 비교적 소상히 기록하고 있다. 표지는 흰색 바탕에, 앞면은 독특한 서체의 시집 제목과 불규칙한 10줄의 가로줄 위에 음표처럼 올려놓은 네 그루의 초록빛 작은 나무가 단조로우면서도 강한 이미지를 준다. 뒷면은 앞표지와 연결된 열 개의 실선 위에 그의 시「바람 송訟」을 얹어 마치 바람이 현악기를 연주하는 느낌이다.

우봉 임강빈의 시는 그동안 '전통적 서정의 색채가 강할 뿐 아니라, 관조하는 자연과 사물과의 친근감을 차원 높게 승화시켰다.'는 평을 받아 왔다. 이번 열세 번째 시집에 수록된 작품 역시 세평世評의 범주를 벗어나지 않고 있으나, 특히 노년에 이르러 사라져 가는 것들에 대한 쓸쓸함의 정서가 저변에 짙게 깔려 있다. 그러나 우봉은 쓸쓸함이라는 감상적인 통념의 세계를 초월하여 이성과 관념으로 대상과의 거리를 적절히 조절하면서 보고, 느끼고, 생각하고, 언술하는 것을 작품으로 승화시키고 있음을 확인할 수 있다. 이른바 시적으로 사물을 보고 표현하는 것으로, 시인 스스로의 주관적이고 순수한 심정에서 사물을 보고 미적으로 표현한다는 의미이기도 하다. 대체로 주관적인 표현일 경우, 그 대상과 어느 정도의 거리를 유지해야 할 것인가, 멀리서 볼 것인가 가까이서 볼 것인가, 표면만 볼 것인가 내면까지 볼 것인가 하는 미학적美學的 거리 문제가 제기되는데, 이는 시 창작의 성공 여부를 결정짓는 중요한 요소가 된다.

발을 동동거리며
버스를 기다리는 사람들 가운데

앗, 아버지다

덜덜

떨고 계셨다

가난과 추위는 가깝다

빈한貧寒이라는 말이 생겼다고 말씀하셨다

그 가난 때문에

사시나무 떨 듯 하고 계셨을까

안 볼 광경을 본 것이다

−〈함구령緘口令〉 3·4연

    대상과의 미학적 거리는 먼저 부모와의 관계에서 형성되고 있다. 앞의 시 〈함구령緘口令〉은 화두를 '칼날 같은 바람이 부는 날'로 시작하여 초반부터 긴장감을 준다. 시적詩的 자아自我가 택시를 타고 상가喪家에 가다가, 버스를 기다리며 추위에 떨고 있는 아버지의 초라한 모습을 보고 그냥 지나쳐 버렸던 일에 대한 양심적 가책을 사실적으로 묘사하고 있다. 그리고 그날의 죄스러웠던 일을 끝내 고하지 못하다가 결국 자신에게 '함구령'을 내리면서 감성과 이성 사이의 거리를 차분히 조절하여 시적으로 승화시키고 있다. 좀 더 깊이 들여다보면, 이 시의 1·2연이 과거의 사건을 감성적으로 서술했다면, 3·4연은 죄책감에 빠진 자아自我가 마침내 이성을 되찾아 자신에게 함구령을 내려 긴장감을 완화시키고 있다. 이른바 '감성과 이성', '긴장과 완화' 사이의 복잡한 심리적 거리를 적절히 조절하고 있는 경우다. 특히 3연에서 '가난과 추위는 가깝다/빈한貧寒이라는 말이 생겼다'고 아버지의 말을 인용하면서 '그 가난 때문에 사시나무 떨 듯 하고 계셨을까'라고 '빈한'의 이미지를 구체적이면서 논리적으로 서술하여 설득력을 강화하고 있는데, 과학적으로 본다면 가난과 추위는 동일선상에 놓을 수 없는 전혀 다른 성질의 것이다. 그러나 시인은 '빈貧'과 '한寒'을 인과관계因果關係라는 논리적 해법에 따라 새로운 미학적美學的 거리를 창조하고 있다. 프랑스의 문학비평가인 골드만Lucien Goldmann이 「숨은 신神」에서 모든 사물은 서로 원인이 되고 결과가 되며, 서로 도움을 주고받는 간접적인 동시에 직접적이라고 한 말과 무관하지 않다.

보름달이 가까워지면
어머니 생각난다

장정 등에 업혀
상여 따라 간 산길

억새가
흔들렸다

만장처럼
흔들리고 있었다

사진 한 장 남기지 않은
어머니 생각 불현 듯 난다

−〈보름달〉 전문

앞의 시는 어머니의 빈자리를 보름달이라는 객관적 상관물로 자리바꿈하여 미적 거리를 적당히 조절한 경우다. 시적 자아는 어머니에 대한 그리움을 감성대로 분출하지 않고, 보름달을 내세워 성숙한 이성의 힘으로 거리를 조절하고 있다. 일정한 시적 형식의 감정을 만들고, 마침내 관념과 감정을 미학적 거리에서 결합하여 한 편의 시로 형상화하고 있는 것이다. 여기서 우봉은 시의 첫 연을 '어머니 생각난다'고 현재 시제로 시작하여 2 · 3 · 4연에서는 과거 시제를 사용하여 어머니 상여 뒤를 따라가면서 있었던 일을 주관적이고 순수한 시각으로 묘사하였고, 마지막 5연은 '어머니 생각 불현 듯 난다'고 현재 시제로 마무리하고 있다. 즉, 현재(1연)→과거(2 · 3 · 4연)→현재(5연)의 구조, 즉 첫 연과 마지막 연을 같은 시제, 같은 내용으로 통일시켜 수미상관首尾相關의 구조를 적용해 안정감을 줄 뿐 아니라, 무질서한 감정이나 사고를 객관화하고 있다. 시다운 시, 좋은 시는 이성과 감성이 시적인 형식화에 성공한 경우로, 이는 심리적 거리, 미적 거리를 적절히 조절한 데서 오는 결과다.

대상과의 미학적 거리는 친구들과의 관계에서 더 현실감 있게 형성되고 있다. 부모와 자식은 전통적 사회에서 권위, 복종의 수직적 관계이지만, 친구와의 관계는 학교 동창이나 또래들과 의기투합意氣投合하여 함께 어울리는 수평적 관계다. 특히 마음과 뜻이 맞는 친구들과 어울리는 일이 노년의 쓸쓸함을 해소시키는데 크게 작용하고 있음을 여러 편의 시에서 확인할 수 있다.

모처럼
전화가 왔다

어떻게 지내느냐고
안부 전화다

반갑다
응, 그냥 잘 지낸다

며칠 후 이쪽에서 걸었다
건강은 어떠냐

뭐 그냥 그래
왠지 퉁명스럽다

꿈이 없는 사람
무료한 사람

노인들은
그냥으로 통한다

-〈그냥〉 전문

앞의 시 〈그냥〉은 친구와 주고받은 안부 내용을 일상적 어법으로 진술하고 있다. 시의 1연에서 5연까지는 전화 내용을 감성적 사고에 의해서 사실대로 기록하였고, 6연과 7연은 노인들의 공통적인 특징을 이성적 사고에 의해 객관적으로 서술하고 있다. 이른바 감성적 사고와 이성적 사고 사이의 미적인 거리가 적절히 조절되면서 시적 효과를 높이고 있는 경우라고 하겠다. 친구끼리의 안부 전화는 대개 '잘 지내느냐'는 물음에 '그냥 잘 지낸다'거나, '뭐 그냥 그래'라는 대답이 전부인 경우가 대부분이다. '그냥'이라는 동일한 언어 사용을 표면화하여 복잡한 감성세계와의 거리를 조절하고 있는 것이다. 최근 뇌 과학 연구에서도 친구들은 실제 현실세계에 대해 서로 비슷한 신경반응을 나타내며, 각자는 친구들이 하는 방식대로 세계를 인지하는 것으로 밝혀졌다. 시적 자아가 노인들의 공통적인 언어가 되다시피 한 '그냥'이라는 단어를 친구들과의 대화 속에서 발견해 가는 과정이 매우 리얼하면서 처절하다. '그냥'의 사전적 의미가 '더 이상의 변화 없이 그 상태 그대로 있는 것'이라고 할 때, 이 시의 마지막을 '노인들은/그냥으로 통한다'고 마무리한 점이 대단히 함축적이고 자연스럽다. 다른 시 〈풍경〉에서는 친구에게 문병을 못 가 미안하다고 말하는 시적 자아가 '목소리가 왜 그리 딴판이냐'고 묻자, '감기 때문에 그럴 거야'라고 얼버무리는 친구 사이의 대화에 따뜻한 우정과 사랑을 그대로 담아내고 있다. 그런데 바로 그 친구가 며칠 후 세상을 떠나고, 열흘 뒤 다른 동창의 부음이 오고, 여덟 달 넘게 병상에 누워 있는 또 다른 친구의 소식을 접하면서 친구들과의 실제적 거리가 하나씩 단절되어 가고 있다. 그러나 시인은 연거푸 들려오는 슬픈 소식들로 자칫하면 격앙되기 쉬운 감성들을 '초겨울인데 창밖엔 함박눈이 쏟아지고 있다/사정없이 내린다/어수선한 풍경이다'라고 겨울 이미지와 접맥하여 냉철한 논리로 수용하며 심리적 거리를 적절하게 조절하고 있다. 또 다른 시 〈막막하다〉에서 시적 자아는 얼마 전 세상을 떠난 친구에게 미안하다며 절제된 감성으로 차분하게 미학적 거리를 조절하고 있다.

　우봉의 시에서 미학적 거리는 일상의 관계 속에서 형성되는 경우가 많다. 특히 시인이 노년에 만나는 일상은, 눈 뜨기 무섭게 약부터 챙기고 〈근황近況 1〉, 늘어나는 것이 병원 약으로, 약과 친한 친구가 되고 〈소동〉, 아침 식사 30분 후부터 약 먹는 일 〈약藥〉 등 약이 생활의 일부가 되고 있음을 발견할 수 있다. 일상 속에서 반복되는 이러한 생활은 곧 쓸쓸함과 허무로 이어진다.

　아침 식사 30분 후부터
　연이어
　레이스는 시작된다
　한 움큼 손에 쥔 약을
　식도에 털어 넣는다
　경마처럼 달린다

　약이여
　생명이여
　쓸쓸함이여
　그리고 허무여

　기도하는 마음으로 꿀꺽 삼킨다

－〈약藥〉 3 · 4 · 5연

40대 후반부터 먹기 시작한 약들이 이제는 아침 식사 30분부터 연이어 먹어야 하는 일상이 되었고, 약 먹는 일이 숙달되어서 이제는 입에 털어 넣자마자 약이 경마처럼 빠른 속도로 달린다고 비유한다. 그리고 시적 자아는 시의 후반부에서 '약이여/생명이여/쓸쓸함이여/허무여'라고 호격조사를 반복 사용하면서 감정을 격앙시키다가 마지막 연에 '기도하는 마음으로 꿀꺽 삼킨다'고 결국은 절대자에게 의존하는 모습을 보여 주고 있는데, 이 또한 이성적 사고를 통해 미학적 거리를 조절하고 있는 것으로 해석할 수 있다. 다른 작품 〈빠져나간다〉에서는 주변에 있는 것들, 즉 '단추, 나사, 머리카락, 이빨, 사람'들을 차례로 나열한 뒤, 빠져나간 빈자리가 크다고 말해 놓고, 곧이어서 '공허할 것 같은데 그렇지 않다'고 갑자기 상황을 반전시킨다. 일상생활에서 그런 일들을 수없이 겪어 왔기 때문에 이제는 빈자리가 의외로 공허하지 않다는 것이다. 이처럼 어떤 자극에 감각이 익숙해진 상태, 즉 감각의 변화현상을 '감각의 순응'이라고 하는데, 이 작품에서는 감각의 순응이라는 심리적 장치를 통해 미학적 거리를 조절하고 있는 것이다.

하늘에 떠 있던 해가
서쪽으로 기울다가
어느 시간에 와서는
꼼짝 않을 때가 있다
큰 바위처럼 부동이다

밀어도 밀어도 움직이지 않는다
소진해서일까

더 머물고 싶어서일까
푸른 하늘에 흰 구름은 떠 있고
이렇게 멍이 든 날이 있다

지겨운 하루가 있다.

–〈모일某日〉 전문

　시적 자아는 답답하고 지루한 날의 심정을 '하루해가 어느 순간에 큰 바위처럼 꼼짝하지 않는 때가 있다'고 비유한다. 그리고 밀어도 밀어도 움직이지 않는다며 '힘이 소진해서일까, 더 머물고 싶어서일까'라고 말한다. 이 시를 좀 더 깊이 들여다보면 1연과 2연에서 '서쪽으로 기우는 해'는 누구나 다 알고 있는 객관적 사실이고, '바위처럼 꼼짝 안 할 때가 있다'고 한 것은 순전히 개인의 주관적인 상상想像이다. 그리고 2연에서 '밀어도 밀어도 움직이지 않는다'는 말과 '멍이 든 날'이라는 주관적 생각 사이에 시인은 '푸른 하늘에 흰 구름은 떠 있고'라는 객관적 사실을 접목하여 미학적 거리를 적절히 조절하고 있다. 또 다른 시 〈큰일〉에서도 감성과 이성의 적절한 결합으로 대상과의 거리를 조절하는 것을 확인할 수 있다.

　한편, 〈억새에게〉는 시적 자아가 가을 하늘 아래 욕심 없이 흔들리는 억새를 보며 '조금씩 쓸쓸해지고 싶다'고 감정을 표면에 그대로 노출시키고 있는데, 이 작품 속의 억새는 앞에서 언급한 〈보름달〉의 억새와 무관하지 않다. 어린 상주로 어머니의 상여 뒤를 따라가면서 산길에서 보았던 억새와, 〈억새에게〉에 등장하는 억새가 무의식 속에서 조우遭遇하면서 왜 '조금씩 쓸쓸해지고 싶다'고 하는지 그 이유를 논리적으로 밝혀 주고 있다. 또한 〈칩거蟄居〉에서 '어디까지가/고독의 한계인지/그 고독을/사랑하고 싶습니다'라고 '고독'이라는 동일한 단어를 반복 사용하여 쓸쓸함의 정서가 고조되고 있지만, '그 고독을 사랑하고 싶다'는 관념이 개인의 감정과 결합하여 미학적 거리를 확보하고 있는 것이다.

우봉은 애초 '고독'이나 '슬픔'이라는 단어를 유치하다는 생각 때문에 버리기로 했지만, 나이 들어가면서 넘어지고 깨지고 하다 보니 이런 단어들이 고개를 들기 시작했다고 〈적막강산〉에서 고백하고 있다. 그밖에 〈작별〉, 〈미안합니다〉, 〈어금니〉, 〈눈치〉, 〈조금〉, 〈군중〉 등에서 슬픔이나 고독 등 감성적 시어들이 표면에 그대로 노출되는 경우를 발견할 수 있지만, 시인은 침착하게 개인적인 감정을 억제하면서 객관화 작업을 통해 대상과의 미학적 거리를 적절히 조절하고 있다.

나이가 들면서 부모와 친구를 비롯해 주변의 일상들이 빠져나가며 가중되고 있는 쓸쓸함은 곧 시 쓰기로 승화되고 있다. 우봉은 주머니에 늘 A4용지를 넣고 다니며 수시로 꺼내 시를 쓰고 퇴고했다고 한다. 〈애지중지〉에서 '애지중지/안주머니에 넣고 다니며/폈다 접다 해서/그 자리가 헐었지만/몇 억 보증수표보다 뿌듯하더라'고 시 쓰기에 대한 자부심을 드러내는가 하면, 시가 태어났을 때 기뻐서 소리 지를 뻔 했다고 어린아이와 같이 순진무구한 목소리를 그대로 보여 주고 있다. 또 다른 시 〈송고送稿〉에서는 '활자화된다는 설레임/그 마력'이라 말하는가 하면, 〈이층다방〉에서 '시를 버릴까 했는데/아직 절필하지 않고 있다/참, 잘 했다 싶다'면서 시 쓰기의 즐거움을 솔직하고 사실적으로 표현하고 있다. 이런 경우, 시

쓰기는 감성과의 거리를 조절하는 미학적 장치가 된다.

　그런데 시적 자아는 지금까지 '부모 → 친구 → 주변의 여러 대상'과의 관계에서 형성되었던 미학적 거리를 마침내 자신의 내부로 전환시켜 새로운 변화를 시도한다.

　　그림자가 있습니다
　　평생 따라다니는 그림자가 있습니다
　　궂은 날이나
　　청명한 날이나 항상 동행했습니다

　　험한 고개를 넘었습니다
　　시궁창에 빠지기도 했습니다
　　그러면서 반항이나
　　싫은 기색을 보인 적이 없습니다

　　이 땅에 오래 머문 것 같습니다
　　그림자도 끄덕끄덕 수긍합니다
　　땅거미가 어둑어둑합니다
　　우리는 머지않아 떠나야 합니다

　　수고했어요
　　나의 그림자
　　이만한 충복은 없습니다

　　　　　　　　　　　　　　　-〈그림자〉 전문

굳은 날이나 청명한 날에도 동행하고, 험난한 고개를 넘을 때나 시궁창에 빠졌을 때도 반항이나 싫은 기색 한 번 보이지 않은 그림자야말로 세상 끝 날까지 함께할 영원한 동반자이며, 자신의 분신이며, 대리자라고 판단한 것이다.

앞의 시에서 그림자와 시적 자아는 모든 일을 터놓고 이야기할 수 있는 주종主從관계다. '이 땅에 너무 오래 머문 것 같다'는 시적 자아의 말에 그림자가 금방 끄덕끄덕 수긍하는 것도 둘 사이의 그런 필연적 관계성 때문이다. 그리고 각 연의 핵심 시어 '동행(1연)→순종(2연)→수긍(3연)→충복(4연)'의 구조를 통해 대상과의 관계가 단단히 결속되어 있음을 보여 주고 있다. 특히 3연의 '우리'와 마지막 연의 '충복忠僕'이라는 단어를 결합하여 그림자와의 관계를 구체화하면서 미학적 거리를 더욱 견고히 하는 점에 주목할 필요가 있다.

분석심리학자 융C.G Jung에 의하면, 그림자는 생명의 실체나 영혼의 모습이라는 인식과 함께 '제2의 인간人間 자아自我', '또 다른 자아'라는 관념이 파생되었다는 것이다. 따라서 '무의식의 자아', '심층의 자아'라는 관념과 더불어, 그림자는 주인의 분신이며 대리자로서 시인 자신을 지칭한다.

우봉은 그의 시론詩論에서, '시는 자기 목소리가 있어야 하며, 모호한 시보다는 명징한 시, 긴 시보다는 짧은 시, 어려운 시보다는 쉬운 시, 닫힌 시보다 열린 시를 지향해야 한다'고 밝힌 바 있다. 이번 시집 「바람, 만지작거리다」에서도 이와 같은 시정신詩精神이 바탕에 깔려 있음을 확인할 수 있다.

시집에 수록된 85편의 작품 가운데 4편 〈만일에〉 26행, 〈호서문학〉22행, 〈침거〉21행, 〈참, 간단했습니다〉28행을 제외한 나머지 81편이 20행 이내의 짧은 시이며, 주제가 선명할 뿐 아니라 이해하기 쉬운 내용이다. 특히 우봉은 이번 시집의 주된 정서라고 할 수 있는 쓸쓸함이나 고독함 등 감상적感傷的인 통념의 세계를 관념이나 이성적 사고로 접근하여 미학적 거리를 조절하고 있다는 사실을 앞에서 확인했다. 엘리엇T.S. Eliot도 감정과 이성이 등가적等價的일 때 가장 적절한 작품이 나온다고 하였다. 이 경우, 감정과 이성을 적절히 조절하는 행위는 시인의 의도적인 작업이며, 이를 조절하는 시적인 장치가 곧, 시적 형식이 되는 것이다.

이상에서 살펴본 바와 같이, 시집 「바람, 만지작거리다」에서 시적 대상과의 미학적 거리는 부모로부터 시작하여 친구, 노년의 일상, 무료함, 자기 그림자 찾기 등의 관계에서 지극히 자연스럽게 형성되고 있다. 먼저 부모와의 관계에서는 격앙되기 쉬운 그리움의 감정을 관념과 결합하여 적절히 미학적 거리를 만들고 있으며, 친구와의 관계에서는 죽음, 투병·투약, 무료함 등 노년의 공통적 특징을 수평적인 위치에서 현장감 있게 조명하면서 심리적 거리를 조절하고 있다. 특히 '쓸쓸하다', '고독하다'는 등의 감성적 시어가 그대로 시의 표면에 노출되는 경우, 시인은 객관화 작업을 통해 스스로 감정을 절제하고, 미적美的 거리를 유지하면서 시의 성역을 탄탄하게 쌓아 왔다. 시 쓰기 또한 쓸쓸함과 무료함을 해소하는 이성적 작업으로, 감성적인 것을 건전한 방향으로 승화시키는데, 중요한 역할을 하고 있다.

그러나 시인은 마침내 평생을 온전히 같이할 동반자이며, 분신이며, 대리자인 자신의 〈그림자〉와 더불어 새로운 미학적 거리를 만들고 있다. 그리고 서서히 이 세상 떠날 준비를 한다.

> ① 지붕마다 정지된 채로 조용하다
> 갑자기 적막감이 몰려온다
> 아, 나 떠나는 날
> 이처럼
> 하얀 눈빛이면 한다
>
> > ─〈눈빛〉 일부

> ② 한 가지
> 바로 옆 잎에도
> 눈치채지 않도록
> 살며시 가고 싶다
>
> > ─〈나뭇잎 하나〉 일부

세상 떠나는 날 마지막 대상과의 미학적 거리를 상상 속에서 그리고 있다. 세상 떠나는 날엔 온 세상에 눈이 내려 하얀 눈빛이었으면 좋겠고, 한 가지에 매달린 바로 옆의 이파리도 눈치채지 않게 살며시 가고 싶다고 말한다. 시를 하나의 유기체로 보는 것이나, 여러 요소와 유기적으로 결합한 하나의 구조로 보는 것, 무질서한 감정이나 사고를 미적으로 형식화하는 것은 모두 적절한 거리 조정 작업이다.

우봉 임강빈 시인은 어느 시류時流나 아류亞流에 편승하기를 거부한 시인이다. 홀이라도 다른 시인의 영향을 받을까 봐 직전에 읽은 시는 덮어 버릴 정도로 개성 있는 시를 고집하였다. 특히 짧고 이해하기 쉬운 시, 열린 시, 명징한 시를 쓰기 위해 감성과 이성, 정서와 관념을 적절히 조절하면서 끝까지 자신만의 개성 있는 미학적 거리를 탄탄하게 다져 온 금세기의 대표적 서정시인抒情詩人이다.

〈대표작〉

동목 冬木

한 뿌리에 자란
나뭇가지
그 가지와
가지 사이에 생긴 간격 間隔
겨울엔 너무 빤히
그것이 보인다
바람 끝에
멈추는 적막 寂寞이
내 뼈마디를 흔들어 주곤 한다
줄곧 나는
왜 한 나무만을 보아 왔을까
한 뿌리에서 자라
그 가지와
가지 사이에 생긴 간격 間隔
그 사이로
하루를 오르내리는
비탈길이 보인다
밤을 한층 춥게 하는
별이 보인다.

밤비

밤에 비가 내린다
세상의 귀가 열린다
지붕에서
나뭇잎에서
모두 마당으로 내린다
수다스럽지 않다
불을 끄고 밤비 소리를 듣는 재미
무릎을 세우고
턱을 괴고
어둠 속에서
귀로만 듣는다
조용히
흠뻑 적시는 마당
빗소리는
아픔을 보이지 않아 좋다.

낙숫물 소리

어려서
이사한 사글세집은
양철지붕이었다

개복숭아 꽃잎에
비가 젖고 있었다
추녀 끝으로
서둘러 빗소리가 모여들었다

뚝뚝
낙숫물 소리

그 소리를 들으며
텅 빈 방에는
언제나 나 혼자였다.

임강빈(任剛彬 1931~2016)

1931년 충남 공주군 반포면 봉암리에서 서예가 아버지 임영순^任瑛淳과 어머니 정순모^{鄭順模} 사이에 장남으로 태어났다. 1952년 공주사범대학을 졸업하고 중학교 교사로 재직하던 1956년 『현대문학』에 시 〈항아리〉, 〈코스모스〉, 〈새〉가 박두진 선생의 3회 추천을 받아 시인으로 등단하여 생전에 13권의 시집을 상재했다. 첫 번째 시집 『당신의 손』^(현대문학사, 1969)은 등단한 지 13년 만에 본인의 서문 대신 추천자인 박두진 선생의 서문과 김구용 선생의 제자^{題字} 및 발문을 받아 상재했고, 이어서 『冬木』^(농경출판사, 1973), 『매듭을 풀며』^(심상사, 1979), 『등나무 아래에서』^(문학세계사, 1985), 『조금은 쓸쓸하고 싶다』^(창작과비평, 1989), 『버리는 날의 반복』^(오늘의문학사, 1993), 시선집 『초록빛에 기대어』^(오늘의문학사, 1995), 『버들강아지』^(오늘의문학사, 1997), 『비 오는 날의 향기』^(문학세계사, 2000), 『쉽게 시詩가 쓰여진 날은 불안^{不安}하다』^(리토피아, 2002), 『한 다리로 서 있는 새』^(리토피아, 2004), 『집 한 채』^(황금알, 2007), 『이삭줍기』^(동학사, 2010), 그리고 열세 번째이자 마지막 시집 『바람, 만지작거리다」^(오늘의문학사, 2016)를 상재했다. 그가 세상을 떠난 뒤 후학들이 미발표 시 94편과 운명 직전 2개월간 써 놓은 육필 시 11편을 발굴하여 유고시집 「나는 왜 눈물이 없을까」^(오늘의문학사, 2019)를 출간했다. 고인의 시집 열세 권에 수록된 모든 시와 유고시집의 시 전체를 한 권에 집대성한 「임강빈 시전집」^(오늘의문학사, 2019)을 46배판 양장본 640쪽의 방대한 분량으로 세상에 내놓았다. 이는 한국문학사에 길이 남을 값지고 보람 있는 일이다. 생존 시 문학적 성과를 인정받아 충남문화상을 비롯해 요산문학상, 대전시인협회상, 상화시인상, 정훈문학상 등 여러 차례의 문학상을 받았다. 2016년 7월 16일 영면하고 4년이 지난 2020년 7월 16일에 후학들이 뜻을 모아 대전 보문산 사정근린공원에 시비詩碑를 세웠다.

3부 | 현역 12시인의 시세계

주원규

自我 길들이기

주원규 시인의 작품에 관심을 갖게 된 것은 꽤 오래전이다. 모 월간지에 시 월평詩月評을 연재하면서 논할 작품을 찾기 위해 매월 지상에 발표되는 시詩를 섭렵하는 중 우연히 어느 문예지에 수록된 주원규의 시 〈까치집 工法〉을 발견하고 월평에 거론하면서부터다. 시집 「문득 만난 얼굴」에서 다시 〈까치집 工法〉을 읽으며 '강풍에도 눈썹 하나 빠지지 않는 까치집'처럼 더욱 탄탄해졌다는 생각을 했다. 아울러 시집에 수록된 82편의 작품 속에서 새롭게 주원규 시인의 독특한 개성과 섬세한 감각을 만날 수 있어서 기쁘다.

월강月江 주원규朱元圭는 1940년 부여군 홍산면 홍내로 169번길 23 상정부락에서 아버지 주흥로朱興魯와 어머니 최영의崔永懿 사이에서 장남으로 태어났다. 월강의 말에 의하면 아버지는 근검절약하면서 자수성가한 부농富農으로 부모에 대한 효성심이 지극했고 자식에게는 엄격했으며, 어머니 또한 웃어른을 하늘같이 모셨고 교육열이 높아 월강 형제를 서울에서 공부하도록 적극 주선했다고 한다. 당시의 세태로 보아 문학을 전공하는 일이 쉽지 않았지만 월강은 부모의 허락을 받아 서라벌예술대학 문예창작과에 입학하여 소설가 이문구, 박상륭, 한승원과 함께 김동리 선생, 시인 이건청, 하현식, 곽현숙과 서정주, 박목월, 김구용, 조연현 선생의 강의를 들으며 문학의 꿈을 다졌다고 한다. 이어서 동국대학교 국어국문학과에 편입하여 양주동, 이병주, 서정주, 조연현 선생의 강의를 들으며 시에 대한 넓이와 깊이를 더했다. 1977년 『현대문학』지에 〈아침〉, 〈태엽을 감으며〉, 〈하현달〉이 추천 완료되어 시인으로 등단했다. 현재 한국문인협회 자문위원, 한국기독시인협회 고문, 한국시인협회 심의위원, 목월문학포럼 및 충남시협 회원, 은평문인협회 고문, '서울詩壇' 대표, '응시疑視' 동인 등에서 열심히 활동 중이다. 대학을 졸업하고 미션 계통의 사학私學 서울 대성중학교 교사로 출발하여 약 40여 년간 봉직하면서 교장으로 퇴직할 때 홍조근정훈장을 받았다. 학교법인 세원학원 및 은평문화원 이사로 활동하고 있다. 그동안 발간된 시집으로는 「절두산切頭山 시편」(문학세계사, 1989)」, 「문득 만난 얼굴」(문학수첩, 2017), 6인 한영대역시집 「여섯 개의 변주」(문예운동사, 2019)가 있다. 문학적 성과를 인정받아 은평문학대상, 한국기독시문학상, 청하문학상, 한국문학100년상 등을 수상했다.

1989년에 처녀시집 「절두산切頭山 시편」(문학세계사)을 발간하면서 '역사의 현장성을 잠언으로 처리했다'는 호평을 받은 바 있고, 시단詩壇에서는 '우리의 삶과 그 주변상황을 제시하며 현장시를 쓰는 시인'으로 알려져 있다. 또한 두 번째 시집 「문득 만난 얼굴」의 발문을 쓴 윤석산 교수는 '그의 시가 까끌까끌하지 않으면서 잔잔한 감동을 주는 것은 너와 나를 구분하지 않고 우리를 지향하고 있기 때문'이라고 언급한 바 있다.

월강의 시에서 특히 '나'라는 시어가 빈번히 사용되는 것을 발견할 수 있는데, 라틴어에서 '나'는 곧 '자아*Ego*'를 의미한다. 따라서 월강의 작품 속에 등장하는 '나'는 곧 시인의 무의식 속에 잠재된 자아自我로 해석할 수 있다. 프로이트*Freud*에 의하면, 자아는 인간의 성격을 실행하는 기능이 있어서, 먼저 작가의 개성적인 동기와 습관을 파악하는 일이 작품을 이해하는데 중요한 단서가 된다고 주장한다. 특히 유년기幼年期의 자아를 형성하는데 부모의 영향이 크다는 것이다. 프로이트의 주장 이후 문학작품을 한 개인의 정신적 산물로 보고 인간의 내면세계, 즉 무의식을 분석함으로써 작가와 작품의 관계를 해명하려는 비평방법이 활발하게 전개되고 있다.

주원규 시인의 자아 형성 역시 어렸을 때는 부모의 영향을 받았고, 성인이 되면서 사회의 여러 제약이나 규범에 영향을 받은 것으로 확인된다. 특히 시집의 서문격인 '시인의 말'에서 "중심을 잃으면 쓰러지는 법, 하나님 말씀과 시로써 중심을 잡고 싶습니다."라고 단호한 태도를 보이는데, 이는 곧 그의 내면에 형성된 강한 자아의식自我意識으로 판단되며 이와 같은 자아의식은 월강의 작품에 크게 영향을 끼쳤다고 분석할 수 있다.

시집 「문득 만난 얼굴」은 46판 양장본 194쪽을 4부로 나누어 82편의 시를 수록하였다. 표지는 앞면과 뒷면 하반부 전체가 노란색이고, 상반부는 흰색 바탕에 작은 활자로 시집 제목과 저자 이름을 얹어 놓아 심플하면서, 마치 프리지어와 안개꽃을 코디한 것처럼 상큼하고 따뜻한 느낌을 준다. 색채심리학에서 노란색은 온화함과 기쁨을 상징하는 색깔이다. 온유하고, 여유가 있으며, 매사에 신중을 기하는 월강의 성격이 표지와 잘 어울린다는 생각이다.

그의 신중성은 1977년에 『현대문학』으로 등단하여 12년이 지난 1989년에 처녀 시집 「切頭山 시편」을 출간하였고, 그로부터 다시 28년이 지난 2017년에 두 번째 시집 「문득 만난 얼굴」을 상재한 것에서도 찾아볼 수 있다. 특히 이번 시집에 수록된 작품 〈시詩〉에서 어렵지 않게 월강의 세심하고 신중한 성격을 읽을 수 있다.

이래서 빼고
저래서 빼고
간절히 사무치는 또 그 뭔가 영롱한
그 뭔가 싶어 또 몇 줄 건졌다가
귀 간지러워 또 한 줄 빼고
눈 껄끄러워 또 한 줄 빼고
머리 뒤숭숭 마음 산란해
오금이 저려 또 한 줄 빼는 중

마침내 어둠이 새벽별을 띄우매
퀭한 두 눈망울만 별들과 함께
반짝인다.

— 〈시詩〉 전문

속된 세상에서는 더하기를 잘해야 성공한다고 하지만, 시의 세계에서는 빼기를 잘해야 시다운 시를 건질 수 있다.

앞의 작품 〈시詩〉는 한 편의 시가 탄생하기까지 밤새워 노심초사

勞心焦思하는 모습을 일상적이고 편안한 언어로 형상화했다. 그런데 이 작품을 관심 있게 들여다보면 '건지는' 작업은 단 한 번만 이루어지는데, '빼는' 작업은 다섯 번이나 반복된다. 시적 화자는 이래서 빼고, 저래서 빼고, 귀 간지러워 또 한 줄 빼고, 눈 껄끄러워 또 한 줄 빼고, 마지막에 '오금이 저려 또 한 줄을 빼는 중'이라고 말하고 있다. 여기서 시적 화자는 '또 한 줄 빼는 중'이라고 현재진행형 시제를 사용하여 지금 하는 일이 계속 진행될 것임을 예고한다. 시인은 누구나 퇴고 과정에서 비시적非詩的이고 부적절한 것들을 하나씩 제거하는 작업을 한다. 그러나 적당한 선에서 멈추지 않고 정도가 지나치면 결국 한 편의 시도 건지지 못하게 된다. 이처럼 퇴고 과정에서 이루어지고 있는 제거 작업은, 정신분석학에서 개인을 보존하기 위해 본능적이고 일차원적인 요소들을 제거하는 '자아自我'의 역할과 일치한다. 앞의 작품 〈시詩〉는 자아自我가 지나칠 경우에 무슨 일이든지 완벽한 결과를 기대하게 되고, 시간이 많이 소모되며, 심한 경우에 시작한 일을 마무리하지 못하는 경우가 발생한다는 사실을 암시한다.

앞에서 언급한 것처럼 월강의 시에 특별히 '나(우리)'라는 시어가 자주 발견되는데, '나'는 곧 '자아'를 의미한다고 했다. 그리고 월강의 시에서 1인칭 대명사인 '나'가 작품의 표면에 그대로 노출되는 경우가 많은데, 무의식 속에 잠재되어 있던 강한 자아의식이 표면으로 나타난 것으로 해석할 수 있다. 그리고 〈판타지아 · 2〉처럼 한 작품 속에 '나'라는 시어를 여러 차례 반복 사용하여 자아의 존재감을 강조하기도 한다.

내가 있어서

사월은 온다

오뉴월

칠팔월

구시월도 온다

나 없으면 어디 바람인들

꿈인들

미루나무 나뭇가지 하나인들

흔들릴까

나 있음에 당신 아름답고

믿고

슬프고

십일월이 오다가 느닷없이

당신이 보이는 삼월이 오기도 한다

나 있음에 숲은 즐겁고

망아지가 마침내 말로 뛰면서

몽정 같은 이월을 지나

기인 십이월을 찾아가는 것이다 오늘도

내가 있음에 또 일월이 와서

고개를 들고

－〈판타지아 · 2〉 전문

위의 작품에서 '나'라는 시어를 다섯 차례나 반복 사용하면서 '나'
의 존재를 강조하고 있다. 시적 화자는 '내가 있어서 사월이 오고,

오뉴월, 칠팔월, 구시월도 온다'고 말한다. 논리적으로는 전혀 말이 안 되는 얘기다. 내가 없어도 누구에게나 세월은 바람처럼 왔다가 구름처럼 흘러간다. 그리고 어김없이 봄이 오고 여름이 오고 가을이 오고 겨울도 온다. 시적 화자는 또 가정법을 사용하여 '나 없으면 바람인들 꿈인들 미루나무 나뭇가지 하나인들 흔들릴까?'라며 전지전능한 창조주나 되는 것처럼 오만함을 보이기도 한다. 내가 있기 때문에 당신이 아름답고, 밉고, 슬프고 십일월이 오다가 느닷없이 삼월로 유턴하며, 숲은 즐겁고 망아지가 자라서 말로 뛰고… 마침내 내가 있어 또 일월이 오고 고개를 든다며 계속해서 궤변을 늘어놓는다. 이 시의 시적 화자는 한마디로 자기중심적 사고에서 벗어나지 못하는 미숙未熟한 자아이며, 자기애自己愛, *narcissism*적 자아이며, 논리와는 거리가 먼 이드*id*적 자아라고 하겠다.

이밖에 〈잠〉에서 '나는 내 잠을 판 적이 없는데/그는 내 잠을 샀다고 우긴다'며 5회에 걸쳐 '나(내)'라는 시어를 사용하고 있지만, 조금씩 자기중심적 사고에서 벗어나 성숙해 가고 있는 자아를 볼 수 있다. 그리고 〈물푸레나무를 찾아서〉에서 '나는 알지 못해서/물푸레나무를 찾아간다'고 진술한 점이나, 〈정령精靈과 만나다〉에서 '내 날숨', '내 심장', '내 영혼'이라는 시어를 통해 자연과 물아일체가 되어 현실에 적응해 가는 자아를 발견할 수 있다.

그런데 지금까지 빈번하게 사용되던 시어 '나'는 시집의 후반부로 가면서 '우리'라는 복수형으로 바뀌는 것을 확인할 수 있다. 예를 들어 〈어머니의 성경책〉에서 '우리 엄니', 그리고 〈짓고 또 고친 집〉, 〈시계 속 매미〉, 〈곱슬머리 새벽별〉, 〈우리 집 거위〉 등에서 '우리 집'이라는 시어를 사용하고 있는데, 이는 시적 화자가 가족들과 어울릴 기회가 많아지면서 자연스럽게 복수형의 '우리'를 선택한 것으로 해석된다.

색을 쓰는 방법은 다양합니다
피 냄새가 나는 색도 만들 수 있어요
색의 세계는 참 오묘하고 신비롭지요
제 색 찾기가 열반涅槃에 들기보다 어렵답니다

이질적인 색들을 섞어 보십시오
묻지만 마시고, 그래요
그래요, 그 색과 그 색을 섞으면
연분홍이 나오지요

−〈색色 쓰는 법을 배우는 시간〉 일부

앞의 시에서 '지금은 색 쓰는 법을 배우는 시간입니다/스승님은 색 섞는 법을 가르쳐 주십니다'라고 화두를 '색色'으로 시작하여 다소 당혹감을 갖게 한다. '색色'은 일차적으로 색깔color을 의미하나 동시에 성sex을 의미하기도 한다. 같은 소리지만 서로 다른 뜻을 가진 동음이의어同音異議語를 활용하여 시적 효과를 높인 경우로, 이른바 언어유희word play에 성공한 작품이다. 여기서 시인은 '색色'이라는 시어가 성적性的인 것을 상징한다거나 성sex을 의미한다는 표현을 한마디도 언급하지 않고, 오로지 색color을 사용하는 법에 대해서 열심히 이야기하고 있다. 그러나 이 작품은 이면으로는 또 다른 색sex을 연상케 하는 양면성이 있다. 특히 월강이 작품의 말미에 각주脚註를 달아 '언뜻 고개를 갸우뚱할 시제詩題다. 색 쓰는 법을 배우다니! 물론 이것은 일차원적인 인식에서 오는 선입관'이라고 부연하는데, 행여나 '색color'을 '성sex'으로 오독하지 않을까 하는 염려에서 붙인 것으로 판단된다. 그러나 이 각주가 오히려 시에 대한 해석의 범주를 축소하는 군더더기가 되지 않을까 염려된다. 왜냐하면, 순수한 시각으로 말장난하는 자와 속는 자와 한 패거리가 되는 독자의 상황에 아이러니irony의 진수가 있고, 펀pun의 해학적 황홀함이 있기 때문이다.

서방 막걸리잔 내려놓고 히죽 웃으며

쑥 넣었으면 좋겠구먼시리
투박하게 내뱉자, 그 아낙 냉큼 받아

쑥 넣었으면 좋겠다고라
그라믄 쑥 좀 뜯으야 쓰것지라 잉-

서방 입 쓱 닦으며
다시 한 번 눈자위 모으니

왕매미들 불볕에 흐벅지게 울음을 쏟아놓는다
　　　　　　　　　　　　　－〈쑥개떡 이야기〉 일부

　관점에 따라서 대단히 본능적이고 외설적인 내용으로 읽을 수 있다. 그러나 조금 깊이 들여다보면 재치와 여유를 부릴 줄 아는 '잘

성숙한 자아'를 발견할 수 있다. 이 시는 아낙이 새참을 가지고 서방이 일하는 일터에 나갔다가 벌어진 일을 해학적諧謔的으로 묘사했다. 속곳 마련하기가 어렵던 시대에 맨 허벅지를 내놓은 채 돌 위에 앉아 있는 아낙을 보면서 수작을 거는 서방의 말이나 태도가 능청스럽고, 전개되는 상황이 마치 현장을 보는 듯 생생하다. 시적 화자는 '쑥'이 가지고 있는 동음이의어同音異義語를 최대한으로 잘 활용하여 펀pun의 효과를 극대화하고 있다. 보는 바와 같이 〈쑥개떡 이야기〉에서 핵심 시어는 '쑥'이다. 사전적 의미로 '쑥'은 명사형일 경우 '들에 서식하는 국화과의 다년초'이며, 식용이나 약재로 많이 쓰이는 쑥을 지칭하지만, 부사형으로 쓰일 때는 '손을 쑥 집어넣다'처럼 '깊이 밀어넣거나 쉽게 빠지는 모양'을 의미한다. 인용한 시에서 서방이 아낙에게 '쑥 넣었으면 좋겠구먼시리'라고 말한 것은 부사형의 '쑥 집어넣고 싶다'는 의미로 성적性的인 것을 상징하는 반면, 아낙이 그 말을 되받아서 '쑥 넣었으면 좋겠다고라'고 말한 쑥은 명사형의 '국화과 다년초'를 의미하는 것으로 떡을 할 때 쑥을 넣었으면 좋겠다는 뜻의 동음이의어다. 이때 서방은 시치미를 떼고 말을 꾸며 대는 허풍선이 알라존alazon이고, 아낙은 자신을 낮추며 융통성 없이 사실만을 받아들이는 어리석은 에이론eiron이다. 이렇게 볼 때, 이 작품의 자아는 현실에 잘 적응하면서 언어유희로 상황을 즐길 줄 아는 성숙한 자아다.

잘 성숙된 자아는 〈국밥집 소슬댁〉, 〈소품〉을 비롯한 여러 작품에서도 발견되는데, 대부분 현실現實에 충실하면서 대상을 밀착 취재하는 여유를 보이고 있다. 특히 〈국밥집 소슬댁〉에서 '웬 입술을 그리 빨갛게/손톱 발톱을 그리 빨갛게/눈 속까지 그리 빨갛게 칠

했느냐고' 동일한 시어를 반복하면서 소슬댁의 행동거지를 해학적으로 묘사한 점이 흥미롭다. 또한 〈소품小品〉에서 '남자는 체중의 삼분의 이가/남근 무게다'라고 과대과장법으로 시작하여 '나머지 조금이 늑골/나머지 조금이 뇌/나머지 조금이 내장/나머지 조금이 머리칼과 손톱'이라고 '나머지 조금'이라는 말을 계속 반복하여 리듬을 살려 흥을 돋우는 동시에 의미를 강조하고 있다.

① 원님 가라사대 창고 안에 귀한 것 무우엇 있느냐 예, 커다란 무우 있사옵니다 그래 그럼 그 무우 이 농부에게 상으로 내려라 옆옆 농부 무우 메고 무우거운 발걸음 집에 돌아와 비인 황소우리 안에 던져 버렸네 어어 괘씸한, 누구는 무우 바쳐 황소 얻고 누구는 황소 바쳐 무우 얻는단 말가. 참참 묘한 이치로다 옆옆 농부 마른 방바닥 내리치며 마른 한숨 지었네

-〈묘한 理致〉 2연

② 돼지쥐똥나무에 돼지쥐똥나무 잎이 피고 돼지쥐똥나무 꽃망울이 벙글며 돼지쥐똥나무 자줏빛 꽃이 피었다 화판이 열 개 노오란 꽃술 수십수억 송이 돼지쥐똥나무 꽃 자줏빛 꽃밭

-〈얼쑤얼쑤 調로 엮어 돼지쥐똥나무를 노래함〉 1연

①의 〈묘한 理致〉는 우리나라의 민담 〈소와 바꾼 무〉를 패러디 parody한 작품이다.

착한 농부가 밭에서 캔 커다란 무를 원님께 바쳤더니, 원님이 답례로 큰 소 한 마리를 주어 집에 가지고 와서 크게 칭찬을 받았다.

이 소식을 들은 욕심 많은 농부가 원님께 송아지를 바치면 많은 금은보화를 내릴 것이라는 생각에 송아지를 바쳤더니, 원님이 착한 농부한테 받은 큰 무를 답례로 주어 억울하지만 무 하나를 받아 가지고 집에 돌아와 오히려 동네 사람들의 조롱거리가 되었다는 얘기다. 여기서 현행 맞춤법 '무'를 쓰지 않고 구 맞춤법 '무우'로 표기한 것은 이야기의 배경이 오래전이라는 점을 배려한 의도적 표기이고, '무우엇'이나 '무우거운'은 '무우'를 강조하기 위해 조작한 언어유희言語遊戲라고 판단된다. 패러디를 통해 성숙한 자아의 일면을 보여 준 경우다.

②의 〈얼쑤얼쑤 調로 엮어 돼지쥐똥나무를 노래함〉은 시집 속에서 제목이 가장 길다. 형태상으로 1연·2연·4연은 행 가르기가 전혀 안 된 산문체이고, 3연과 5연은 시행을 각각 2행, 3행으로 아주 짧게 나눈 점이 색다르다. 이 시에서는 '돼지쥐똥나무'라는 시어가 무려 15회나 반복되는데, 작품에서 보는 것처럼 징검다리를 건너듯 한 발짝 띨 때마다 '돼지쥐똥나무'를 삽입하여 리듬을 만들고 있다. 그리고 춤을 추거나 노래를 하면서 흥에 겨워 장단을 맞출 때 넣는 '얼쑤얼쑤' 자리에 '돼지쥐똥나무'를 넣어 추임새를 대신하고 있다. 사실 이 시에서 '돼지쥐똥나무'를 다 빼고 나면 '돼지쥐똥나무의 잎이 피고, 꽃망울이 벙글고, 자줏빛 꽃이 피고, 노란 꽃술이 나와 있는 꽃밭'만 남는다. 사실만을 나열한 무미건조한 글에 지나지 않는다. 그러나 추임새 자리에 '돼지쥐똥나무'를 삽입하여 리듬을 만들어 줌으로써, 훨씬 더 재미있고 여유를 느끼게 한다. '얼쑤'와 같은 추임새는 창자唱者의 흥을 돋워 소리를 잘하도록 돕고, 청중의 분위기나 감흥을 자극하여 소리판을 어울리게 하는 동

시에 소리판을 이끌어 가는 중요한 요소가 된다. 따라서 〈얼쑤얼쑤 調로 엮어 돼지쥐똥나무를 노래함〉에서 '돼지쥐똥나무'는 시의 분위기를 상승시키는 추임새 역할을 하면서 성숙한 자아의 또 다른 일면을 보여 주고 있다.

언급한 것처럼 이드^{id}가 무법적이고 이기적이며 쾌락원리에 의해 다스려진다면, 자아^{ego}는 합리적이며 이성과 신중을 지향하는 현실원리에 의해 다스려진다. 또한 개인이 계속 발달하면서 자아는 분화되고 초자아$^{super\ ego}$가 발달하는데, 초자아는 양심과 긍지의 저장소로 완전을 지향하는 도덕원리에 의해 다스려지며 특히 어렸을 때 부모의 영향을 크게 받는다고 한다.

① 하늘이 유난스레 높고 푸른 날이었다
물레방앗간에서 밀방아를 찧고
밀가루와 밀겨울 부대를 지고 앞서 가시던 아버지
뒤를 따라가면서였다

'아버지 대가리에 검불 붙었네'

묵묵히, 정확하게 땅을 밟으며 앞서가시던 아버지
말씀하셨다

'어른께는 대가리라 않고 머리라고 한단다'

다람쥐처럼 들까불던 내 가슴에

'머리'란 말이 와서 꽉 박혔다

─〈개안開眼〉 일부

② 나무는, 더도 덜도 말고

생존에 꼭 필요한 물기만 빨아올린다

나무는, 고요히 바람 잔 날이나

가지가 휘는 바람 불 때에도

더도 덜도 말고 생존에 꼭 필요한

공기만 호흡한다

─〈나무는 성자聖者처럼〉 1연

　작품 ①은 유년기에 있었던 부자父子간의 일을 무의식 속에서 떠올려 형상화한 경우이고, 작품 ②는 자아自我가 사회생활을 하면서 내면에 형성된 일종의 영적靈的세계를 나무에 접목하여 의인화한 경우다. 부연하면, 작품 ①은 물레방앗간에서 밀방아를 찧고 집으로 돌아가는 도중에 아버지와 아들 사이에 있었던 이야기다. 어린 아들이 '아버지 대가리에 검불 붙었네'라고 말하자, '어른께는 대가리라 않고 머리라고 한다'는 아버지의 엄한 꾸지람을 토대로 형상화한 작품이다. 월강의 말에 의하면 작품 〈개안開眼〉은 순전히 그가 어렸을 때 실제 겪은 일을 쓴 것이라고 한다. 그 일 이후로 아버지는 아주 엄격해져서 그때까지 다람쥐처럼 들까불며 버릇없이 굴던 월강의 언행이 조금이라도 예의범절에 어긋나면 가차 없이 야단쳤다고 한다. 남자아이는 어렸을 때 아버지로부터 남성다움을 배운다고 했는데, 월강의 작품 속에 나타난 아버지를 분석해 보면, 먼저 앞에 예시한 작품 ①에서 '묵묵히, 정확하게 땅을 밟으며 앞서 가시던' 과묵하고 완벽에 가까운 아버지를 비롯해, 〈아버지의 독서법〉에서 한번 책을 붙들면 부르는 소리조차 듣지 못하고 무아지경無我地境에 빠져 요지부동하는 아버지, 〈어떤 전말서〉에서 아들을 훈계하기 전에 먼저 본인의 자세부터 바르게 하고 옷깃을 여미는 근엄한 아버지, 그리고 〈짓고 또 고친 집〉에서 쥐까지 배려하여 고양이 집을 멀리 둘 뿐 아니라, 어린 자녀들이 이마를 다칠까 문지방은 낮추고 문설주를 높게 고치는 등 섬세하면서 남을 배려할 줄 아는 꼼꼼한 아버지를 볼 수 있다. 그런데 작품 속의 아버지는 공통적으로 완벽함을 추구하는 초자아적 아버지다.

작품 ②는 사회생활 속에서 형성된 도덕적 자아를 나무에 접목하여 형상화한 경우다. 시적 화자는 '나무는, 더도 덜도 말고/생존에 꼭 필요한 물기만 빨아올린다'고 화두를 꺼낸 뒤, 강풍 속에서도 '더도 덜도 말고 생존에 꼭 필요한/공기만 호흡한다'고 말한다. 그리고 '더도 덜도 말고 생존에 꼭 필요한'이라는 말을 반복하면서 계속 '완벽함'을 강조하는데, 월강이 시집의 서두에서 '중심을 잃으면 쓰러지는 법'이라고 언급했던 바로 그 '중심'과 맥을 같이한다고 본다. 나무를 성자聖者에 비유해서 시의 제목을 〈나무는 성자聖者처럼〉이라고 붙인 발상 자체부터 매우 도덕적이다. 그밖에 다른 작품에서도 초자아적인 아버지 상像을 볼 수 있는데, 특히 〈여든여덟 번〉은 '밥상머리 교육'이라는 부제가 붙을 만큼 철저하게 교훈적인 작품이다. 부자父子가 마주앉아 식사를 하는데, 밥 한술을 뜨려는 순간 공교롭게 삽살개가 팔을 툭 쳐서 상 위에 밥알이 흩어지자 대충

긁어모아서 버리려고 하는 아들에게 쌀의 소중함을 훈계하는 내용이다. 특히, 아들을 훈계하기 전에 자신이 먼저 앞섶을 여미며 마음을 준비하는 아버지는 초자아적인 존재로, 유년기의 아들에게 크게 영향을 끼친 것으로 판단된다.

  영국의 시인이며 비평가인 허버트 리드 H.Read도 프로이드의 이론에 의거하여 예술 작품은 자아自我에 의해 그 형식적 통합이 주어진다고 했다. 앞에서 살펴본 바와 같이 주원규 시인은 자아가 강한 사람이다. 그의 시집 「문득 만난 얼굴」을 분석한 결과 특히 1인칭 대명사 '나(우리)'라는 시어가 가장 빈번히 사용되며, 특히 작품의 표면에 '나'라는 시어가 원형 그대로 노출되는 경우도 자주 발견된다. 여기서 월강의 작품에 빈번히 등장하는 '나'는 곧 무의식 속에 잠재되었던 '강한 자아의식'에서 비롯된 것이다. 아울러 그의 작품 속에 나타난 자아는 세 가지 유형으로 나눌 수 있는데, 첫째는 〈판타지아 · 2〉처럼 유아기적 사고에서 벗어나지 못하는 '미숙未熟한 자아', 둘째는 〈색色 쓰는 법〉이나 〈묘한 理致〉처럼 합리적이고 이성적 사고를 가진 '성숙한 자아', 셋째는 〈나무는 성자聖者처럼〉에서와 같이 완벽함을 지향하는 '지나친 자아'로 정리할 수 있다. 그런데 월강의 시에 나타난 자아는 대부분 '성숙한 자아'다. 일부 작품에서 부분적으로 '미숙한 자아'나 '지나친 자아'가 발견되기도 하지만, 결국 '성숙한 자아'로 발전하는 과정에서 보이는 일시적이고 부분적 현상이다. 정신분석학에 의하면, 대체로 자아 형성의 과정은 동일시同一視에 의해 이루어지는데, 어렸을 때는 일차적으로 부모를 동일시하고, 성장하면서 동일시의 대상이 부모로부터 다른 사람으로 옮겨 간다고 한다. 그리고 어릴 때는 자아의 힘이 약하지만 성장하면서 현실과 접촉이 잦아짐에 따라 점차 자아가 강해진다고 한다. 자아가 강한 사람은 외부세계의 이해나 지각知覺이 객관적이고, 충동에 압도되는 법이 없으며 신중하게 생각한다고 한다. 언급한 바와 같이 주원규 시인이 바로 그런 사람이다. 그가 시집의 서문에서 '중심을 잃으면 쓰러지는 법, 하나님 말씀과 시로써 중심을 잡고 싶습니다.'라고 한 말 속에 강한 자아의식이 있으며, 거기에 이 글의 결론이 들어 있다.

어둠의 실체

1985년 『시조문학』을 통해 시조 시인으로 등단한 신웅순은 40여 년 가까이 시와 시조를 꾸준히 발표하면서 우리의 전통적 뿌리 찾기에 관심을 기울여 왔다. 그동안 대학에서 후진을 양성하면서 연구 활동에도 열정을 쏟아 많은 연구서와 작품집을 내놓았다. 그의 문학은 우리의 전통성을 기반으로 이론과 실기를 병행하면서 새로운 한국문학을 재창조하는데 남다른 노력을 해 왔다고 평가할 수 있다. 특별히 그의 두 번째 시집 「낯선 아내의 일기」는 한국인의 전통적 뿌리인 한恨을 저변에 깔고 있을 뿐 아니라, 시인의 소망의식을 현대적인 감각으로 부드럽게 융화하고 있다는 점에서 주목할 필요가 있다.

신웅순 시인의 시는 극히 일상적인 삶의 이야기로부터 출발한다. 일상적인 이야기 중에서도 가족이나 이웃 사람들에 관한 이야기가 주류를 이루고 있다. 그래서 그의 시를 읽고 있으면 다른 사람의 이야기가 아닌 바로 나의 이야기를 읽고 있는 듯한 착각에 빠진다.

신 시인은 「낯선 아내의 일기」를 통해 다양한 시세계를 보여 주고 있다. 자유시와 산문시, 그리고 시조의 장르를 자유롭게 넘나들며

운문세계에 폭넓은 카테고리를 설정해 가고 있다. 대체로 시조 시인들이 자유시를 창작하는 경우 가장 극복하기 어려운 부분의 하나가 상투적인 외형률로부터 탈피하는 일인데, 신 시인은 먼저 이 문제를 극복하고자 과감한 변신을 시도하고 있다. 이른바 수세기 동안 시와 시조 사이에 굳게 닫혀 있던 문을 활짝 열고자 하는 부단한 노력이 이 시집 곳곳에서 발견되고 있다.

시집 「낯선 아내의 일기」에서 느낄 수 있는 대표적인 정서는 한마디로 한恨이다. 한은 가장 한국적인 슬픔의 정서이다. 같은 동양권이면서 중국이나 일본에는 한恨은 없고 원怨만 있다고 한다. 서양인들도 어떠한 외부 충격에 납득이 가지 않거나 불만이 있거나 할 때는 그 외부 충격에 대해 자신을 대립시키는 외향 처리를 잘 하기 때문에 그것이 원怨으로 남는 경우가 별로 없다고 한다. 그런데 유독 우리 한국인에게만 한이 많은 이유로 첫째, 우리의 역사는 끊임없는 내란과 외침으로 인해 다른 나라 국민들보다 퇴행심리가 강할 뿐 아니라 우울증이 심하게 되었고, 둘째, 유교 중심의 사상이 빚은 계층의식 때문에 특히 천민이나 노비들은 인간으로서의 자유가 허용되지 않아 항상 뿌리 깊은 한을 간직해 왔고, 셋째, 남존여비 사상에서 비롯된 남자들의 여자들에 대한 횡포와 인종의 미덕을 강요한 데서 생기는 여한女恨 때문이며, 넷째, 가학적 사대부와 그에 따른 피학적 민중의 한 때문으로 보는 견해는 상당히 신빙성이 있다. 그러나 우리 민족은 끝내 이 같은 한恨을 체념으로 바꾸는 무력감에 빠지지 않았으며, 강압으로 인한 불안이나 우울증에 걸리지 않았고, 복수의 의지인 폭력으로 유발되지 않고 새로운 길을 찾았다는 데 중요한 의미를 두어야 한다. 우리 문학 속에서 한의 정서가 전통적으로 맥을 이어 오고 있는 이유도 바로 여기에 있다. 특히 신웅순 시인의 작품에 내재한 한의 정서는 우리 민족의 전통적 정서와 자연스럽게 접맥하면서 현실감 있게 형상화하고 있는 점에 주목할 필요가 있다.

> 모자라는 우리들의 마음을 생각한다
> 남은 것이 없어 깨끗해져 가는 마음을 생각한다
> 주주 인형 사 달라고 조르는 딸년
> 돈 없다고 불평하는 아내
> 용돈을 세고 계시는 어머니
> 어디로 나는 가고 있는가
> 고향에 있다 타향으로 가는
> 빈 배에 실린 짐짝들
> 외줄을 타고 아슬아슬 깨금질해 가는
> 도박판에 승부를 걸고
> 매양 어장을 찾아나서는 아침
> 하늘은 텅 비어 있고
> 바다도 텅 비어 있다
>
> －〈내 빈자리〉 일부

신웅순 시인의 한恨은 고향을 떠나면서부터 시작된다. 일반적으로 고향이 어머니를 상징한다고 볼 때, 고향을 떠난다는 행위는 곧 어머니의 품을 떠나는 것이다. 그것은 마치 외줄 위에서 아슬아슬

깨금질하는 위태로움이며, 도박판에 승부를 거는 극한상황이며, 마침내 하늘도 텅 비어 있고, 바다도 텅 비어 있는 무기력함에 비유함으로써 화자의 심리적 변화를 차분하게 형상화하고 있는 점이 값지다.

특히 이 작품의 화두를 '모자라는 우리들의 마음을 생각한다'라고 시작하여 '하늘은 텅 비어 있고/바다도 텅 비어 있다'고 마무리하는 수미상관首尾相關의 아름다움을 보여 준 점도 예사롭지 않다. 시인은 화두와 결말 사이에 '주주 인형 사 달라고 조르는 딸년/돈 없다고 불평하는 아내/용돈을 세고 계시는 어머니'라며 딸, 아내, 어머니 삼대三代의 궁핍한 처지를 나열한 뒤 '어디로 나는 가고 있는가'라고 자연스럽게 화자의 심정을 개입시킴으로써 빈자리를 클로즈업한 점이 돋보인다.

오랜 시간 정 들여 온 곳일수록 공허로움이 커지게 마련이다. 신 시인은 시의 마지막 부분에서 하늘과 바다라는 상징적 시어로 공허로움의 정도를 극대화하고 있는 점도 주목해 볼 일이다. 일반적으로 한恨의 일차적인 변화는 공허로움으로부터 싹트게 마련이다. 공허로움은 곧 낯설음의 정서와 만나게 되고, 그 낯설음의 정서는 다시 그리움의 정서로 이어지는데, 소망하던 일이 뜻대로 이루어지지 않을 때는 결국 한恨으로 남게 되는 법이다.

낯선 도시의 저녁이 찾아와도
낯선 도시의 비가 찾아와도
낯선 도시의 바람이 찾아와도

저녁하고도 말하지 않고
비하고도 말하지 않고
바람하고도 말하지 않는다

–〈여자의 자존심〉 전문

  2연으로 구성된 이 시는 형태상으로 시조와 흡사하다. 그러나 초장 중장 종장의 형태는 갖추었으되 내용은 시조와 전혀 다르다. 시조에서는 일반적으로 종장에 주제를 담고 있는데, 〈여자의 자존심〉에서는 6행의 모든 시행에 '낯선 도시에 와서 그저 침묵만 지킨다'는 주제를 담고 있다는 점이 다르다.

  도시는 시인에게 낯설음의 대표적인 공간이다. 고향에서 일상적으로 만나던 저녁과 비와 바람인데도 낯선 도시에서 만나는 저녁과 비와 바람은 화자를 침묵하게 한다. 여기서 〈여자의 자존심〉은 단순히 어느 한 여성의 자존심을 묘사한 것으로 해석해서는 안 된다. 시인 자신의 이야기일 수도 있고, 타향살이 하는 모든 사람의 이야기일 수도 있기 때문이다.

  그러나 그와 같은 보편성을 직설적으로 표출시키지 않고 여자의 자존심으로 비유한 점이 이 작품을 성공적으로 이끌었다고 판단된다. 특히 〈여자의 자존심〉은 시인이 3인칭 관찰자 관점에서 동일한 시어를 반복해 가며 도시의 낯선 상황과 여자의 자존심을 효과적으로 비유한 점이 돋보인다.

언제나 고향 저녁이다
자주 비도 내리고

가끔 눈도 온다

사람들의 눈물도 더러 있다
적막도 있다
때때로 타동네 노을도 마중 나와 있다

-〈주막집〉 전문

  인간은 누구나 어려운 상황에 부닥쳤을 때 본능적으로 현실로부터 벗어나 편안히 쉴 수 있는 안식처를 찾기 마련이다. 이른바 '퇴행*regression*'이라는 심리적 방어기제가 작용하게 되는 것이다. 신 시인 역시 낯선 도회지 생활에 적응하지 못하다가 마침내 어느 〈주막집〉에서 안식을 취하는 여유를 갖는다. 그 주막에는 인간의 가장 원초적인 눈물이 있고, 고요가 있고, 가난하지만 인심 좋게 반겨 주는 이웃들의 얼굴이 있기 때문에 시인은 거기서 유일하게 안식을 취하게 된다. 때문에 주막에 앉아 있는 동안은 잠시나마 고향처럼 편안함을 느끼는 것이다. 자주 비도 오고 가끔 눈도 내린다는 말 속에서 그가 자주 그곳을 찾고 있다는 사실도 읽을 수 있다. 그러나 마지막 행에서 어딘지 모르게 안주하지 못하고 방황하는 시인을 발견하게 되는데 '타동네 노을'이라는 시어로 그 정서를 압축하고 있다.

막 구석으로 달아나는 바퀴벌레 몇 마리
식탁엔 아침에 먹다 덮어놓은 김치 자반 그리고 멸치조림

우리 식구 이름으로 된 고지서를 받고 싶다
내 이름으로 된 문패를 달고 싶다

저녁 햇살을 반짝이며 고향에는 빨간 감들이 익고 있겠다
울타리엔 고추잠자리 몇 마리가 적요의 저녁 햇살을 접고 사색하
고 있겠다

-〈어느 날 저녁에〉 1 · 2 · 5연

어둡고 칙칙한 곳에 숨어 사는 바퀴벌레가 이 시의 서두에 등장
하면서 분위기가 갑자기 우울해진다. '바퀴벌레'는 궁핍한 생활을
함축시키는데 가장 적절한 시어다. 신웅순 시인이 시어 선택에 얼
마나 많은 고심을 하고 있는지 단적으로 보여 주는 부분이기도 하
다. 아울러 시가 언어의 경제성을 배제하는 순간 그 기능을 상실한
다는 시 창작원리를 신 시인은 〈어느 날 저녁에〉라는 시에서 자연
스럽게 보여 주고 있다. 자기 이름으로 된 고지서를 받고 싶고, 자
신의 문패를 달고 싶다는 말이 더욱 절실하게 가슴에 와닿는 이유
도 앞서 언급한 '바퀴벌레'가 지닌 함축적 이미지 때문이다.

아내는 바퀴벌레가 많다고 물이 샌다고
또 이사를 하자고 한다
이젠 죽기보다도 싫다고 했다
제자리에 있어야 할 세간 살림들이
제자리를 지키지 못하고
제자리에 있어야 할 우리들도

제자리에 있지 못하고
망가진 물건처럼 삐딱하게 사는 모습들이
참으로 싫다

- 〈또 이사〉 전문

시인은 〈또 이사〉라는 작품에서 다시 한 번 '바퀴벌레'를 시어로
선택하여 안주하지 못하고 있는 그의 절박한 상황을 간접적으로
암시하고 있다. 특히 시의 제목을 〈또 이사〉라고 붙인 점에 주목
할 필요가 있는데, 얼핏 보기에 평범한 제목 같지만 조금 깊이 들
여다보면 매우 의미가 있는 제목이다. 왜냐하면, 시인이 작품 속에
서 가장 중요하게 다루려고 하는 관심의 대상이나 의미, 내용을 〈또
이사〉라는 제목 속에 포괄적으로 잘 압축하고 있기 때문이다. 시의
내용을 보면 〈이사〉라고 제목을 붙여도 전혀 어색하거나 문제가
되지 않는다. 그러나 '이사'라는 말 앞에 '또'라는 부사를 붙여 〈또
이사〉라고 했을 때 시의 이미지가 훨씬 분명해진다는 사실을 간과
해서는 안 된다.

아울러 신웅순 시인은 시집 「낯선 아내의 일기」를 통하여 시의 다
양성을 시도하고 있다. 어떤 의미에서 자유시, 산문시, 시조를 두
루 섭렵하고자 하는 그의 실험정신이 평가되는 좋은 계기가 되리
라 생각한다. 실험은 확실한 성공을 예측하기 어려워서 때에 따라
위험성을 지니고 있기도 하다. 언급했듯이 신웅순 시인은 시조 시
인이다. 그의 시조 작품은 이미 상당 수준에 이르고 있어 많은 사
람에게 높은 평가를 받고 있다. 이 시집의 6부에서 보여 주고 있는

15편의 시조에서도 쉽게 그의 역량을 가늠할 수 있다.

> 탱자울 두고 떠난
> 저녁 눈은 도시로 가
>
> 몇십년 빌딩 주변
> 공터에도 내리다가
>
> 검은 물 수도관 타고
> 고향 들녘 적시는가
>
> —〈한산초韓山秒 33〉 전문

충청남도 한산韓山은 신웅순 시인의 고향이다. 〈한산초韓山秒〉라는 동일한 제목에 일련번호를 붙여 쓴 연작시 중 하나임을 알 수 있다. 이러한 연작시가 수십여 편에 이르고 있는 걸 보면 고향에 대한 정이 유별나다. 바꾸어 말하면 〈한산초韓山秒 33〉 저변에 깔린 심리는 한마디로 모태회귀母胎回歸 본능으로 해석할 수 있다. 도시로 떠난 눈마저 빌딩 주변 공터에 내리다가 마침내 수도관을 타고 다시 고향 들녘을 적신다는 상상력이 놀랍다. 도시와 고향 사이에 좁힐 수 없는 공간을 저녁 눈으로 연결시킨 점이 지극히 자연스럽다.

> 샛바람 불어오면
> 뗏목들은 출렁이고

철쭉 뚝뚝 지는 밤은

두견 더욱 자지러져

깨어나 단근질해도

풀무질만 하는 가슴

-〈한산초韓山秒 29〉 전문

한 편의 시에서 경음이나 격음이 시어로 빈번하게 사용될 경우
시적 분위기는 긴장되거나 거칠어지기 쉽다. 〈한산초韓山秒 29〉에서
사용되고 있는 시어를 눈여겨보면 뗏목, 출렁, 철쭉, 뚝뚝, 깨어나,
풀무질 등 경음과 격음으로 시작하는 시어가 자주 등장한다. 그런
데도 분위기가 거칠게 느껴지거나 긴장감을 주지 않는 까닭은 각
장의 이미지 결합이 자연스럽기 때문으로 분석할 수 있다. 시 창작
에 있어서 시어의 선택도 물론 중요하지만 각 시어가 지닌 이미지
의 결합 또한, 대단히 중요함을 성공적으로 보여 준 경우다. 신 시
인이 이처럼 현대 감각에 맞추어 시조를 발전시켜 온 것은 자유시
와 병행하여 시조의 새로운 경지를 꾸준히 연구·개발해 왔기 때
문이라고 분석한다. 항상 성실하게 연구하고, 글을 쓰고, 제자들을
가르치면서 열심히 살아온 신웅순 교수가 정년을 했다. 새롭게 주
어진 여유를 더 값지고 보람 있게 활용하여 참신한 문학의 세계를
개척해 나갈 것을 기대한다.

최금녀

그리움의 二重構造

　대부분의 시는 수많은 묵상과 작업을 거쳐 만들어지며, 그런 과정을 통해서 비로소 자연스럽고 아름다운 시가 빚어지는 것이다. 그러나 한 편의 시를 만들기 위해 아무리 많은 땀과 노력이 들었다 하더라도 최종적으로 작품이 완성되었을 때 노동의 흔적이 드러나면 안 된다. 시는 그저 자발성으로부터 환영이 투사된 것으로 끝나야 한다.

　우리 문단의 경우 한동안 주지주의나 포스트모더니즘 계열의 시를 써서 독자의 관심을 끌어내려는 시인들이 있었지만 결국 그들 가운데는 독자들로부터 소외를 당하여 스스로 방향을 바꿔야 했던 사례를 문학사에서 어렵지 않게 발견할 수 있다. 쉬르리얼리즘*Surrealism* 계열처럼 실험적인 시를 썼던 시인들의 경우도 예외는 아니다.

　난해시를 써서 물의를 일으켰던 대표적 시인 이상李霜에 대해서 당시의 독자들이 냉소를 보냈던 것은 당연하다. 그러나 오늘날 이상의 시에 대한 평가는 상당히 고무적이다. 그의 독특한 창작법이 많은 사람의 관심을 끌고 있을 뿐 아니라, 학문적으로, 특히 정신

분석학적으로 깊이 있게 연구되고 있는 점도 주목할 일이다. 다만 시인은 누가 읽어도 감동 받을 수 있는 시를 써야 한다. 가장 평범한 시가 가장 자연스러운 시이며, 독자에게 가장 친근감을 주는 시라는 점을 기억해 둘 필요가 있다. 오늘날 지상에 발표되고 있는 시를 보면, 자신도 이해하지 못할 것 같은 시를 거침없이 써내는 시인들이 있어 독자를 당황케 만든다. 노련한 운전자가 모는 차를 탔을 때 지극히 편안함을 느끼듯이 노련한 시인이 쓴 시는 어느 독자가 읽든 마음을 편안히 해 주고 기쁘게 해 준다.

최금녀 시인은 1960년 『자유문학』에 소설 〈失魚記〉로 등단한 이후 그동안 꾸준히 소설과 시를 써 오다가 『문예운동』을 통해 늦깎이 시인으로 등단하였다. 약관 20세에 소설가로 등단할 만큼 젊은 시절을 문학에 불태웠던 것으로 미루어 보아 이순耳順의 나이에 시로 등단하고 시집을 엮어 내는 일이 늦은 감이 있다는 생각이다. 최 시인이 실제 삶을 통해서 인생을 충분히 체험하고, 소설의 세계를 답습하고 난 후에 본격적으로 시를 쓰기 시작했기 때문에 오히려 처음부터 시로 출발한 경우보다 작품이 완숙한 느낌이 들고 기대되는 부분이 많다. 최금녀 시인의 작품을 보면 그가 가지고 있는 풍부한 경험과 자연스러운 언어구사 능력과 뛰어난 전달력이 한 편의 시로 잘 형상화된 것을 발견할 수 있다.

시집 「들꽃은 홀로피어라」에서 보다시피 최 시인의 시세계는 대체로 이별과 고독을 주축으로 한恨과 그리움의 이미지로 압축할 수 있다.

어머니의 어머니도

일찍 세상 떠났다

서둘러 정리한 후

환갑을 마다하고 세상 버린 분

자식을 보고야

그 가슴에 그어 드린 먹줄을 가늠했다

속엣말 주고받은 기억조차 없는

매운바람 같은 여인

빚쟁이 같은 여인

피붙이 아니라 상전이었음직하다

– 〈어머니〉 전문

　일찍이 세상을 떠난 어머니에 대한 그리움이 주제다. 어머니는 흔히 대지大地와 비유되는데, 어느 족속에게는 땅에 구덩이를 파는 일 자체가 곧 어머니에게 상처를 입히는 일이라고 죄악시할 정도로 위대하고 소중하고 풍요롭고 편안한 안식처가 곧 어머니인 동시에 대지이다. 어머니를 두고 노래하지 않은 시인이 없을 만큼 어머니라는 대상은 영원히 그리운 존재이기 때문에 오히려 원망과 미움과 불평이 표출되는 경우를 확인할 수 있는데, 최 시인의 〈어머니〉에서도 그와 같은 인간 본연의 심리를 읽을 수 있다. 어머니에 대한 그의 원망과 미움과 불평의 발원發源은 바로 환갑도 되기 전에 어머니의 어머니처럼 일찍 세상을 떠나 버린 무정함에서 비롯된 것이다. 너무 일찍 세상을 떠났기 때문에 속말 한 번 주고받지 못했던 어머니를 그는 '매운바람 같은 여인', '빚쟁이 같은 여인'이라

표현하고 있다. 그리고 자식에 대해서 사랑의 빚을 지고 간 여인이기 때문에 심지어 피붙이가 아닌 상전 정도로 평가절하를 하기도 한다. 실로 비장한 심정으로 당시의 정황을 날카롭게 표출하고 있다. 그러나 심리적으로 어머니에 대한 강한 그리움이 없다면 그와 같은 부정적인 정서가 강하게 일어날 수 없다. 강한 그리움이 마침내 강한 원망으로 드러나는 역설적 기법을 효과적으로 사용한 경우다. 자식을 키워 본 연후에야 비로소 어머니의 가슴에 수없이 안겨 드렸던 아픔을 가늠했다는 시인의 말 속에서 사실은 어머니에 대한 원망이나 미움보다 애틋한 그리움에 무게를 싣고 있음을 어렵지 않게 확인할 수 있다. 시는 진실이다. 진실한 사상과 진실한 표현이 조화를 이룰 때 비로소 독자는 탄성을 지르고, 가슴 아파하고, 시인과 동일선상同一線上에서 무엇인가 강하게 와닿는 것이다. 최금녀 시인의 시에서 자연스럽게 공감대가 형성되는 첫 번째 이유는 바로 그의 시가 지니고 있는 진실성 때문이다.

또한, 최 시인의 시에서 의외로 떠남에 대한 정서를 많이 발견할 수 있다. 외국으로 떠난 친구와의 이별을 노래한 〈친구〉를 비롯하여, 〈강으로 떠난 송사리〉에서 어항 속에 외롭게 남아 있던 송사리의 죽음에서 오는 일차적 이별, 그리고 그 죽은 송사리를 강물 위에 띄우는 이차적 이별, 〈무서리〉에서 겨울을 앞두고 나뭇가지로부터 떠날 채비를 하느라 바빠진 고속도로 옆의 포플러 잎사귀들, 〈바람〉에서 하얀 풍경에 쓸려 가는 수정처럼 맑은 이야기 등 인간의 떠남에서부터 동·식물의 떠남과 무생물의 떠남에 이르기까지 참으로 많은 것들이 시인의 곁을 떠나고 있다. 특히 그의 시에서 발견되는 떠남의 정서는 어머니, 할머니, 외삼촌, 샘 안집 누나 등

주로 혈연이나 가까운 사람들의 죽음에 의해서 비롯되거나, 때로는 살아 있는 사람들이 하나 둘 머물러 있던 자리를 떠나는 것으로부터 비롯된다. 그리고 마침내 시인 자신이 〈기적이 울리면 떠나고 싶다〉는 심정을 드러내, 더 적극적이고 직설적으로 떠남의 정서를 표출함으로써 이별의 아픔을 극대화하고 있다.

산비둘기 울음이
예사롭지 않습니다

비만 오면 가슴이 아프다던
여인의 말뜻을

자주 보는 노을도 아쉬워서 눈물이 납니다

초조할 겨를도 없이
시간이 날아갑니다

산비둘기 울고 간
자리에
적적한 사람 하나
서 있습니다
　　　　　　　　　　　　　– 〈시간은 날아가고〉 전문

하나의 이별이 남기고 간 것은 오직 외로움이라는 사실을 실감할 수 있는 작품이다. 이 시에서 '산비둘기 울음이 예사롭지 않다'는 화두話頭가 어딘가 긴장감을 준다. 이 시의 화자話者는 비만 오면 가슴이 아프다던 여인이 또 언제 곁을 떠나갈지 몰라 눈물을 흘리며 늘 초조한 상태다. 정신없이 살다가 가까운 사람들과 서로 마음놓고 다정한 이야기 한마디 나누지 못했던 자신의 존재를 발견할 수 있는 긴박한 시간이다. 시적 분위기를 볼 때, 최금녀 시인이 시의 마지막 연을 '적적한 사람'이라고 묘사한 것은 자신의 존재를 분명히 규명하는 데 매우 효과적이다. 더구나 시의 배경을 산비둘기가 울고 간 자리로 설정한 것 또한 잘 어울린다는 생각이다. 또한 〈시간은 날아가고〉에서 볼 수 있듯이 최 시인은 '온다'는 동사보다 '간다'는 동사를 빈번하게 사용한다는 사실에 주목할 필요가 있다. 초조할 '겨를도 없이 시간이 날아가고', '산비둘기도 울고 간 자리'라고 말한 것으로 보아 이별로 인한 상실감이 얼마나 큰지 짐작해 볼 수 있다. '온다'는 시어가 삶이고, 희망이고, 기쁨이고, 떠오르는 태양이라면, '간다'는 시어가 의미하는 것은 죽음이고 절망이고 슬픔이고 그림자다.

희랍의 철학자 헤라클레이토스는 일체의 현상을 모두 상호 의존의 관계 위에 성립한다고 보고 그 관계를 인연이라고 했다. 최 시인의 시를 읽다 보면 어딘가 모르게 덩달아 숙연해지고 쓸쓸해지는 까닭은 그가 상호 의존했던 관계들이 하나씩 사라지고 있는 데서 오는 공허함 때문이다. 최 시인이 의존했던 대상은 그의 작품을 통해 쉽게 확인할 수 있는데, 사람을 비롯하여 우주 안에 존재하는 모든 생물과 무생물 등 물질세계와 더 나아가 정신세계까지를 포함한 이른바 일체의 현상들이라고 할 수 있다. 따라서 시인과 맺어

졌던 일체의 현상들이 하나씩 곁을 떠난다는 것은 단절을 의미하는 것으로, 두려움과 떨림이며 곧장 고독으로 연결된다. 이런 정서는 〈들꽃은 홀로 핀다〉, 〈빈배〉 등 많은 작품 속에서 더욱 고조되고, 마침내 사라진 것들에 대한 간절한 그리움과 한이라는 양면성으로 표출된다.

마른 등걸
알몸으로
맥박조차 산울림이 되어 버린
켠켠히 그리움만 남긴 세월
빈 돌에 사유思惟나무 하나
쓸쓸히 손을 흔들고 있다

—〈겨울나무〉 일부

이 시에서 겨울나무는 시인 자신이다. 시인 자신의 감정을 겨울나무에 이입移入시킨 경우다. 우선 시어의 구성을 살펴보면 시 전체가 몹시 드라이한 언어들로 결합되어 있다. 첫 행에서부터 '마른 등걸'이 나오고, '알몸'에다가 맥박조차 뛰지 않는 상황으로 발전되고 있어서 암담한 현실을 예감하게 한다. 거기에 후반부에서 만나게 되는 빈 돌, 쓸쓸함 등의 시어가 가세하여 분위기가 더욱 냉엄하게 바뀐다. 더구나 시의 제목이 '겨울나무'로 계절이 주는 의미도 살벌하다. 겨울이 일반적으로 인생에 있어서 죽음과 해체를 상징한다는 사실을 전제할 때, 〈겨울나무〉는 두말할 나위 없이 고독의 표상으로 해석할 수밖에 없다. 그러나 최 시인은 시의 중반부에서 그리움이라는 시어를 조심스럽게 접목하여 냉엄한 분위기를 자연스럽게 완화하는 반전反轉을 시도하고 있다. 이는 최 시인이 거둔 시적詩的 성과라고 하겠다. 아울러 그는 〈겨울나무〉를 통하여 그리움이라는 시어 하나가 차지하는 비중이 얼마나 큰가를 명쾌하게 입증해 주고 있다. 그리움에 대한 정서는 이밖에, 여러 편의 시를 통해서 발견할 수 있는데, 〈오솔길〉에서 '그리운 친구', 〈친구〉에서 '눈빛에 묻어난 그리움'이라는 표현이 다소 직설적이고 감각적이지만 매우 강하게 와닿는다. 그리고 〈그리움〉이라는 시에서 '그대'라는 시어에 어떤 언어를 접맥하느냐에 따라서 다양한 그리움의 의미를 창출해 낼 수 있다는 생각이다. 그의 작품에서 빈번히 발견할 수 있는 그리움은 한 마디로 사라진 것들로 인한 고독의 분신으로 해석할 수 있다.

① 새끼 낳다 숨진
암컷들의 서리치는 한恨–
한의 씨
갈대로 피어
가을마다 하얗게 머리 푼다

– 〈핏줄〉 일부

② 빈 들
밭자락
흰꽃무리

한 줌으로 누운 쓸쓸한 혼들

해마다
초파일
극락왕생의 목탁 소리에
한으로
처연하게
피는 꽃

　　　　　　　　　　　　　－ 〈싸리꽃〉 전문

　사라지는 것들로 인한 고독의 정서는 크게 둘로 나눌 수 있는데,
그중의 하나가 '그리움'이라는 사실을 앞에서 확인하였다. 고독이
그리움 쪽을 향한다면 이는 긍정적인 것으로서 비교적 바람직한
일이라 할 수 있다. 그러나 고독이라는 정서가 반드시 긍정적인 쪽
만 지향하지는 않는다. 이별을 앞에 두고 정서적으로 저항을 하는
데도 굳이 떠나간 다음에 남는 것이 있다면 그것은 오로지 한恨뿐
이다. 따라서 사라지는 것들로 인한 또 다른 고독의 정서가 한恨이
라는 사실을 앞의 시 ①, ②에서 확인할 수 있다. 시 〈핏줄〉에서 시
인은 한恨의 근원을 '새끼 낳다 숨진 암컷들'에서 찾고 있다. 적어도
이 땅의 수없이 많은 한은 어쩌면 여성 전유물일지도 모른다. 외
세의 침략을 당할 때마다 전쟁터에 끌려가서 영원히 돌아오지 못
하는 남편과 자식을 기다리다 맺힌 한, 멀리 배를 타고 고기잡이
를 떠났다가 바다에서 영영 물거품이 되어 버린 남자로 인해 가슴
깊이 맺힌 한, 자신의 본마음, 감정, 욕망을 억제하고 은폐해야만

하는 우리의 전통적 윤리구조 역시 정서 속에 한恨을 불러일으키는 요소가 되었다고 볼 수 있다. 특히 최 시인의 경우처럼 여성들은 맞대어 대들지 못하는 데서 생겨난 한恨이 시대의 상황에 따라서 저항적 공감으로 변형을 거듭했다고 하겠다. 〈핏줄〉에서 그가 태고로 거슬러 올라가 사람의 핏줄을 찾는 과정에서 한과 고독을 발견한 것은 우리 민족이 지닌 독특한 정서 탓이라고 해석할 수 있다. 시인은 이어서 한恨의 씨가 갈대로 피어 하얗게 머리를 푼다고 표현함으로써 한이라는 관념의 세계를 사물로 구체화시킨 점도 주목할 일이다.

관념의 구체화 작업은 시 〈싸리꽃〉에서 '해마다/초파일/극락왕생의 목탁 소리에/한으로 처연하게/피는 꽃'이라고 말한 부분에서도 찾아볼 수 있다. 빈들의 밭자락이라고 장소를 구체화하고, 해마다 초파일이라고 날짜까지 구체화한 점이 섬세하고 여성적이다. 역시 이곳에서도 싸리꽃을 '흰꽃무리 한줌으로 누운 쓸쓸한 혼'이라고 하여 우리 민족의 전통적 한의 정서를 느끼게 한다. 그리고 시 ①과 ②에서 한을 똑같이 흰색의 꽃으로 표현하고 있는 것도 간과해서는 안 될 일이다. 흰색은 일반적으로 순결이나 순종을 의미하지만, 앞의 시에서 흰 색깔은 우리의 전통성과 관련하여 백의민족白衣民族을 상징하는 것으로 읽을 수 있다. 이렇게 볼 때, 최금녀 시인의 작품 세계는 사라진 것들로 인한 고독의 정서가 우리 민족의 전통적 정서인 그리움의 이중적 구조로 연결된다고 결론지을 수 있다.

김희경

境界 넘어서기

시는 형식이나 내용에 지나치게 얽매이면 안 된다. 아무리 많은 시간과 노력을 기울였다 하더라도 독자들과 공감대를 이루지 못하는 시는 일단 실패작이라고 보아야 한다. 시인들 가운데는 시를 자신의 감정을 독자들에게 전달하는 매개물 정도로 가볍게 생각할 수가 있지만, 엄격히 말해서 시는 커뮤니케이션이기 때문에 화자 話者와 청자聽者 사이에 공감대가 형성되어야 한다. 피차 마음이 움직이지 않는다면 화자인 시인이나 청자인 독자 누군가에게 문제가 있다는 말이다. 따라서 좋은 시는 어느 일정한 규칙에 따라 미세하게 조립된 시가 아니라, 틀을 다소 벗어나더라도 독자들의 마음을 움직여야 한다는 것이 나의 시론詩論이다.

> 문.과.문.사.이.의.턱.은.턱.없.이.높.았.다.나.는.그.안.에.
> 서.있.었.고.보.았.고.알.았.고.그.리.고.낮.아.서.무.덥.고.
> 습.하.기.만.하.던.여.름.하.늘.이.가.을.이.면.왜.갑.자.기.
> 눈.물.겹.도.록.심.성.맑.아.지.게.하.는.지.까.닭.을.알.았.
> 다.그.러.나.말.할.수.없.었.다.우.리.모.두.의.하.늘.문.밖.
> 으.로.올.려.다.보.기.내.진.실.로.두.려.운.까.닭.에.
>
> ―〈오월〉 전문

일반적인 틀에서 벗어난 시 쓰기임을 한눈으로 확인할 수 있다. 부호 사용의 경우만 하더라도, 단순한 멋 내기로 글자 사이에 마침표를 찍은 것이 아니라, 문과 문 사이의 단절된 공간에 자아自我가 존재한다는 사실을 확고히 인식시켜 주기 위해서 글자와 글자 사이에 시인의 굳은 의지가 내포된 마침표를 찍은 것이다. 아울러 여름과 가을의 이색적인 정서를 〈오월〉 속에 끌어들인 것도 마침표가 지니고 있는 단절의 의미와 무관하지 않다. 일찍이 러시아 문예 비평가 시클로프스키가 예술은 습관적이고 일상적인 것을 탈피하는 언어를 사용하는 것이 바람직하다고 말한 것처럼 시의 진수는 바로 '낯설게 하기'에 있다는 생각이다. 그러나 시인 자신만 알고 독자가 이해하지 못하는 낯설게 하기는 뜬구름을 잡는 것처럼 무의미하다. 또한, 요즘처럼 복잡다단해진 글로벌 시대의 독자들에게 지극히 일상적이고 평범한 시로는 관심을 끌지 못한다. 시 〈오월〉에서 무덥고 습하기만 하던 여름이 가을이면 눈물겨울 정도로 심성이 맑아지는 까닭을 알면서도 말하지 못하는 건 112개의 글자와 112개의 마침표 속에 숨겨져 있는 진실과의 단절이요, 하늘문에 대한 두려움으로 해석할 수 있다. 아울러 김희경의 시 〈오월〉은 마침표라는 부호符號와 문門이라는 사물이 지니고 있는 단절의 의미를 극대화하면서 낯설게 하기를 통해 독자들과의 공감대共感帶를 형성하는 데 성공한 작품으로 판단된다.

양파를 까며
울었다
감추고 싶은

눈가의 주름조차도
낱낱이 들춰내는
당신 때문에
눈이 붓도록
울었다

콧물 훌쩍이며
울었다
내 말간 속살이
당신의 손끝에서
온전하게 드러나는 순간
갑작스런
홀가분함에
코끝이 시큰하도록
울었다

-〈고추 먹고 맴맴〉 전문

인간의 양면성兩面性을 양파 까는 것에 비유한 점이 매우 신선하다. 더구나 눈가의 주름살조차도 낱낱이 들춰내는 당신이라든가, 내 말간 속살이 당신의 손끝에서 온전하게 드러난다는 등의 육감적肉感的 이미지를 통해 내면에 잠재하고 있는 무의식無意識을 카타르시스하고 있는 점이 값지다.

탈을 쓰고 살아갈 수밖에 없는 인간들에게 양파를 까듯이 어느 실체가 속속들이 드러나고 난 후의 쾌감이야말로 오늘을 살아가고 있는 현대인들이 가장 갈구하고 있는 것 가운데 하나일 것이다. 김희경 시인은 〈고추 먹고 맴맴〉이라는 시에서 제목과 내용이 이 질감異質感을 갖도록 함으로써 독자들에게 애매모호曖昧模糊한 상상력을 불러일으키고 있는데, 일종의 엠비귀티ambiguity 효과로 독자들에게 풍부한 상상력을 제공하려는 시인의 의도가 숨어 있는 것으로 분석할 수 있다.

…저놈의 눈빛…태어난 지 며칠밖에 안 됐을 쥐…새끼…

쫓고 쫓기는, 세상은 그런 거다 물고 물리고 밟고 밟히고 널 위한 안식은 그곳에만 존재한다 서로의 경계는 너무나 분명하여서 차라리 엄숙하게 받아들여야 하리 근육질의 권위와 기생 같은 권력도 밤에만 검푸른 싹을 틔워 왔을 터 너희가 저질렀던 그동안의 행적들을 우린 알지 못한다 작고 단단한 이빨이 어느 가옥의 낡은 기둥을 쏠고 곳간 창고 한구석을 차지했을 때 울며 허공을 맴돌았을 원인 모를 의문사 실종자들의 혼백 으약 갑자기 포물선을 그으며 날아오른다 쥐, 쥐,

－〈쥐덫 1〉 전문

앞의 시 〈고추 먹고 맴맴〉이 여성적이라면, 〈쥐덫 1〉은 매우 남성적인 톤을 지니고 있다. 우선 사고思考의 폭이 넓고, 화자의 목소리 또한 강하면서 굵다. 첫 행의 메시지부터 어딘가 심상치 않다. 있는 자와 없는 자의 경계가 분명해진 오늘날 사회의 부조리한 실상들이 쥐의 행적을 통해 적나라하게 드러나고 있다. 서두를 쥐새끼

로 시작하여 이 시의 말미를 쥐로 마무리한 것도 작품의 명료성明瞭
性에 비중을 둔 기법으로 바람직하다.

　　① 끝내 저질렀어요
　　다소곳이 기다리는 게 여자의 도리라지만
　　참으려 해도
　　몸이 달아올라 견딜 수 없는 걸
　　어찌합니까
　　밤이면 도지던 열병이
　　거리를 무작정 헤매이게 하더니
　　만날 것 같은 예감 하나로
　　경회루 앞에 와서 섰는데
　　글쎄 말입니다
　　금족령을 어기고 나온
　　네 죄가 크다며
　　연못 앞엔 경고문만
　　전하처럼 버티고 있더이다

　　위험, 들어가지 마시오
　　　　　　　　　　　　　　　　　　　－〈가을맞이〉 전문

　　② 진작부터준비해온죽음앞에서부러지는연필을안타까이깎고또
깎으며우린지우개를찾지않았습니다눈을감는순간까지알콜내를풍
기며다가섰어도연약한잔등후려치던그채찍우린버리지않았습니다

게거품흐르는입망을틀어막고녀는먹지마라다그치며닳아빠진발톱
세워종일쟁기만끌게했습니다갖은비웃음에도밭을갈아엎어야했던
하루마른목젖축여주는술잔에다눈물도따뤄꿀꺽삼키던밤은아무도
몰랐습니다얼룩진시간표에멍든가슴일망정이대로먼길가는옷벗어
다시일어서길우리는이제서야진심으로바라고있습니다어떤깊이로
도채울수없는당신의자리…앞에서

-〈저음의 무반주 첼로〉 전문

시 ①과 ②는 시인의 의식 속에 잠재되어 있는 경계선을 자의적自
意的으로 무너뜨리고 있다는 점에서 동일한 구조의 작품으로 분석
된다. 두 작품은 물론 외적인 형태가 다르고 소재도 다르다. 그러
나 우리들의 살아가는 일상적인 이야기를 우리 모두의 체험담처럼
진솔하게, 거침없이 써 내려가고 있다는 점에서 마음을 끈다. 이
두 편의 시는 언어 자체도 정제淨濟되지 않은 데다가, 특히 시 ②의
경우는 띄어쓰기까지 전적으로 무시되고 있어서 호흡이 거칠고 시
간이 거듭될수록 상황이 급박해지는 상황을 발견할 수 있다. 그런
데도 끝까지 중심을 벗어나지 않고 독자의 시선을 끌어당기는 까
닭은 일련의 시적詩的 진실로 우리에게 시사示唆하는 바가 크다.

결론적으로 김희경 시인은 시 〈오월〉, 〈고추 먹고 맴맴〉, 〈쥐덫
1〉, 〈가을맞이〉, 〈저음의 무반주 첼로〉를 통해 시인이 추구하고자
하는 시정신詩精神이 진실성眞實性에 있음을 보여 주고 있다. 그 진실
을 위해 마침내 통제된 경계선까지도 과감하게 뛰어넘는 김희경
시인의 담대한 도전 정신에 박수를 보낸다.

김현지

위축과 초월의 交感

  인간의 지니는 본능 가운데 하나는 영원한 세계, 항구적인 세계를 찾고자 하는 욕망이다. 안주할 곳에 대한 동경이요, 위험을 피하려는 욕구에서 비롯되며 인간이 큰 변동에 직면하게 될 때 이 본능도 강하게 작용한다고 한다. 이러한 심리는 불확실성의 시대, 위기의 시대, 산업화 시대에 사는 현대인들에게 최대의 관심사일 뿐아니라 누구나 가지고 있는 원초적인 욕망이다. 과학이 발달할수록 인간은 거대한 문명 앞에 위축되어 인간성까지 상실하며, 사고의 한계를 느껴 위축되어 가는 자아를 극복하려는 의지가 강하게작용한다.

  김현지 시인의 시에서도 이러한 극복의 의지를 쉽게 발견할 수있는데, 그의 시집 「연어일기」를 읽다 보면 많은 곳에서 '새'와 '바람'을 만난다. 새와 바람은 곧 초월하려는 자아로 김 시인이 사는현실로부터 일탈하고자 하는 상징물로 해석할 수 있다. 현실이 슬프고 우울할수록 이를 극복하려는 의지는 상대적으로 더 강하기마련이다.

  우선 김 시인이 시를 통하여 언술하고자 하는 현실은 어떤 것인지 그의 시를 통하여 알아볼 필요가 있다. 그의 시각에 비친 현실을 관심 있게 살펴보는 일이야말로 그가 왜 많은 부분에서 초월의 의지를 표출하고 있는지 그 원인을 찾을 수 있기 때문이다.

> 아침이 와도 해 뜨지 않는
> 그대 무거운 덧창 활짝 밀어 올리고
> 구석구석 정지된 소리를 일으켜 세우는
> 바람으로 내가 갈까
> 차오르는 한숨 꾹꾹 눌러 삼키며
> 또록또록 속눈 맑게 뜨고
> 숨막히게 조여 오는 밤의 껍질을
> 들쥐처럼 쪼아대는 그대여 동해로 갈까
>
> －〈어느 시인의 해 뜨지 않는 아침을 위하여〉 일부

무거운 덧창과 정지된 소리, 차오르는 한숨과 숨 막히게 조여 오는 밤 앞에 시인은 무기력하게 서 있다. 무언가 계속되는 좌절, 그리고 암담한 현실 속에서 차라리 바람이나 되어 보겠다는 가느다란 소망을 꿈꾼다. 그대 가슴에 맑은 해를 띄우기 위하여 동해의 푸른 물살에 짓눌렸던 어둠을 풀어내리라는 생각도 해 본다.

그러나 현실은 또 다른 불면의 밤을 가져온다.

> 방안 가득
> 가시숲이 자란다

가시숲 그늘로
검은 춤 사위가
스스로 일어서고

시간이 누워 버린 곳에
어둠이 토막져
굴러다닌다

깨워야지
나 대신 자고 있는 시간을
두드려 깨워야지

벽 속에 갇힌
내 잠이
박재로 퍼득인다

–〈잠 안 오는 밤〉 전문

이 시는 제목이 암시하듯 전반적으로 불안하고 고통스러운 분위기다. '가시 숲'이라는 시어 하나가 화두부터 긴장되고 결박된 마음이 3연에 이르러 토막져 굴러다니는 어둠을 만나 두려움으로 떠는가 하면, 결국은 두꺼운 장벽에 갇혀 박제된 신세가 되는 고통을 겪는다. 이는 김 시인 혼자만이 겪는 고통이 아니라 모든 현대인이 겪는 일상적 고통이기도 하다.

이처럼 김 시인의 고통은 때때로 겨울처럼 춥고 우울한 모습으로 어둠과 접맥하면서 자연스럽게 한 편의 시로 승화되고 있다.

어둡고 춥다

외로움은 늘 어깨쯤에서
갯내 끈끈한 바닷물 냄새로 출렁이고

-〈상류에서〉 1·2연

화자는 어둡고 추우므로 외로운 상황에 부닥친 것이 아니라, 외로워서 상황이 더 춥고 어둡게 느껴진다고 말한다.

김 시인은 이 밖에 많은 시를 통하여 여러 가지 양상의 현실 세계를 보여 주고 있는데 대부분이 소외당하고 고통받는 삶의 모습을 형상화하고 있다. 그래서 그의 시에는 팽창보다는 위축, 개방보다는 폐쇄, 자유보다는 구속을 주제로 한 작품이 주류를 이룬다. 그의 시각에 비치는 현실은 〈擬態法 1〉에서 말하고 있듯이 '크레용 곽 속처럼 빡빡한 세상이고' 〈오월에 나는〉에서처럼 '사철 어느 하루도 온전히 성치 못한' 날들이 계속되고 있다.

산은 산끼리 무등을 태워
또 다른 산을 안아 넘기고
강은
시퍼런 목을 드러내고 운다
밤새껏 운다

-〈남도행 1〉 일부

화자의 감정 속에 '강'이라는 객관적상관물이 이입되고 있지만, 동시에 화자가 주체로서 관여하고 있어서, 이 시에서 강의 울음은 곧 주체인 화자의 울음으로 해석할 수 있다. 정신분석학에 따르면 '강'은 여성 상징으로 슬픔, 상실, 죽음의 속성을 지니고 있는데, 이 시에서 김 시인이 강이라는 대리자를 선택하여 그가 대신 울도록 한 점은 매우 적절하다. 그리고 이 시의 전체에서 느낄 수 있는 소외감을 결코 남의 탓으로 돌리지 않고 스스로 체념하는 한국 여인의 전통적 정조로 이끈 점이 특이하다.

　　슬픈 일들과

　　어긋나는 일들과

　　잘못하는 일들과

　　잘못하는 일 잘못 다스리는 사람들로 꽉 맥힌 수챗구멍 속을

　　바퀴벌레만 용케 비집고 다닌다

　　길어나는 발톱 돌돌 굴리며

　　코 새우기

　　눈 높이기

　　되도록 길게 목줄 뽑아올리기에 바빠

　　제 발밑 못 보는 사람 바퀴들도 더러더러 보인다

　　슬픈 사람 슬픈 눈물

　　아픈 사람 아픈 눈물

　　기쁜 사람 기뻐 흘리는 눈물까지 다 쏟아붓는

　　북새통 속에

　　말간 웃음 한 번 헤프게 웃은 적 없는

가난한 사람들 넉넉하게 흘리는 눈물을 보라
웃는 얼굴에도 눈물이 나는
어긋나는 일 가득한 하루
세상은 공평한 거란다

-〈공평한 세상〉 전문

김현지 시인이 〈상류에서〉를 통해 이미 밝힌 것처럼 성치 못한 나날들이 〈공평한 세상〉에서도 동일한 이미지로 표출되고 있다. 슬픈 일과 어긋나는 일과 잘못하는 일들로 채워진 일상 속에서 그는 눈물의 홍수를 맞고 있다. 공평하지 못한 세상에서 가난한 사람들이 흘려야 하는 수없이 많은 눈물을 보면서 시인은 왜 공평한 세상이라고 했을까? 위축되어 있는 아웃사이더의 강한 파라독스 paradox다.

김현지 시인의 현실에 대한 슬픔은 또 다른 차원에서 두 개의 이데올로기로 분단된 우리의 현실에 접근한다.

서나무가 울고 있다. 이른 아침
동구를 열고 오는 물안개로 정淨하게 목욕한 서나무가
섧게섧게 울고 있다

아 그날 이 마을
역사의 허리가 매질당하던 당산마루 어진 목숨들의
청대 같은 비명 혼자 듣고 지켜본 죄로
뿌리까지 속이 탄 서나무는

아침이 올 때마다 햇살이 부끄러워 울곤 하더니
서나무에 혼을 감은 내 할머니 청맹青盲의 한이
뻐꾸기로 돌아와 우는 오늘 다시
발목에 쌓이는 그날의 신음 소리
옹이로 새어 들어 서나무를 울게 한다

-〈서나무〉 일부

　이데올로기의 대립은 아직도 현실 사회에서 아픔으로 남아 있고 마침내 민족상잔의 비극으로, 젊은 나이에 목숨을 잃은 아버지, 삼촌, 당숙의 혼이 백발로 돌아와 살아 있는 자의 가슴을 갈기갈기 찢어 놓고 있다. 앞의 시에서 보듯이 김현지 시인의 관심은 계속 그의 가족이나 친지에게로 향한다.

지금은 겨울꽃으로 지고 있는 아버지
삭은 새끼줄 따라와
생풀 연기에 눈 부비는 나는
저녁 소나기로나 쫙쫙 내리고 싶은
마흔두 살의 늦은 여름

-〈여름〉 끝연

　유년에 만나던 아버지의 모습은 이제 겨울꽃으로 지고 있어 슬프기만 하다. 지는 꽃은 쇠퇴의 이미지요, 겨울은 프라이N. Frye가 말한 이미지의 순환적 패턴에 따른다면 삶의 주기에서 곧 죽음을 의미한다. 이 시에서 김 시인은 아버지의 이야기를 통해 할머니까지 연상함으로써 시의 분위기가 무거워진다.

특히 김현지 시인의 작품에 어머니라는 시어가 빈번히 쓰이고 있는 것에 주목해 볼 일이다.

> 늦가을 새벽녘에
> 혼자서 몸을 푼 어머니는
> 홍수에 떠밀려간 아버지를 생각하며
> 울음을 쏟았다
>
> 어느 날엔가 아버지의 넋이
> 거북이로 환생하리라는 일념으로 어머니는
> 오늘도 새벽 강에 나가
> 방생을 거듭한다
>
> ─〈방생〉 일부

죽음은 언젠가 만남이 있을 거라는 기대가 있어서 처절하지 않다. 그래서 죽음을 이 세상과 완전히 단절된 것으로 보지 않고 다시 만나리라는 기대를 걸며 홍수에 떠밀려간 아버지를 생각하고 방생을 거듭하는 것이다. 여기서 화자는 어머니의 슬픔을 보는 동시에 거대한 자연의 힘 앞에 무기력한 인간의 존재를 재확인한다.

> 어머니 혼은
> 맨발로 걸어 산길을 가시고

홑옷 한 벌 걸치고
밤길을 가시고

빈몸만
꽃상여 타고
호사하며 가더라

꽃길도
가시길인 양
절뚝이며 가더라

-〈어머니〉 전문

김 시인의 많은 시 가운데 그리움의 대상이 되었던 어머니마저 꽃상여를 타고 이 세상을 떠난다. 가난하게 살다 떠난 어머니를 생각하며 깊은 상실감에 빠진 화자의 태도에서 슬픔이 극대화되고 있다. 이밖에 김 시인의 시에는 어머니, 아버지, 할아버지, 할머니가 순서대로 자주 등장하고, 삼촌, 당숙, 누이, 오래비, 손자, 증손녀 등의 혈육이 이따금 등장하여 현실 속에 위축된 자아로 형상화되고 있다.

사랑하는 사람들이 하나둘 곁에서 떠나간 자리에 남아 있는 것은 공허로움과 인생에 대한 회의뿐이다. 그러나 김 시인은 이처럼 정지된 사고로부터 초월하고자 하는 강한 의지를 다양한 형태로 보여 주고 있다. 앞에서 언급한 것처럼 그의 시에는 '새'와 '바람'이 빈번하게 등장한다. 새와 바람은 곧 현실세계를 초월하려는 시인의 내면 심리와 깊은 연관이 있다. 즉 김 시인은 그가 처한 비극적 현실을 새나 바람이 지닌 상징적 자유로움으로 극복하고자 하는 의지를 보여 준다.

> 오래 자리한 가슴속 우울을
> 바람 소리로 비우고
> 노을빛 넘치도록 채우며
> 강둑을 걷는다
>
> ─〈강둑을 걸으며〉 일부

오랫동안 자리했던 가슴속의 우울까지 비워 내는 바람은 '극복된 물질'로서 초인적 환희의 실체가 되어 우리 앞에 나타난다. 인간의 힘으로는 도저히 이루어 낼 수 없는 일을 바람은 쉽게 해결해 주고 무시로 다른 곳으로 떠난다. 〈어느 시인의 해 뜨지 않는 아침을 위하여〉에서 '정지된 소리를 일으켜 세우는' 초능력을 보이고, 〈연어 일기〉에서 '밤새 꿈길을 흔드는' 기적도 보여 준다.

바람은 또 화자를 고향과 함께 향수鄕愁 속으로 유도한다.

> 바람이 불면
> 더 깊이 여며지는
> 복사꽃 핀
> 고향의 한 자락
>
> ─〈머플러〉 일부

바람 무심히 스치는 들녘
묵혀져 잡초 무성한 밭 둔덕엔
망초꽃 지천으로 내려앉는데

-〈고향〉 일부

바람이 불 때면, 잊고 있었던 고향이 꽃소식을 안고 눈앞에 어른 거린다. 바람은 산으로 바다로, 멀리 떨어져 있는 고향으로 공간을 초월하면서 김 시인의 시세계를 종횡무진 누비고 있다. 그러나 때 때로 바람은 변절자가 되어 인간을 강타하기도 한다.

석양머리 으스름 밟고 서서
오늘은 내일이 아니다
내일은 오늘이 아니다
아니다 아니다
아무것도 아니다 새들아
사람 그리운 병 너희도 있느냐

되짚어 가야 할 내 길은
천리나 멀고
어느 땅 끝에도
내 쉴 그늘은 없어
꽃이 죽고
바람마저 죽어 버린 뒤

나만 살아

혼자서만 살아 울면

어쩌나

어쩌나

－〈저녁 으스름〉 전문

김현지 시인은 감정이 풍부한 사람이다. 그래서 그는 대단한 친화력으로 자연과 교감하면서 미세한 감각으로 사랑의 메시지를 전한다. 꽃이 죽고, 바람마저 죽어 버린 뒤 혼자서만 살아 울면 어떻게 할까 걱정하는 심리가 바로 거기에서 비롯된 것이다.

또한, 그의 시가 갈수록 공감대를 만들어 가는 것 가운데 하나는 진실성이다. 〈박꽃 피던 날·2〉에서 볼 수 있는 천진스러운 동심童心의 세계가 이를 입증해 준다. 이 시에서 죽어 버린 사람은 꽃과 더불어 방해자의 존재에 불과하다. 자유의 존재, 희망의 존재라는 이미지로부터 일탈逸脫한 경우다. 그는 또 이 시를 통하여 반복법의 한 양상을 보여 주고 있는데, 그의 시가 지닌 특징 가운데 하나가 곧 반복법이다.

우리들 아무도

나무가 될 수는 없지만

장미를 피울 수도

능금을 매달 수도 없지만

바위가 될 수는
더더욱 없지만

우리가 죽어 간 땅 위에서
그대들 아무도 실하게 설 수 없음을

아시는지요
아시는지요

-〈풀들의 말〉 전문

위의 시는 하나의 죽음 앞에서 살아 있는 자아를 확인하고자 하는 잠재심리가 반복법으로 강하게 표현되어 있다. 반복법은 대체로 어느 의미를 강조하기 위해 사용한다고 할 때, 이 시에서 '~수 없지만'의 반복은 부재하는 것, 곧 '죽음'을 상징하는 것으로 해석할 수 있다. 이 밖에 〈풀국새〉, 〈어머니〉, 〈위하여〉, 〈바다〉 등의 시에서도 반복법은 쉽게 만날 수 있는데, 위축된 자아를 재확인하려는 의지가 담겨 있다는 점에서 이미지가 유사하다.

김현지 시인의 초월의식은 또 다른 시에서 '새'를 통하여 형상화되고 있다.

물까치
찌르레기
개개비 개개거리는 머리맡 털고
떠내려갈 테야 가서

가마우지
두루미
해오라기들 만날 테야

다도해를 돌아
베링해 푸른 섬들과도 손 잡을 테야

　　　　　　　　　　　　　　　　　－〈돌섬〉 일부

　이 시의 전반부에 등장하는 새들은 주로 인가 주변에 사는 새다. '물까치/찌르레기/개개비 개개거리는 머리맡 털고'라는 구절을 통해 화자가 일상에서 벗어나려는 강한 의지를 보인다. 다시 말해서 김 시인은 현실로부터의 초월을 직설적으로 말하지 않고, 주변의 새에게서 벗어나 멀리 있는 낯선 새들과 만나겠다고 말함으로써 현실로부터의 일탈을 우회적으로 표현하고 있다.

　신화이론가 휠라이트P. Wheelright에 의하면, '새'는 상하上下의 원형原型 가운데 상上에 속하는 것으로 도달해야 할 대상, 획득하고자 하는 소망을 나타내기 때문에 어떤 의미에서 선한 것을 뜻한다. 따라서 김 시인이 말하고 있는 〈돌섬〉 후반부에 등장하는 새와 그다음에 등장하는 '베링해 푸른 섬'은 그의 소망적 사고wishfull thinking가 담긴 것으로 읽을 수 있다.

새가 되어 날아갈
산너머 하늘도 알지 못하고
별이 있는 그 높이도 알지 못하지만

새가 되고 싶은 사람들끼리

개울가에 나앉아

별이 드리운 물소리

귀 기울여 듣는 것은

우리들 아무도

새가 된 이들의 고독을

다 모르기 때문입니다

―〈우리들 아무도 다 알지 못하는〉 일부

　이 시에서 화자는 새가 된 사람들의 고독을 모르기 때문에 많은 사람이 새가 되고 싶어 한다고 말한다. 이상적 세계에 대해서 알지 못할 때 사람들은 현실로부터 초월하려는 의지를 보이듯이, 도달해야 할 대상이나 획득하고자 하는 소망도 이루기 전까지의 과정이 훨씬 더 아름다운 것이다.

　사람들은 가끔 육체를 이탈하여 새처럼 날아다니는 능력이 있다고 믿기 때문에 새로 변신하는 꿈을 꾼다. 그러나 김 시인은 낭만주의자처럼 지나치게 현실에서 벗어나려고 하지 않는다.

닫힌 문 안에서도

내 날개는 자유로운가

자유롭게 알 수 있는가 어디로

꿈꿀 수도 없는 잠 속

휘붐한 새벽 창 너머로

날아가는 새

새의 날개 끝을 동여매는 바람

모든 물체들이

사람들의 관념에서 도망치기 위해

우루루 일어선다

-〈창가에서 · 2〉 전문

이상理想을 향해 초월하려는 새는 마침내 현실 속에 실재하는 새가 되어 날아간다. 김 시인의 말처럼 모든 물체가 사람들의 관념에서 벗어나려는 움직임이다. 〈씨앗자루 이야기〉에서도 이와 같은 현상을 발견할 수 있는데, 시인은 재개발 때문에 마을에 있던 새들이 보금자리를 잃고 다른 곳으로 날아가는 것에 초점을 맞추고 있다.

김현지 시인은 70여 편의 시를 통하여 어머니답게 차분하고 섬세한 언어와 감각으로 인생의 관념 세계를 예리하게 파헤치고 있다. 춥고 어둡고 눈물 속에 살아야 하는 비극적 현실로부터 초월하여 영원한 안식처를 찾아가기 위해 '바람'이나 '새'로 변신하여 비상을 꿈꾸지만, 결국 인간에게 주어진 한계를 느끼게 한다.

이상과 현실 사이에서 갈등하는 화자의 심리상태를 다각적인 비유를 통해 자연스럽게 형상화한 점을 값지게 평가하며, 김현지 시인의 앞날에 문운이 늘 함께하길 기원한다.

고삼석

휴머니스트의 길찾기

프랑스에 앙데팡당*indépendants*展이라는 게 있다. 화가로 등단^{登壇}하는 길 가운데 하나로, 1884년 엄격한 살롱 심사에서 낙선된 화가와 반아카데미즘 화가들이 예술가 집단을 조직하여 그해 연말에 제1회 전시회를 열었는데, 이것이 오늘날 앙데팡당전의 발단이 된 것이다. 작품에 대한 심사가 없는 것을 원칙으로 하고 소정의 비용을 내면 자유스럽게 일정한 점수까지 출품할 수 있는 일종의 등단 제도다.

시단^{詩壇}에서도 일정한 심사 과정을 거치지 않고 개인 시집을 출간하여 전문가로부터 능력을 평가받으면 자연스럽게 시인으로 인정받는 경우가 있다. 이른바 앙데팡당 시인들이다. 우리나라에서는 신춘문예나 문예지의 신인작품 공모에 당선되어야만 시인으로 인정하는 제도가 오랫동안 유지됐지만, 근자에 이르러 그런 제도나 절차를 거부하고 스스로 열심히 시를 써서 시집도 내고 성공적으로 시인의 길을 가는 사람들이 있다.

고삼석^{高三錫} 시인은 대학 시절부터 지금까지 시에 대한 열정을 태우며 꾸준히 작품 활동을 해 온 중견이다. 일찍이 1982년에 30여 편의 작품으로 개인 시화전을 여는가 하면, 2003년에는 처녀시집 「꿈 춤」을 상재하여 문학적 기반을 탄탄하게 다져온 시인이다. 또한, 다음카페cafe daum에 '시인나라'를 개설하여 현재 3,300여 편의 자작시를 올려 세간에 많은 관심을 끌어왔다. 화려한 시 경력으로 볼 때, 고 시인은 이미 기성 시인으로서 충분한 자격과 조건을 갖추고 있다고 하겠다.

고삼석 시인이 두 번째 시집을 내겠다고 원고 뭉치를 들고 왔다. 내심 반가우면서도 한편으로 15년 만에 내린 그의 결단이 가슴을 설레게 했다. 많은 시인이 한 권 분량의 시가 모이면 서둘러 시집을 내기 바쁜 세상에, 그는 수십 권 분량의 시를 써 놓고도 두 번째 시집 내기를 망설여 왔기 때문이다. 이는 평소에 다른 사람을 먼저 배려하고 포용하는 고 시인의 겸허하고 관대한 성격에서 비롯된 것이기도 하지만, 처녀시집에 수록된 〈시인의 적〉이라는 작품에서 '시인의 적은 인기라는 시인의 이름이고/그럴듯하게 과잉 포장되는 명성이다'라고 밝혔던 그의 시정신詩精神과 무관하지 않다. 인기나 명성을 얻기 위해 시를 쓰는 행위 그 자체가 시인에게 적敵이 된다는 생각 때문에 시집 발행이 늦어진 것으로 본다.

고삼석 시인처럼 시에 대한 열정이 유별난 사람도 드물다. 수천 편의 시를 이미 카페에 올려놓고 지금까지 쉬지 않고 계속 시를 쓰고 있는 것에서 쉽게 알 수 있다. 그에게 시 쓰기는 아주 소중한 생활의 일부다. 주제나 소재가 매우 폭넓고 다양하지만, 특별히 '시 쓰기'를 주제로 한 시가 자주 발견되는 까닭은 시 쓰기에 대한 그의 집념에서 비롯된 것으로 판단된다. 시 자체가 관념적인 세계이기 때문에 일반적으로 시를 주제로 한 시 쓰기가 쉽지 않은데, 고 시인은 이 일을 마다하지 않고 계속하면서 독특한 시의 세계를 개척해 가고 있어 주목된다.

> 농부의 한숨 속에도
> 땀 속에도 시가 흐르듯이
> 오랜 고통 후의 미소에
> 시가 있다
> 촌철살인같이 찌르는 반전
> 그 반어 속에 시가 있다
>
> ─〈만화 같은 시〉 일부

이 시의 화자話者는 먼저 '오랜 고통 후의 미소에/시가 있다'고 전제한다. 이어서 '촌철살인같이 찌르는 반전/그 반어 속에 시가 있다'고 덧붙인다. 오랜 고통과 뜻하지 않은 급변전急變轉 상황 속에서 비로소 시다운 시가 생산된다는 말이기도 하다. 아리스토텔레스는 『시학』에서 '운명의 급전'이라는 의미로 '반전反轉'이라는 말을 사용하고 있다. 이른바 사건을 예상 밖의 방향으로 급전시킴으로써 독자에게 강한 충격과 함께 주제를 효과적으로 전달할 때 쓰는 방법이 반전이다. 이 시의 마지막 행에 사용한 '반어反語'라는 시어 역시 사실과 반대되는 말을 함으로써 표현의 효과를 높이고자 할 때 사용해 온 방법이다. 원래 아이러니irony를 번역한 말로 우리 문학작품에는 일찍부터 폭넓게 활용됐다. 따라서 그가 〈만화 같은 시〉에서 반전反轉이나 반어反語 속에 시가 있다고 말한 것은, 예기치 못했던 강한 충격을 통해 시적 효과를 극대화하려는 일종의 시작법詩作法으로 해석할 수 있다. 이밖에 시를 주제로 창작된 작품은 〈매혹의 시〉, 〈꿈속의 시〉, 〈시 계엄〉, 〈기억되지 않는 시〉, 〈시를 위하여〉, 〈시가 되게 하라〉, 〈진주 같은 시〉, 〈시를 부른다〉를 비롯하여 상당수에 이른다. 그의 독특한 시작법 내지 시정신을 시의 형식으로 자유롭게 서술하고 있음을 간과해서는 안 된다. 예를 들어 〈좋은 시〉에서 '쉬우면서도 큰 울림이 있어야 하고, 순한 언어이지만 깊은 진실이 있어야 하며, 끌림이 있는 시, 기쁨이 있는 시'가 좋은 시라고 그의 시론詩論을 펼치고 있다. 반면 〈시 계엄〉에서 '시는 평상 미소로 양심에 전하는 계엄선포다'라고 '미소'와 '계엄선포'라는 상반되는 두 시어를 한 행에 나란히 배열하여 예측하지 못한 충돌衝突과 긴장緊張을 일으키기도 한다. 〈매혹의 시〉, 〈꿈속의 시〉에서 '시는 매혹적이고 환상적이며, 사랑하는 사람의 마음을 적시는 봄비와 같은 것'이라고 감성적인 언어로 시의 특성을 이야기하고 있다.

고삼석 시인은 세상적인 때가 묻지 않은, 그야말로 순수하고 진솔한 휴머니스트다. 추하고 아픈 것들까지도 따뜻하게 품을 줄 아는 넉넉한 호인이다. 그의 시 가운데 휴머니즘을 주제로 쓴 시가 압도적으로 많은 까닭도 여기에 있다. 그의 시는 훈훈하고 인간다운 정서로 가득차 있으므로 무작위로 어느 시를 꺼내 읽더라도 여지없이 인간의 따뜻한 체온이 시의 저변에 깔려 있는 것을 발견할 수 있다. 작품 〈서정적으로〉에서 '그 누구도/시비할 것 없는 그런 몸짓만 하며/그러나 인간적인/그런 그런 정으로만 살아요'라고 말하는 것에서 어렵지 않게 인간다움을 찾을 수 있다. 휴머니즘이 인간다움을 존중하는 아주 넓은 범위의 사상이라고 할 때, 이 시에서 표출되고 있는 순수한 이미지는 곧 휴머니즘에서 우러나온 숭고한 사상으로 읽을 수 있다.

저질러 놓고 후회하기 일쑤라
바보다
쉽게 무너지는 바보다
감정과 거짓 논리에
속지 않으리라고 다짐하고도
매번 같은 실수를 하고 마는
바보다
바보 중에 바보다
바보가 아니라고 말하고 싶은
구제받기 어려운 바보다
강하고 모질어야 하는데
더 강하지도 모질지도 못하고야 마는
아! 타고난 바보
왜 이럴까

ㅡ〈바보〉 전문

시 〈바보〉는 다른 사람의 이야기가 아니라, 바로 자신의 이야기를 적은 자전적自傳的인 작품이다. 비유나 상징의 옷을 입히지 않고 진솔한 목소리로 말하고 있어서 신뢰도가 높다. 이 시의 화자는 자신을 바보 중에 바보, 구제받기 어려운 바보, 타고난 바보라고 자책한다. 그러나 여기서 말하는 바보는 정말 바보가 아니라, 바보인 척 바보가 되어 주는 지혜자인 동시에 인간미 넘치는 휴머니스트다. 그의 또 다른 시 〈바보〉에서 '비록 바보같이 어리석게 보여도 알찬 지혜자가 되자/가슴에 희망을 간직한 의지의 바보가 되자/많은 허물을 품어 용서하며 하하하 웃는 바보가 되자'고 말하는 것에서 그는 결코 바보가 아니라는 사실을 확연하게 입증하고 있다. 그는 어리석고 멍청하거나 못난 사람이 아니라, 시에서 밝힌 것처럼 철저하게 바보가 되어 주는 지혜자이고, 희망을 지닌 의지의 사람이고, 허물을 용서해 주는 너그러운 사람이다. 흔히 이면에 숨겨진 참뜻과 대조되는 발언을 언어적 아이러니라고 하는데, 그중의 하나가 '엄숙한 바보짓'이라는 것이다. 어린이나 모자라는 사람과의 대화처럼 한쪽이 철저히 어리석은 태도를 보여 줌으로써 독자에게 아이러니를 느끼게 할 때 사용된다. 이런 측면에서, 그의 〈바보〉는 언어적 아이러니로서 성공을 거둔 작품이라고 할 수 있다. 앞에 인용한 두 편의 〈바보〉에서 확인할 수 있듯이 가장 인간적일 때 가장 엄숙한 바보짓이 가능해지는 것이다. 여기서 가장 인간적이라는 말은 진리의 토대를 인간 경험에 두고, 가치의 토대를 인간성에 두는 사람, 즉 인본주의자人本主義者란 의미로 읽을 때 진정으로 시 속에 있는 인간다움을 읽을 수 있는 것이다.

앞에서 고삼석 시인은 '시인의 적은 명예나 인기'를 추구하는 데 있다고 했다. 시인이 만약 자기의 명예를 높이고 인기를 얻기 위해 시를 쓴다면 그것은 곧 시인에게 적이 되는 행위이며, 비인간적인 것이라고 지적한 바 있다. 이어서 시인은 〈욕심〉이라는 작품에서 인간의 적은 곧 욕심에 있다는 사실을 경고한다.

미련스런 인간은 욕심의 노예

자신의 사슬로 스스로 얽매어 놓는다

때론 지혜로운 듯하나 어리석고

많이 알고 있는 듯하나 무지몽매하다

매일매일 커져 가는 욕심으로

스스로 무덤을 깊게 판다

나이 들면 버려도 좋을 욕심

한치 앞도 못 보고 이리저리 뛰어다닌다

많고 많이 이룬 듯해도

결국, 많은 걸 잃은 자로 남아 있다

그 웃음소리 커져 온다

-〈욕심〉 전문

욕심의 종말은 파멸인 동시에 휴머니즘을 상실하는 것이다. 그런데도 인간은 죽는 날까지 욕심을 버리지 못하고 이리 뛰고 저리 뛴다. 욕심은 멀쩡한 사람을 어리석고 무지몽매無知蒙昧하게 만들며, 스스로 무덤을 깊이 파는 일이라고 걱정한다. 그리고 시인은 결말부에서 나이가 들면 버려도 좋을 욕심 때문에 결국 많은 걸 잃게 된다고 아쉬워한다. 이 시는 객관적으로 판단할 때, 의미나 구조상 다소 이질감이 발견된다. 일반적인 방법에 따른다면, 시 〈욕심〉은 '결국, 많은 걸 잃은 자로 남아 있다'는 부분, 즉 이 시의 10행에서 끝맺음을 해야 깔끔하고 의미상으로 일관성이 있다. 그러나 시인은 일반적인 사고의 틀을 벗어나 다음 11행에 '그 웃음소리 커져 온다'라는 구절을 덧붙여 상황을 예상 밖으로 반전시키고 있다. 자칫하면 군더더기로 오인당할 뻔했던 마지막 행에 '웃음'이라는 시어를 지혜롭게 투입하여 전반부의 암울한 이미지를 긍정적인 이미지로 전환시킨 것이다. 이 경우 마지막 한 행은 시 전체를 성공적으로 이끄는데 핵심적 역할을 한 것으로 분석할 수 있다.

그는 또 〈너는 누구냐〉에서 언어의 미묘한 속성을 효율적으로 활용하여 인간의 존재 가치를 다각적인 시각으로 조명하고 있다.

너는, 너는 누구냐?
스스로 정체를 말하라
말하라!
너의 말, 네 속의 말을 하라
타인의 말로 되뇌이지 말고
스스로 떠오른 대로 말하라
말하라!
너의 진실을 말하라

−〈너는 누구냐〉 전문

'너는, 너는 누구냐?'라고 화두話頭를 꺼내고 있다. 그리고 전체 8행 중 6행에서 '말하라'는 명령어를 반복적으로 사용하면서 '너'의 정체를 밝히라고 다그친다. 8행밖에 안 되는 짧은 시에서 5회에 걸쳐 '너'라는 호칭대명사를 반복 사용하고 있는 까닭은 '너'의 존재에 대한 불확실성 때문에 그 정체를 확인하려는 심리로 분석된다. 대체로 시에 나타나는 경험은 상반되는 충돌들이 균형과 조화, 즉 포괄包括을 이룰 때 좋은 시가 된다. 따라서 〈너는 누구냐〉를 포괄적으로 조명할 때, 2인칭 대명사 '너'를 단순하게 '사람'으로 보는 방법이 있다. 이때 화자는 가장 진실한 언어로 그 사람의 정체가 무엇인지 밝혀 주기를 강력하게 요구한다. 그래서 진정 인간적인 모습이 어떤 것인지 있는 그대로 보여 달라고 명령형으로 말하는 것이다. 다음으로 '너'의 대상을 사람이 아닌, 사람 이외의 다른 대상으로 보는 경우다. 이른바 사물이나 영적인 세계로 확대하여 '너'의 존재를 폭넓게 조명하는 방법이다. 첫 번째 방법보다 훨씬 더 다양하고 깊이 있게 시를 맛볼 수 있는 것이 장점이다. 이때 우주 안에 존재하는 모든 사물은 '너'의 대상이 되고, 정신적인 영역까지도 '너'의 대상이 되는 것이다. 하이데거는 사물은 존재하나 실존하는 것이 아니고 인간만이 실존한다고 말한바 있다. 식물과 동물은 주어진 환경만이 자신의 세계이고, 언어와 의식을 자유롭게 사용할 수 없기 때문에 실존의 의미를 지닐 수 없다는 것이다. 그렇다면, 〈너는 누구냐〉에서 '너'를 두 번째 방법, 즉 인간 이외의 대상으로 조명할 경우 필수적으로 '너'를 의인화하는 작업이 선행되어야 한다. 그래야 인간으로 실존하면서 인간이 가지고 있는 언어와 의식세계를 자유롭게 사용할 수 있기 때문이다. 이는 곧 현대시가 요구하는 과제이기도 하며, 또한 시인이 독자에게 거는 기대이기도 하다.

　고삼석 시인의 시에는 강물처럼 흐르는 신앙의 큰 물줄기가 있다. 그의 많은 시에서 사랑, 감사, 용서, 기도, 찬양, 소망, 은혜, 배려 등 가장 인간적인 언어들을 빈번히 만나게 되는데, 이들은 하나같이 휴머니즘으로 가는 통로가 되고 있다.

뭇 생명이여 찬양하라

소리 높여 오래 춤을 추어라

생명 있는 자여

너를 위해 기도하라

부모와 형제를 위해 기도하라

네 이웃을 위해 기도하라

민족과 나라를 위해

전 인류를 위해 기도하라

−〈생명이여!〉 일부

생명의 탐구와 인간성 존중을 바탕으로 쓴 신앙시信仰詩다. 전체가 명령형으로 되어 있어서 대단히 역동적力動的이다. 특히 '기도하라'는 말을 여러 차례 반복적으로 사용하면서 기도의 대상을 '너→부모와 형제→이웃→민족과 나라→전 인류'의 순서로 배열하여 점층법의 효과를 극대화한 점이 돋보인다. 작은 단위에서부터 점점 큰 단위로, 개인에서부터 전 인류로 기도의 범위를 확산시켜 가는 동시에, 점층법으로 시적 질서를 명쾌하고 일관성 있게 구축하고 있다. 또한 화자가 '찬양하라', '춤을 추어라', '기도하라'는 명령어를 여러 차례 반복하고 있는데, 수사학에서 중요한 것을 강조하고자 할 때 반복법을 쓴다는 점을 효과적으로 활용하고 있다. 반복법은 상황에 따라 동의어를 반복하기도 하고 유의어를 반복하기도 한다. 앞의 시에서는 생명 있는 자를 향해 '기도하라'고 여러 차례 같은 말을 반복하면서 기도가 얼마나 중요한지 강조하고 있다. 아울러 가장 인격적으로 이루어지는 하나님과 휴머니스트와의 대화가 곧 기도라는 사실을 암시해 주고 있다. 그가 〈감사기도〉에서 '꾸짖는 음성을 사랑하게 하시고 감사의 은총으로 살아가게 하소서/…마지막 순간까지 만이라도/이때까지의 은혜와 사랑만으로도/감사하며 찬양하는 기쁜 눈물이게 하소서'라고 절규하는 것도 역시 같은 맥락으로 해석할 수 있다. 그밖에 〈걱정〉, 〈1987년 1월의 기도〉, 〈기도〉 등 많은 작품에서 절대자인 신과 인간 사이의 지고지순至高至純한 사랑을 작품으로 형상화한 것은 그의 중심부에 자리 잡고 있는 신앙과 휴머니즘이 어우러져 이루어 낸 성과다.

고삼석 시인은 통일에 대한 염원이 유별나다. 그동안 그는 누구보다 통일을 주제로 한 시를 많이 발표해 왔고, 지금도 꾸준히 통일을 염원하는 간절한 메시지를 시에 담아내고 있다. 분단의 고통과 통일에 대한 열망, 각오 등이 독특한 수사학적 장치를 입고 다양한 모습으로 탄생하고 있다. 작품 〈열어라〉에서 그는 은유적으로 통일을 열망하고 있다.

열어라. 활짝 열어라
그것이 문이라면
마음 문이다
열어라. 모두 열어라
이것이 여러 문이라면
평화의 문 열어라
사랑이 있다
기쁨의 문 열어라

행복이 있다

믿음의 문 열어라

화해가 있다

소망의 문 열어라

통일이 있다

…중략…

열어라 이 문

너와 내가 열어야 할 문

다함께 열자

더 더 더 활짝 열자

−〈열어라〉 일부

시의 제목을 '열어라'라고 동사형 명령법을 쓰고 있다. 제목만 보아서는 주어도 없고 목적어도 보이지 않아 시가 무엇을 말하려고 하는지 그저 막막하기만 하다. 이런 경우 독자는 당혹스러움을 가지면서도 보이지 않는 부분들에 대한 호기심으로 그다음 전개될 상황에 기대를 건다. 그런데 본문을 읽다 보면, 자연스럽게 주어가 '마음 문, 평화의 문, 기쁨의 문, 믿음의 문, 소망의 문'이라는 사실을 발견할 수 있다. 문은 열림과 닫힘의 상징물로 흔히 사람들 사이에 가로놓여 있는 벽, 또는 단절을 상징하기도 한다. 사람들 사이에 가로놓여 있는 문을 열어야 비로소 사랑과 행복과 화해와 통일이 있다고 화자는 반복적인 어법을 통해 강하게 메시지를 전하고 있다. 그러나 그 문은 결코 혼자 힘으로 쉽게 열 수 있는 문이 아니다. 여러 사람이 힘을 모아야 열리는 문이기 때문에 결말 부분에 가서 '다함께 열자/더 더 더 활짝 열자'고 청유형의 수사법으로 다른 사람들의 동의와 협조를 구한 것에 주목할 필요가 있다. 통일은 우리에게 절체절명의 과제다. 그래서 통일문제는 남북 모두에게 정치적 이상이고, 민족의 염원이고, 때때로 시인들에게는 시의 주제가 되는 것이다. 시인은 〈열어라〉에서 명령법과 반복법을 활용하여 통일에 대한 인간들의 염원을 극대화시키고 있다. 통일을 주제로 한 또 다른 시 〈판문점〉에서는 64행의 장시 속에 분단의 아픔과 현실을 코믹한 시각으로 재구성하고 있는데 인간적이고 신선한 이미지를 안겨 준다. 그런가 하면 작품 〈아! 통일이 되면〉, 〈남북통일을 위하여〉에서는 제목 자체에 '통일'이라는 낱말을 노출시키고 있어서 통일의 이미지를 더욱 강하게 표출하고 있다. 그밖에 통일을 주제로 한 시에서 휴머니즘의 기본 정신들이 심심치 않게 발견되고 있음을 간과하면 안 된다.

시인은 앞에서 바보 되어 주기를 비롯해 세상살이에서 얻은 인생 체험들을 〈살아 보니〉라는 작품에서 모놀로그 형식으로 정리하고 있다. 그의 온유하고 긍정적인 정서와 다르게 그는 이 작품에서 예리한 시각으로 인간의 양면성을 혼잣말로 꼬집는다. 인간의 본능적이고 추한 모습을 날카롭게 고발하고 있다.

시기와 질투였어
자기자랑 재밌더군. 이제 제 잘난 맛을 아주 부추기더군
잘난 맛에 누군가 부축이면 교만과 오만이 일어나더군
예의와 겸손도 몸에 배어야겠더라구. 순간 힘을 못 쓰더군

사람마다 자기중심에서 떠나기 어렵더군. 아주 이기적이야
살아 보니 인간 그렇구 그렇더군. 도토리 키 잰 것 같더라구

–〈살아 보니〉 일부

이 시에서 화자는 자신이 살아오면서 겪은 인생체험을 혼잣말로 털어놓고 있다. 마치 세상을 달관한 사람처럼 비판적인 시각과 차분한 어조로 독자들의 억압된 심리를 시원하게 카타르시스해 주고 있다. 인생이란 시기와 질투덩어리이고, 자기 자랑과 제 잘난 맛을 부추기는 것이고, 교만과 오만덩어리이고, 무례하고, 아주 이기적이라면서 도토리 키 재기 같은 것이 인생이라고 결론을 내린다. 그런데 이 시의 화자를 관심 있게 살펴보면 3인칭 관찰자의 시점에서 세상을 말하고 있다. 우리가 사는 세상은 비도덕적이고 비인간적이지만 상대적으로 그런 상황을 보고 예리하게 꼬집는 화자는 극히 도덕적이고 인간적일 수 있다는 이야기이기도 하다. 이른바 반전의 소지가 많은 상황이다. 따라서 이 시는 진정한 휴머니스트가 세상을 관조하는 입장에서 읽을 때 시의 깊이가 더욱 다양해진다. 또한 시의 마지막 행에서 '살아 보니 결국 인생은 그렇고 그런, 도토리 캐 재기'라고 함축한 부분이 평범하면서도 우리에게 시사해 주는 바가 크다. 그는 또 다른 시 〈견디기 힘든 일〉에서 '가장 가까운 사람의 시기와 질투/정말 견뎌내기 힘든 일이다'라며 끝부분을 '정말 무섭다/너무 무섭다'고 마무리하고 있다. 아이러니하게도 시기와 질투는 가장 가까운 사람에게 있기 때문에 그만큼 실망도 크고 무섭다는 사실을 진솔한 목소리로 차분히 담아내고 있다. 무너져 내린 도덕성 앞에서 휴머니스트의 인간성 회복을 위한 또 하나

의 길 찾기로 읽을 수 있다.

 고삼석 시인은 이따금 자연 속에서 시의 소재를 찾고 있다. 그리고 자연과 교감하면서 고갈되어 가는 인간성을 회복하고자 끊임없이 노력하고 있다. 그러한 도전 정신은 마침내 시 〈춤추는 학〉에서 인간과 학을 동일시하는 상황에 이른다.

 학들이 춤춘다
 제 흥에 겨워 추는 춤이
 이다지도 아름답다니
 우리의 꿈에서도
 춤추는 학이 있다면
 당신이 바로 그 귀인이다
 당신이 춤추는 학이다
 나도 학이고 싶다
 춤추는 학이고 싶다

 −〈춤추는 학〉 전문

 춤추는 학을 보고 아름다움에 빠져 물아일체物我一體가 된 경우다. 엄격히 말해서 학과 인간은 외형상으로 유사성이 없는 별개의 존재다. 그러나 아름답게 춤추는 학을 보면서 '나도 학이고 싶다'고 간절하게 소망하고 있는 화자에게 동일시同一視의 심리를 적용할 때, 학과 인간은 상상하지 못한 부분까지 공유하게 되고, 마침내 거기서 한 편의 작품이 빚어지는 것이다. 이때 인간은 한 마리의 학으로 존재하며, 학은 우아하고 고고한 학자로 존재한다. 예로부터 학은 학자를 상징해 왔고, 우리나라의 전통춤에서도 그 우아함을 간직하고 있어서 학자와 학을 동일시하는 일은 전혀 낯설지 않다. 사람들은 인간이 누릴 수 있는 큰 기쁨이 곧 찬양이라고 말하는데, 찬양보다 최고의 경지에 이르게 하는 것은 춤이다. 다시 말해서 찬양의 극치는 춤이라고 할 수 있다. 그렇기 때문에 여기서 춤추는 학의 꿈을 꾸는 사람이 있다면 그가 바로 춤추는 학이라고 은유한다. 이 시에서 인간의 감정이 춤추는 학으로 전이되는 과정도 눈여겨볼 일이다. 특히 시의 마지막을 '나도 학이고 싶다/춤추는 학이고 싶다'라고 반복법을 활용하여 소망을 간결하면서도 강한 이미지로 마무리한 점이 돋보인다.

　알파고가 인간보다 더 인간다운 시를 써낸다면 이는 보통 일이 아니다. 로봇이 사람이 해야 할 일을 대신하면서 상대적으로 인간성이 상실되어 가는 이 시대에 고삼석 시인의 시를 만난 것은 다행한 일이다. 그의 시는 한마디로 간결한 이미지와 꾸미지 않은 언어가 편안함을 안겨 주고, 작품마다 풍기는 훈훈한 인간미가 마음을 정화해 준다. 그는 인기나 명성을 얻기 위해서 시를 쓰는 것이 아니라, 수십 년을 시가 좋아서 시를 쓰는 사람이다. 인기나 명성을 얻기 위해 시를 쓰는 행위 그 자체가 적이 된다고 생각하기 때문에 수천 편의 시를 써 놓고도 시집 내는 일을 망설여 온 것이다.
　고삼석 시인의 작품을 분석한 결과 가장 핵심이 되는 사상은 휴머니즘이다. 그 휴머니즘을 근간으로 몇 개의 주제가 형성된다. 먼저 시 쓰기를 주제로 한 시가 자주 발견되는데 이는 시 쓰기에 대한 그의 강한 집념으로 분석된다. 둘째, 순수하고 진솔한 휴머니즘 사상이 압도적으로 많은데, 이는 추하고 아픈 것들까지도 따뜻하게 품을 줄 아는 그의 넉넉한 인간다움 때문이다. 셋째, 그의 시 저변에 흐르고 있는 신앙의 물줄기는 많은 시에서 사랑, 감사, 용서, 기도, 소망, 배려 등 가장 인간적인 언어들로 형상화되고 있는데 이들은 하나같이 휴머니즘의 통로로 거듭나고 있다. 넷째, 통일에 대한 염원을 어느 시인보다 간절하게 시로 승화시키고 있는데, 분단에 대한 고통과 통일에 대한 열망이 반복되는 명령형의 수사법으로 강하게 표출되고 있다. 그밖에 인생이나 자연과 교감하면서 휴머니스트가 가야 할 길이 어딘가 조용히 탐색하고 있다.

우리나라에도 시인 1만 명 시대가 왔다. 그런데 말도 안 되는 말을 조립해 놓고 시라고 착각하는 사람들이 의외로 많아서 무섭다. 더구나 시를 모르는 사람들이 곳곳에 창작교실을 열어 시를 가르치고 있어서 앞으로 어떤 괴물들이 쏟아져 나올지 심히 염려된다. 시가 굳이 수학 공식이 될 필요는 없지만, 시가 어떤 것이고, 어떻게 써야 하는지 기본은 알고 써야 한다. 시를 가르치는 사람이나 배우는 사람이 분별력을 잃고 자중하지 않으면 결국 시인은 알파고에게 지배당하게 되고, 시는 더 이상 존재할 수 없는 무의미한 것으로 변질하기 마련이다.

앞으로 더욱 울림이 있는 시, 인간미 넘치는 시로 식어 가는 인간의 마음을 따뜻하게 데워 주기 바라며 두 번째 시집 「열라」 출간을 진심으로 축하한다.

임갑빈

抒情과 純粹美

　임갑빈 시인은 1942년 충남 부여에서 태어났다. 고향에서 고등학교를 마치고 충남대학교 영어영문학과를 졸업한 뒤 공군으로 오키나와 유학 생활을 거쳐 무역회사에 입사하였으며 영국·독일·일본·중국 등지를 돌아다니며 해외시장을 개척하는데 젊음을 바쳤다. 오랫동안의 해외 생활은 문학적인 시야를 넓히는데 좋은 계기가 되었으며, 이는 그가 시인으로 등단하는데 밑거름이 된 것이다.

　임 시인은 오래전부터 혼자서 습작 생활을 해 오다가 2013년 『창조문학』(통권 90호)을 통해 시인으로 등단하였다. 지금까지 「세월이 남긴 것들」(2014), 「아직도 못다 한 말」(2015), 「오랜 세월의 침묵」(2016) 등 3권의 시집을 상재하였고, 이번에 네 번째 시집을 세상에 내놓게 된 것이다.

　임갑빈 시인의 시에는 인간적인 온기(溫氣)가 있다. 관심 있게 작품을 읽다 보면 노신사에게서 풍기는 여유로움과 세상을 관조하는 안목과 인생의 희로애락을 내포한 정(情)이 시집 「대관령 옛길」 곳곳에서 묻어난다. 일반적으로 '사랑이나 친근감을 느끼는 마음, 혼탁

한 망념, 느껴서 일어나는 마음, 마음을 이루는 두 요소 가운데 감동적인 요소를 정'이라고 하는데, 정에는 온기溫氣 이외에 멀고 가까움의 거리감, 탄력성, 설익음과 익음의 성숙도, 두텁고 얇음, 부드러움과 거침 등의 질감質感이 있으며 구수함의 미각味覺까지 포함한다고 한다. 그는 이번 시집에서 인간과의 관계, 고향과의 관계, 자연과의 관계, 조국과의 관계, 우주와의 관계를 각각 일정한 거리에서 서정적인 시점으로 조명하고 있는 것을 발견할 수 있다.

세월 따라
깊은 장맛 우러나듯

미움도
고움도
마르지 않는 옹달샘

끈끈한 것을
절단하지 못한
가슴의 탄소 덩어리

─〈정情〉 전문

시인은 인간의 정情을 깊은 장맛에 비유하고 있다. 비유는 의인화가 아닌 사물들을 인격화해서 자아와 사물 간의 동일시를 통한 친화를 시도하는 데 매력이 있다. 앞의 시에서처럼 정이나 사랑, 슬픔, 기쁨 같은 정서적인 것들을 된장이나 불꽃, 낙엽, 장미 등으로 동일시하거나, 종소리를 분수로 나타내는 등 비유는 사물을 또 다른 사물과 동일시하기도 하고, 민주주의와 같은 사상적인 개념을 깃발로 동일시하기도 한다. 그러나 시적 언어의 특징 가운데 하나는 반드시 구체적인 감각성을 지녀야 한다는 점이다. 임 시인이 정情을 장醬에 비유한 까닭도 바로 여기에서 비롯된 것으로 분석할 수 있다. 2연에서 진술하듯이 마르지 않는 옹달샘처럼 미움과 고움이 오래 쌓이면서 정情은 더욱 끈끈해진다. 정에는 또 보이지 않는 예술적 거리가 있어서 때로는 고은 정처럼 아주 가까운 거리로 밀착되기도 하지만, 때에 따라 미운 정처럼 예상 밖의 먼 거리를 두고 서로를 그리워하기도 한다. 고운 정은 시간상으로 오랫동안 관계가 지속하지만, 미운 정은 좋았던 관계가 빨리 끝나 버리기도 한다. 특히 이 시에서 임 시인이 정情도 장醬처럼 오랫동안 숙성시켜야 더 깊은 맛이 난다고 정과 장의 관계성을 구체적인 감각을 동원하여 극대화한 점에 주목할 필요가 있다. 엄격히 말하면 정情이라는 관념의 세계와 장醬이라는 감각적 세계는 전혀 별개의 것이다. 그러나 시인은 정과 장이 오래 묵을수록 맛이 난다는 공통적 속성을 찾아 적절히 비유함으로써 작품을 성공적으로 승화시키고 있다.

또한 〈정情〉은 구성이 탄탄하고 주제가 분명하다. 전체가 3연 8행으로 구성된 짧은 시이지만 임 시인의 이번 시집을 대표하는 주제시主題詩라고 해도 지나치지 않을 정도로 작품 77편의 메시지를 단 8행 속에 함축시키고 있다. 특히 시인이 마지막 연에서 '끈끈한 것을/절단하지 못한/가슴의 탄소 덩어리'라고 묘사하였는데, 시의 주제 연으로 정情의 본질을 탄소 덩어리에 비유한 점이 특이하다.

전반부에서 *끈끈*하다는 말로 정의 본질을 언급했는데, 후반부에 가서 그 정은 결코 절단할 수 없는 가슴의 탄소 덩어리로 묘사한 점이 다소 낯설다. 그런데 탄소가 대기 중에서는 이산화탄소로, 지상에서는 화석 연료나 석회암으로, 수중에서는 탄산 이온으로, 생물권에서는 생물의 몸을 이루는 물질로 양면성을 지녔다고 할 때, 정情의 속성과 대단히 유사함을 발견할 수 있다. 따라서 시 〈정情〉은 정의 속성과 탄소의 속성을 잘 포착하여 이미지화한 수작秀作이다.

> 무화과는
> 익어 떨어지고
>
> 서리 앉은
> 나목은 춥다
>
> 고목은
> 봄을 기다리지 않는다
>
> ―〈홀아비〉 전문

앞의 시 〈정情〉이 수평적 시점에서 단편적인 거리를 조명한 작품이라면, 시 〈홀아비〉는 노년까지의 인생을 수직적으로 관찰하여 꽤 먼 거리를 조명한 작품이다. 이 시는 계절로는 가을, 인생에서는 노년을 나타내고 있어 정서 자체가 매우 쓸쓸하다. 노스럽 프라이*Northrop Frye*는 그의 저서 「비평의 해부*Anatomy of Criticism*」에서 인류는 사계절의 회귀回歸와 '출생-성장-사멸'의 순환을 어김없이 지키는 자연의 질서에 순응함으로써 사계절에 따른 생활의 조화 있는 변화, 그리고 '출생-성장-사멸'이 주는 생명의 환희와 고통과 공포의 의미 있는 반복을 기하여 자연과 호흡을 같이하고자 한다고 말한다. 프라이의 四季原型에 따르면, 〈홀아비〉의 시적 배경을 이루고 있는 가을은 하루 중에 석양이며, 인생에 있어서는 노쇠 또는 죽음을 상징한다. 시인은 이 작품에서 '서리', '나목', '고목' 등의 시어를 차용해 가을 이미지를 부각시키는 동시에 '떨어지고', '춥고', '봄을 기다리지 않는다'는 서술을 통해 외롭고 소외된 홀아비의 이미지를 자연스럽게 가을의 이미지와 결합하고 있다. '홀아비'를 제목으로 하고 있지만, 시인은 홀아비에 대해서는 한마디도 언급하지 않고 끝까지 나무의 일생만을 진술하고 있다. 한 그루의 나무가 세상에 태어나서 꽃이 피고, 열매를 맺고, 마침내 꽃과 열매를 맺은 다음, 나목이 되고, 고목이 되어 혼자 쓸쓸히 서 있는 정황을 묘사함으로써 홀아비의 입장과 처지를 연상토록 한다. 만약에 홀아비의 존재를 객관적으로 서술한다면 당연히 홀아비가 된 동기에서부터 홀아비로 살아가며 겪는 물리적, 정신적 고통 등에 대해 소상히 밝혀야 할 것이다. 이처럼 언어가 사전적이거나 객관적인 의미로 사용될 경우 축어적 언어라는 말을 사용하는데, 만약 앞의 시 〈홀아비〉를 축어적 언어로 표현한다면 그 순간에 시로서의 가치는 상실된다. 이 시에서 홀아비를 '떨어진 무화과無花果'로, 노인의 백발을 '서리 앉은 나목'으로, 희망을 잃고 홀로 사는 노인을 '봄을 기다리지 않는 고목'으로 비유한 점이 돋보인다.

이외에도 인간관계를 중심으로 정을 다룬 시가 자주 발견되는데,

〈우정〉이라는 시에서 '인생을 다 걸고'라고 표현한 것이라든가, '정처 없이 훌쩍 떠나고 싶은 동반자'라고 노래하면서 친구와의 밀착되어 있는 심리적 거리를 솔직하게 표출하고 있는가 하면, 〈회상〉에서 과거에 좋아했던 과수원집 딸에 대한 아름다운 추억을 '란이의 미소가/과수원 울타리에 걸려 있다'라고 표현한 것은 시인의 놀라운 시적 상상력으로 높이 평가할 만하다. 먼 거리에 있던 아름다운 추억들을 상상의 가교를 통해 가까운 거리로 끌어내어 상황을 실감나게 묘사한 점이 신선하다.

임갑빈 시인의 작품에서 노스탤지어는 필연적인 정서 가운데 하나다. 그는 의외로 많은 곳에서 고향에 대한 그리움을 노래하고 있는데, 고향에 대한 그리움 역시 정情과 무관하지 않다. 인간관계에서 정에 일정한 거리로 존재하는 것처럼 유년 시절의 꿈과 추억이 살아 있는 고향에 대한 그리움에도 심리적 거리가 존재한다.

① 백마강에
잠긴 보름달

고란사 범종 소리에
물결 일면
강변에 갈대
덩달아 파도 타고

−〈고향의 강 · 2〉 1 · 2연

② 그물에 걸리지 않은 바람

꽃잎을 지우더니

꽃 바위

유비무환의

한을 달랜다

백마강에

물든 넋

영겁을 흐느끼며

하늘에서

땅에서

백제의 통곡 소리 들린다

- 〈낙화암〉 전문

　시 ①과 ②는 모두 그의 고향 부여^{扶餘}를 노래하고 있다. 두 작품에서 공통적으로 사용되고 있는 시어는 백마강이다. 백마강은 부여를 감싸고 있는 강으로 비단결 같다고 해서 금강이라는 이름이 붙었는데, 특히 부여에 이르러 백마강이라 불리며 부여를 대표하는 상징적 존재다.

　앞의 시에서는 시인의 고향이 어딘지는 밝히지 않았다. 다만 시 ①에서는 시의 제목을 '고향의 강'이라 붙였고, 시의 내용에 '백마강', '고란사' 등 부여를 상징하는 고유명사를 쓰고 있어서 시인의 고향이 부여라는 사실을 추측할 수 있지만, 시 ②의 경우는 지리적으로 부여를 노래하고 있으나 부여가 시인의 고향인지 아닌지는 어디서도 확인할 수 없다. 또한, 시 ①과 ②는 똑같이 부여를 소재로 쓴 작품이지만 상반되는 정서로 구성되어 있다. 시 ①이 감성적이라면, 시 ②는 이성적이다. 전자가 낭만적이고 애정이 넘치며 가까운 거리에 있는 '고은 정'이라면, 후자는 사실적이고 비애로 가득차 있으며 먼 거리에 있는 '미운 정'이다. 다시 말해서 똑같이 고향을 노래하고 있으나 미학적 거리가 다르다. 또 다른 시 〈구룡평야〉에서 시인은 부여를 대표하는 백마강이나 고란사를 일언반구一言半句 언급하지 않았으나, '내 고향 부여扶餘/서편에/텅 빈 하늘이 있다//달을 물고 행군하는/기러기 울음소리//넓은 들녘/밭을 가는 워낭소리/풍작의 기쁨/갈건이 풍물 소리'라고 부여의 또 다른 자랑거리 구룡평야를 노래하고 있다. 그런데 이 시에서 시인은 화두를 '내 고향 부여扶餘'로 시작하여 시인의 고향이 부여라는 사실을 직설적으로 강조하고 있다. 사실 이 시에서 '내 고향 부여扶餘'라는 첫 행이 없다면 부여를 노래한 시라고 말할 수 있는 근거가 전혀 없다. 넓은 들녘, 밭을 가는 워낭 소리, 갈건이 풍물 소리는 우리나라 농촌의 어디서든지 쉽게 볼 수 있는 정경이기 때문이다. 따라서 시인이 시의 화두를 '내 고향 부여扶餘'라고 시작한 것은, 시의 구조상으로 특별한 의미가 있다. 화자는 구룡평야의 위치를 부여의 서편에 있다고 공간적 거리를 먼저 확보해 놓고 나서, 구룡평야는 땅이 기름지고 관개시설도 잘되어 부여군 내 최대의 곡창지대를 이룬다는 특징을 상징적으로 묘사한 점이 논리적이다. 아울러 고향을 노래한 시에는 짙은 서정성이 깔린 것을 발견할 수 있는데,

시 ①에서 고란사의 범종 소리에 물결이 일고 강변에 갈대도 덩달아 파도를 탄다고 한 표현이나, 시 ②에서 그물에 걸리지 않은 바람이 꽃잎을 지운다는 상상이 뛰어나다. 〈가을 호수〉에서 '은하수는/여인의 스카프처럼/반짝이며 너풀거린다'는 그의 상상력은 더욱 빛을 발한다. 하늘에 있는 은하수를 여인의 목에 두른 스카프에 비유하기란 그리 쉽지 않다. 하늘에서 여인의 목까지는 실제로 상상할 수 없는 거리다. 그러나 시인은 그 먼 거리를 스카프라는 객관적 상관물을 통해 극도로 단축하고 있다.

시가 시다운 것은 바로 사물을 단순히 일상적인 의미나 개념으로 이해하지 않고 그것을 일단 사물과 동일시하거나 또 다른 사물을 마음속에 그리는, 즉 이미지를 통하여 비상하게 사고하기 때문이다. 상상적 언어란 정상적인 일상의 언어가 아니라 이미 경험한 사물의 이미지를 재생하여 시인이 창조적으로 개작한 언어이며 이러한 언어를 통하여 시가 추구하는 미학적 세계를 달성하려는 것이 상상적 언어의 진실이다. 일찍이 인간은 자연 사이를 오가며 물아일체物我一體의 긴밀한 관계를 맺으려고 노력해 왔다. 시인들 역시 의인법擬人法이라는 수사법을 작품 속에 도입하여 자연과 인간 사이의 관계를 좁히기 위해 부단히 노력해 왔다.

어깨를 두들기다가
떠나 버렸네

떠난 자리

고추밭에 무지개 뜨고

굽은 허리 일으켜

주름살 펴드니

밤에는 열대야 몰아내고

나그네처럼 사라졌네

-〈소낙비 · 1〉 전문

소나기를 의인화한 작품이다. 임 시인의 자연 친화적 시를 분석
해 보면 의인법을 자주 사용하고 있다. 앞의 시에서 소낙비가 하고
있는 행위는 온전히 사람의 행위와 일치한다. 소낙비가 사람처럼
다가와 어깨를 두들기기도 하고, 굽은 허리를 일으켜 주름살을 펴
기도 하고, 밤에는 열대야를 몰아내는 등 소나기에게 온갖 감정을
다 이입시켜 사람들이 하는 행위를 그대로 재현시키고 있다.

그러나 소낙비와 사람은 결코 동일시할 수 있는 존재가 아니다.
외형이나 기능도 다르고 의사소통도 전혀 안 된다. 그래서 시인은
소낙비와 사람과의 거리를 좁히기 위해 의인화라는 수사법을 도입
하여 동등한 관계를 만들고 있다. 이른바 언어의 상상력으로 인간
과 자연의 미학적 거리를 최대한으로 좁히고 있다.

산골짝 개울물에

머리 감는 소리

비구승의 목탁 소리

노스님 법문 소리

산새들 바라춤 추면
동자승 재잘대는 소리

골짝마다 울려 나오는
조약돌의 노랫소리

-〈조약돌〉 전문

전체가 청각적 이미지로 이루어져 있는데, 각 연의 끝을 모두 '소리'라는 명사로 통일시키고 있는 점에 주목할 필요가 있다. 그래서 이 시를 읽으면 동글동글한 조약돌 속에서 마치 온갖 소리가 들려오는 듯한 착각을 한다. 머리 감는 소리, 비구승의 목탁 소리, 노스님의 법문 소리, 동자승 재잘대는 소리가 조약돌 속에서 울려 나온다는 시인의 상상력이 놀랍다. 그리고 조약돌의 동글동글한 외형적 특성과 흡사한 사람의 머리, 목탁, 비구승, 노스님, 동자승을 시어로 선택한 것 또한 탁월하다. 반복적으로 '소리'라는 시어를 사용하여 산골짝의 정경을 생생하게 연상하도록 행을 배열한 것도 예사롭지 않다. 조약돌 하나에서 이처럼 풍부한 상상의 세계를 이끌어 낼 수 있는 것은 바로 시인의 능력이다. 임 시인이 또 다른 시 〈설화雪花〉에서 눈앞에 펼쳐진 설경을 더 가까이 소유하고자 '나는 지금/설경을 액자에 넣고 있다'고 표현한 점도 거리를 좁히기 위한 심리적 발상으로 분석이 된다. 그 밖에 많은 시에서 시인은 자연과의 친화를 통해 관계되는 것끼리의 거리를 좁혀 가고 있다.

문학작품 속에 구현된 사상은 작품의 형식이나 기교 못지않게 중요하다. 사르트르*Sartre*는 제2차 세계대전 전의 작가들이 무책임했음을 비판하면서 동시대인을 위해 글을 쓰고, 동시대에 책임을 지는 글쓰기가 바람직하다는 앙가주망 문학을 제창한 바 있다. 그는 참여문학이 결코 '참여' 때문에 문학 그 자체를 망각하는 것은 아니라며, 현실 속에 작가 자신을 구속하고 참여시키는 행위, 즉 앙가주망*engagement*의 중요성을 거듭 강조한 바 있다.

> 3월이 오면
> 창공에 선열의 미소
>
> 이 땅을 지켜온
> 당신의 희생
> 숭고한 넋을 받들어
> 묵념합니다
>
> 당신의 인감으로
> 이 영토의 소유권을
> 무궁화 꽃으로
> 주인이 되게 하소서
>
> ―〈태극기〉 전문

임갑빈 시인은 이따금 현실 속으로 들어가 사람들과의 관계에서 현장감 있는 이야기를 스케치한다. 그 대상은 사상일 수도 있고,

때로는 사물이 되기도 한다. 앞의 시 〈태극기〉에서 보는 바와 같이 이 시는 일종의 참여시參與詩이며 애국시愛國詩로 읽을 수 있다. 태극기는 우리 겨레와 국가를 상징하는 징표로, 특히 3월의 태극기는 의미하는 바가 크다. 일제의 압박 속에서 시달리던 우리 민족이 1919년 3월 1일 정오를 기하여 태극기를 들고 일제에 항거, 전 세계에 민족의 자주독립을 선언하고 온 민족이 총궐기하여 평화적 시위를 전개한 역사적 사건이 있기 때문이다. 3월은 그래서 이 땅을 지켜 온 선열들의 희생에 고개를 숙이게 되는 것이다. 마지막 연에서 '인감', '영토', '소유권'이라는 시어를 사용하여 국토수호 및 나라 사랑에 대한 강한 의지를 표명한 점, '무궁화 꽃으로/주인이 되게 하소서'라고 끝부분을 무궁화 꽃으로 마무리하여 〈태극기〉의 상징성을 극대화한 점도 돋보인다. 또 다른 참여시 〈영원한 분노〉에서 일제강점기에 희생당한 젊은이들을 생각하며 억누르지 못하는 분노를 한줌의 재와 들꽃으로 승화시킨 곳에서는 애절함까지 느낀다. 사르트르가 주장한 것처럼 앙가주망은 반드시 정치 행동이나 사회참여에 한정되는 것이 아니라, 시대와 상황에 속박되어 있음과 동시에 자유스러운 인간이 자기를 실현하려는 방편이 됨을 시사해 준다.

빨갛게 물든
5월의 단풍이
미소 짓는다

달빛이

강물을 마시고

들새가

춤을 추고

바람이

뿌리를 흔들어도

고목에 핀 꽃은

시들지 않는다

-〈고목에 핀 꽃〉 전문

　외형으로 보면, 이 시는 고목에 핀 단풍을 묘사한 서정시에 불과하다. 정치 행동이나 사회참여의 기색이 전혀 없다. 그러나 한 걸음 더 깊이 들어가서 보면 어떤 권력이나 상황에도 굽히지 않는 불굴의 의지를 내면에 담고 있는 현실참여의 시라는 걸 알 수 있다. 이 시에 나오는 5월은 우리의 근대사를 돌아볼 때 한국인들에게 의미가 깊은 달이다. 민주화 투쟁이니 노동운동이니 혁명과 같은 역동적인 사회운동이 모두 5월에 일어났기 때문이다. 그래서 '5월의 단풍'은 특별한 의미로 읽을 수 있다. 단풍은 가을이 되어야 빨갛게 물들기 마련인데, 5월의 단풍은 제철인 가을과 거리가 멀어서 존재 자체가 불안하고 위태롭다. 그런데도 시인은 당당하게 '빨갛게 물든/5월의 단풍이/미소 짓는다'고 전면에 단풍을 내세우고 있다. 더구나 '빨갛게 물든 단풍'이 피를 상징한다고 할 때 범상치 않은 예감이 든다. 그런데 이 시의 2연에서 뜻하지 않게 달빛, 들새, 바람이 장애물로 등장한다. 그러나 이 시의 화자는 이 장애물로 인해 오히려 '고목에 핀 꽃은/시들지 않는다'고 자신의 의지를 더욱 강하게 표출하고 있다. 대체로 현실참여의 시는 흥분된 상태에서 길이도 길고, 격앙된 어조와 직설적인 표현을 즐겨 사용하는데, 임 시인은 〈고목에 핀 꽃〉에서 확인할 수 있듯이 적당한 거리에서 차분하고 은유적인 목소리로 세상을 관조하고 있는 점에서 다르다. 또 다른 시 〈하늘의 밀어〉에서 임 시인은 '나는 하늘의 비밀을/알고 있다'고 화두를 꺼낸 다음 그 비밀들을 하나씩 꺼내서 고발하기도 한다.

영문도 모르는
조선의 소녀가
적도의 이방인이 되어

분홍빛 향기를
제국의 낙원에 뿌렸다

까맣게 탄 영혼
미로를 헤맨 채
뼈에 사무친 잔영만 남아

허탈한 세월 안고
돌아온 백발

가슴에 묻어 둔
아직도 못다 한 말

방방곡곡에 토한다

－〈소녀상 · 2〉 전문

　임 시인의 시로는 제법 길이가 긴 참여시다. 시의 제목으로 쓰이고 있는 '소녀상'은 일본군 위안부 피해자들의 명예와 인권을 회복하고, 전쟁의 아픔과 일본군 위안부 문제를 기억하면서 평화를 기원하기 위해 만든 조각상이다. 일본은 중일전쟁과 태평양전쟁 등 침략 전쟁에 한국인 처녀 수십만 명을 강제로 끌고 가 군수물자를 만드는 공장에서 일을 시키거나 군대 위안부로까지 악용하기도 했다. 그러나 일본 정부는 최근까지도 위안부를 강제로 동원한 것을 인정하거나 반성하지 않고 있어 우리의 분노를 자아내고 있다. 시인은 이런 분노를 함축적으로 형상화하고 있는데, 특히 맨 마지막에서 분노의 감정을 '토한다'라는 세 글자로 압축시킨 언어 감각이 돋보인다.

　자연을 바라보는 관점에는 객관적인 방법과 주관적인 방법이 있다. 객관적인 방법은 자연을 앞에 두고 밖에서 이해하는 방법이고, 주관적인 방법은 직접 자연으로 들어가 자연을 이해하는 방법이다. 임 시인은 그동안 많은 곳을 여행하면서 직접 자연으로 들어가 가까운 거리에서 섬세하고도 리얼하게 자연을 묘사해 왔다. 이른바 주관적 방법으로 자연으로 들어가 현장감 있는 목소리를 낸 것이다.

단풍
정수리 염색하고 하산하는데

안개
산허리 휘어감아
갈 길을 멈추게 한다

풀잎
온몸을 적셔 눈물짓는데

옛길
주막집 야화가
구름 타고 전해 온다

―〈대관령 옛길〉 전문

　시인이 지금 서 있는 곳은 대관령 옛길이다. 대관령 옛길은 신사임당이 어린 율곡을 데리고 함께 넘던 길이고, 송강 정철이 쓴 〈관동별곡〉의 배경이 된 곳이다. 옛길은 현대문명을 벗어나 잠시 느림의 세계로 돌아가는 것이라고 했다. 지금은 고속도로가 뚫려 인적이 드물지만 대관령 옛길의 주막에 얽힌 애틋한 야화는 지금도 지나가는 사람들의 머릿속에서 전설처럼 지워지지 않고 있다. 시인이 산의 정상에서부터 아래쪽으로 물들어 가는 단풍을 '정수리 염색하고 하산'한다고 표현한 것이나, '안개가 산허리를 휘어감아 갈 길을 멈추게 한다'는 표현이 신선하고 감동적이다. 여기서도 시인은 단풍이나 안개를 인격화해서 인간과 자연의 거리를 좁혀 가고 있다.
　또한 〈대관령 옛길〉은 시의 전개 방법이 특이하다. 외형적으로

각 연의 첫 행을 단풍, 안개, 풀잎, 옛길 등 두 음절의 명사로 운을 띄워 놓고, 다음 행에서 그에 어울리는 글로 대구對句를 다는 형식을 취하고 있는 점이 특이하다. 그리고 1연과 3연을 '~는데'로, 2연과 4연을 '~다'로 통일시켜서 의도적으로 A+B, A'+B'의 규칙적인 구조를 만들어 리듬을 살리고 있는 점도 주목해 볼 일이다.

임 시인이 외국을 여행하면서 쓴 시 가운데서도 관계와의 거리를 좁히고자 의도한 작품들이 여러 편 발견된다.

이름 모를 꽃길엔
기모노 여인의 미소

뽀얀 유황 수증기가
벚꽃으로 활짝 핀다

-〈유후인 휴양지〉 3 · 4연

일본을 여행하면서 유후인 온천지역의 정경을 실감나게 묘사한 작품이다. 모두 4개의 연으로 구성된 시인데 여기서 가장 핵심이 되는 부분은 4연이다. 시인은 '뽀얀 유황 수증기가/벚꽃으로 활짝 핀다'라는 두 행을 통하여 유후인이 온천지역이라는 사실과 3연의 '기모노'와 더불어 '벚꽃'이 일본을 상징한다는 사실을 암시하고 있다. 임 시인이 뽀얀 유황 수증기의 이미지와 벚꽃의 이미지를 자연스럽게 결합하여 '유황 수증기가 벚꽃으로 활짝 핀다'고 표현한 상상력이 놀랍다. 유황의 수증기와 벚꽃은 색깔이나 모양이 매우 유사하다는 점을 잘 살려 썼다. 유후인 온천은 오이타켄 유후시에 있는데, 일본의 보양법에 따라 보양온천지역으로 지정되어 마을 법으로 건물 지역의 건축 층수를 제안하거나, 온천지역의 콘셉트에 맞지 않는 상가의 입점을 거부할 정도로 유후인 전통의 분위기를 고수한다고 한다.

밀림을 달리던
긴 황금열차

서행하기에
잡아탔다

–〈아나콘다〉 전문

2연 4행 20자로 된 이 시는 짧지만 시심詩心이 잘 드러나 있다. 아나콘다는 남아메리카 열대 지역이 원산지로 브라질, 콜롬비아, 베네수엘라, 아르헨티나 등에 분포된 왕뱀이다. 주로 물에서 생활하는 수생동물로 땅에서는 느리지만, 물속에서는 재빠르다. 뱀 중에서도 몸집이 큰 뱀 종류 중 하나로 유명하다. 이처럼 몸집이 크고 땅에서는 느리고 물속에서는 재빠른 아나콘다의 특징을 예리하게 포착하여 황금열차에 비유하고 있는 시인의 시적 감각이 탁월하다. 화자는 아나콘다를 멀리서 바라만 보고 있는 것이 아니라, 직접 그 위에 올라타는 적극성을 보이고 있다. 먼 거리에서 바라보고만 있는 것이 아니라, 가장 가까운 거리에서 피부로 대상을 느끼고 있다. 한 치의 거리도 두지 않고 화자와 아나콘다의 사이를 밀착시켜 끈끈한 관계를 만들어 가고 있다. 이밖에 〈벳부의 지옥온천〉, 〈마닐라 베이 석양〉을 비롯한 여러 편의 시에서도 현장감 있는 따뜻한 목소리를 들을 수 있다.

　임갑빈 시인만큼 따뜻하고 진솔하게 시를 쓰는 시인도 보기 드물다. 그는 등단 이후 해마다 1권씩의 시집을 묶어 내리만큼 열정적으로 시를 쓴다. 네 번째 시집에서 보듯이 그의 시는 몇 편의 참여시를 제외하고는 모두 길이가 짧은 게 특징이다. 여러 차례 퇴고하여 군더더기가 거의 없다. 사실 시가 산문처럼 길어진다면 시로서 의미를 상실한다. 시는 조각彫刻이고 산문은 조소彫塑와 같은 것이다. 다시 말해서 시는 큰 고체 덩어리를 수없이 깎아내고 다듬어서 하나의 형태를 만들어 가는 것이고, 산문은 먼저 철사나 나무 등으로 튼튼하게 뼈대를 만들어 놓고 거기에 살을 붙여 가며 형체를 완성해 가는 것이다. 그렇다면 시가 굳이 복잡한 수식어들로 포장될 이유가 없다. 세련된 시인은 긴 이야기를 효과적으로 함축할 수 있어야 한다.

　또 그의 시에는 따뜻한 관계적 거리가 있다. 이 관계적 거리는 한마디로 인간과 인간, 인간과 사물, 인간과 세상 사이에 존재하는 끈끈한 정情으로 해석할 수 있다. 임 시인이 이번 시집에서 사람·향수·자연·애국·여행 등을 중심 소재로 다루면서 직접 대상 속으로 들어가 현장감 있는 목소리를 전하고 있는 시심詩心이 따뜻하다.

불안과 고독과 공허

시집 「괄호 속의 이야기」를 상재한 한유정은 20대 젊은 시인이다. 등단한 지 채 2년이 안 되어 세상에 첫 시집을 내놓은 용기와 열정에 큰 박수를 보내며 앞으로 작품 활동에 기대를 건다. 우리나라의 유명한 시인 김소월이나 윤동주도 감수성이 뛰어난 20대에 그 명성을 떨쳤고, 퓰리처상을 네 차례나 받은 미국 최고의 계관시인 로버트 프로스트*Robert Frost*도 그가 실의에 빠져 있던 20대 중반에 〈가지 않은 길*The road not taken*〉이라는 시를 써서 유명해졌다. 프로스트의 경우는 열 살 때 아버지가 돌아가시자 오랫동안 버몬트 농장에서 일하며 겪은 아픔을 소박한 농민들의 목소리와 자연의 섭리 위에 담아낸 것이 독자들에게 크게 공감대를 형성한 것이다. 이들은 궁핍한 시대를 살면서 겪은 트라우마를 작품으로 승화시켰다는 면에서 공통적이다.

문학작품은 역사나 사회적 관점으로 보는 일도 중요하지만, 그에 못지않게 한 개인의 정신적 산물로 조명하는 방법도 의미가 있다. 우리에게는 다소 낯선 영역이지만 해외에서는 작품의 내면세계, 즉 무의식을 분석함으로써 작가와 작품의 관계를 규명하려는 작업이 활발하다. 작품을 폭넓게 읽을 수 있다는 차원에서 다행스러운 일이다. 특히 프로이트 이후 인간의 무의식 세계를 의식세계의 잠재작용으로 보려는 심리학이 문학에 도입된 것은 매우 흥미로운 일이다. 문학작품 배후에 있는 인간세계, 즉 작가의 정신 및 심리 반영, 그리고 창작 과정 자체에 관한 연구는 문학의 현대화를 성공적으로 이끄는 데 크게 기여했다고 할 수 있다.

한유정의 시집 「괄호 속의 이야기」는 제목부터 신선하고 함축적이다. 제목이 암시하듯 괄호 속에 숨어 있는 무의식 세계를 심리적인 시각으로 들여다볼 때, 작품을 훨씬 더 깊게 효과적으로 평가할 수 있다는 생각이다. 따라서 시 작품을 분석하면서 시인의 내면에 잠재된 대표적 정서를 추출하고, 그 정서들이 작품에 어떤 영향을 끼쳤으며, 어떻게 작품으로 형상화되었는지를 조명하고자 한다.

한유정의 시집 「괄호 속의 이야기」를 이해하기 위해서는 괄호의 의미를 풀어내는 것이 급선무다. 괄호의 사전적 의미는 숫자, 문자나 문장, 수식의 앞뒤를 막아서 다른 문자열과 구별하는 문장부호의 하나이자 기호다. 그리고 어느 위치에 쓰이느냐에 따라 그 의미가 완전히 달라진다. 수학의 혼합계산식에서 괄호는 어디에, 어떻게 쓰이느냐에 따라 전혀 다른 답이 나오는 것처럼 시에서도 시어, 비유, 상징, 연과 행 가르기 등 시적 요소들이 어떻게 사용되느냐에 따라 의미가 확연히 달라진다.

한유정의 작품에서 괄호는 괄호 안의 무의식 세계와 괄호 밖의 의식 세계를 구분해 주는 경계선이다.

타인이라는 말 앞에

그어 놓은 짙은 선

언제든 넘을 수 있기에

언제든 넘어올 수 있기에

평행봉을 걷듯

위태롭게 선을 따라 밟아 간다

상처 주기 싫었던 만큼

상처 받기 싫었던 노력

아무도 알아주지 못한

괄호 속 갇혀 버린 이야기

―〈괄호 속의 이야기〉 전문

　한유정 시집의 표제가 된 작품이다. 앞의 시에서 괄호는 인간의 내면세계와 외면세계 사이에서 일어나는 충동衝動을 조절하는 중재자다. 시적 화자는 상대편이 타인이기 때문에 금지된 선이 언제 무너질지 몰라 '너와 나' 두 사람 사이의 경계선을 진하게 그어 놓는다고 말한다. 이때 시인이 말하는 '짙은 선'은 본능을 통제하는 강력하고 냉철한 이성적 사고의 선으로, 이른바 자아自我를 일컫는다. 시인이 이 작품의 맨 앞에 '타인'이라는 시어를 고정시킨 뒤, 끝까지 경계심을 늦추지 않고 시적 긴장감을 팽팽히 유지하는 이유도 시인의 내면에 잠재된 자아自我와 무관하지 않다. 시인은 또 평행봉을 걷듯 위태롭게 선을 따라 밟아 간다고 말하고 있다. 여기서도 경계선을 벗어나지 않으려는 이성적理性的인 심리가 '평행선'을 통해 강하게 표출되고 있다. 조금 더 깊게 이야기하면, 본능적이고 충동적인 이드id와 도덕적이면서 양심적인 초자아super ego 사이에서 이성적理性的 사고로 중재 역할을 하는 현실적 자아ego가 바로 한유정 작품 속의 괄호다. 앞의 작품 〈괄호 속의 이야기〉에서 '언제든 넘을 수 있고 또 넘어올 수도 있는' 상황이 이드id라면, '상처 주기 싫고 상처받기도 싫은 노력'은 도덕적 초자아超自我다. 이른바 괄호 내부에 존재하는 것들은 이드id이고, 괄호의 외부에 존재하는 것은 초자아라고 할 수 있다.

작품 속에 있는 정신세계를 조명할 때, 작가의 전기적 요소는 중요한 역할을 한다. 즉 작가의 출생 배경, 유전적 영향, 혈연관계 특히 부모와의 관계, 건강, 정신 상태, 유년기의 억압, 연애 사건, 학업성적, 사회활동, 교우 관계 등은 중요한 관심영역이 된다. 그러한 요소들이 작품 창작에 직접 또는 간접적으로 영향을 끼치기 때문이다.

한유정의 시집 「괄호 속의 이야기」를 분석한 결과, 작품 속에서 발견할 수 있는 대표적 정서는 불안不安과 고독孤獨과 공허空虛로 압축된다. 프로이트에 의하면 이와 같은 정서는 죄책감, 자책, 수치심, 허약함, 의무와 함께 그 원인이 바로 초자아에서 비롯된다. 초자아는 개인이 성장하는 동안 부모에게 영향을 받은 전통적 가치관, 사회규범과 이상理想, 그리고 도덕과 양심이 자리잡고 있는 부분으로 성격 형성에 매우 큰 영향을 끼친다고 한다. 따라서 한유정의 시에 나타난 대표적 정서를 심리적 측면에서 조금 더 구체적으로 조명해 볼 필요가 있다.

한유정의 시에 나타난 대표적 정서 가운데 첫째는 '불안'이다.

내 계절엔 폭우밖에 없어서
봄이 온 당신의 옆에 있는 것조차
겁이 나요

예쁘게 핀 당신의 꽃잎이

견디지 못한 바람에
매섭게 내리는 빗물에
바닥으로 쏟아질까 봐……

자꾸만 겁이 나요

─〈겁이 나요〉 전문

〈겁이 나요〉는 화자의 불안한 마음을 폭우, 봄, 꽃잎, 바람, 빗물 등의 소재를 통해 비유적으로 잘 나타내고 있다. 화자는 이 시에서 '겁이 난다'는 말을 1연과 4연에서 직설적으로 표현하고 있는데, 3연에서는 말줄임표 속에 은폐시켜 변화를 주고 있다. 그리고 이 시에서 '폭우'와 '봄'이라는 이질적 이미지를 결합하여 긴장 상태를 고조시키는 효과를 거두고 있는데, 이와 같은 결합을 '폭력적 결합'이라는 말로 설명할 수 있다.

또 다른 시 〈청춘〉에서 시인은 지나온 세월을 회상하며 '겁 많은 어린애'로 '정말 많이 아팠다'고 고백한다. 청춘에 대해 막연하게 기대를 거는 기성세대와 실제 현실과 맞부딪쳐 힘겹게 사는 젊은 세대 사이의 괴리감을 진솔하게 조명한 점이 감동을 준다. 다만 시의 내용은 자유로운데 형식이 지나치게 규칙적이라 다소 어색함을 느낄 수 있는데, 시의 내용과 형식 사이의 괴리를 통해 젊은 세대와 기성세대의 간극間隙을 보여 주려는 의도적 발상일 수도 있어서 시간을 두고 좀 더 고민해 볼 문제다.

〈자욱한 안개〉는 화자의 불안한 심리를 안개라는 구체적 사물을 통해 형상화한 작품이다. 안개는 대체로 미지의 세계나 신비의 세계를 상징하지만, 이 시에서는 꿈을 가로막는 모든 장애물로 읽을 수 있다. 그래서 시인은 '모든 것에 다 지쳐 힘들 때가 있다'고 화두를 연다. 그리고 한 치 앞도 예측할 수 없이 불안하고 겁이 나는 현실을 '막연함에 겁을 먹는 것조차 지칠 만큼/오늘도 짙은 안개가 눈앞에 자욱하다'고 불안한 심정으로 마무리한다.

한유정의 시에 나타난 대표적 정서 가운데 두 번째는 고독이다.

일반적으로 혼자되었을 때 갖는 쓸쓸한 마음이나 느낌을 외로움 또는 고독이라고 한다. 흔히 우리는 다른 사람들과 소통하지 못하고 격리되었을 때 외로움을 느끼게 되며, 낯선 환경에 혼자 적응해야 하거나 사랑하는 사람과 헤어졌을 때, 이른바 혼자되었다고 생각할 때 외로움이 더 커진다.

해진 책 한 권 손에 들자
힘없이 떨어지고 마는 책갈피
언제부터 얼마 동안 그 자리를 지켰을까
숨 한 번 돌리지 못하고
두꺼운 종이 틈에 끼여
반듯하게 지키고 있었을 책갈피

한동안 까맣게 잊고 지냈다

네가 지키던 문장들

내가 새겨넣은 페이지

-〈책갈피〉 전문

책갈피에 감정을 이입하여 고독하고 소외된 자의 심리를 우회적으로 형상화한 작품이다. 표면적으로는 낡은 책 속에서 떨어진 책갈피 자체를 노래한 것이지만, '숨 한 번 돌리지 못하고/두꺼운 종이 틈에 끼여/반듯하게 지키고 있었을 책갈피'는 곧 화자 자신임을 알 수 있다. 두꺼운 고정관념의 테두리를 벗어나지 못하고 철저히 도덕적인 것들에 억눌려 살아온 자신을 책갈피에 비유하면서 그 깊은 내면에 답답하고 숨통이 멎을 듯한 외로움을 담담하게 육화肉化시키고 있는 점이 값지다.

그밖에 〈혼자, 그 익숙함〉, 〈외로움〉에서는 특히 '혼자'라는 시어를 그대로 여러 차례 반복 사용함으로써 외로움의 크기와 형태를 시각화하는가 하면, 〈타인의 이상〉에서는 '혼자'나 '외로움'이라는 시어를 전혀 사용하지 않고 냉대, 무관심, 자아 상실 등의 이미지를 차용하여 외로움을 상징적으로 표출시킨 점, 특히 마지막 연을 '타인의 이상 속에/주어는 갇혀 버렸다'라고 강한 메시지로 마무리한 점이 돋보인다.

모든 게 처음이라 허둥대도

기다려 주지 않고 쌓이는 새로운 시선

더 이상 아무것도 들어올 수 없게

마음의 문을 굳게 닫아 버린다

세상을 높게 바라봐야 하는 때에
무게를 이기지 못해 땅만 바라봐도
물어봐 주는 이 없고
아프다 말해 봐도
때가 흐르면 지나갈 것이라고

나에게서 멀어져만 간다
애초에 없었던 것처럼 도려내지길 바란다
고통 속 스스로를 달래 줄 방법을 모른다

타인의 이상 속에
주어는 갇혀 버렸다

-〈타인의 이상〉 일부

한유정의 시에 나타난 대표적 정서 가운데 세 번째는 공허로움이다.

그의 시 가운데 공허로움과 절망과 슬픔을 주제로 쓴 작품은 꽤 여러 편이다. 그중에서 〈구멍 난 주머니〉를 비롯하여 〈달동네〉, 〈2020년 봄〉은 생활 현장에서 그 소재를 찾아 토속적인 언어로 대상을 차분히 노래했다는 점에서 의미를 둔다.

박음질이 해진 주머니가 구멍 났다

가득했던 꿈들이 바람 빠지듯 흘러나가고

놓치고 싶지 않았던 시간들을

멀뚱히 바라만 봐야 한다

더 이상 새나가지 않게 막아야 하지만

실도, 바늘도 다 잃어버렸다

―〈구멍 난 주머니〉 일부

주머니와 꿈을 등가^{等價}의 위치에서 재조명한 작품이다. 주머니가 구멍이 나면서 그 많던 꿈들이 바람 빠지듯 흘러나가고 있지만, 실과 바늘마저 다 잃어버려 막아 내지 못하고 멀뚱히 바라만 봐야 하는 시인의 허탈한 심리가 잘 드러나 있다. 이어서 '꿈도 희망도 잃고 보니/절망만이 남았구나'라고 극한적인 상황을 가감 없이 토로하고 있는 태도가 진솔하다.

시인은 〈2020년 봄〉에서 시의 첫 행을 '슬픔에는 깊이도 없다'로 시작하여 마지막 행을 '슬픔에는 바닥도 없다'고 마무리하고 있는데, 수미상관의 묘를 잘 살린 경우로 시의 구조가 탄탄하다. 시의 첫 행과 마지막 행은 실상 같은 의미를 지닌 것으로 슬픔의 무게를 은유적으로 표현하였다. 측량할 수 없이 가라앉기만 하는 슬픔은 발버둥칠수록 더 깊어져서 끝내 혼자 고립되어 간다는 부분이 인상적이다.

앞에 예시한 〈구멍 난 주머니〉나 〈2020년 봄〉이 주관적인 시점에서 대상을 바라본 경우라면, 또 다른 작품 〈달동네〉는 객관적 시점에서 대상을 조명한 경우로, 허무한 정서가 훨씬 더 실감나게 묘사되었다.

허물어진 담벼락 으슥한 골목길

고요한 가로등 불빛이 우는 소리를 낸다

전봇대에 몇 번이나 덧붙인 전단지

구석진 곳에 널브러진 연탄 파편들

절뚝이는 걸음들만이 늘어섰고

주름진 손들만이 자리한 동네

－〈달동네〉 일부

18행으로 구성된 〈달동네〉의 앞부분이다. 시의 전체적 분위기가 어둡고 절망적이다. 시인은 정밀한 렌즈로 달동네의 피폐한 정황을 행마다 투입하여 행이 거듭될수록 공허와 상실의 이미지가 클로즈업되고 있다. 반면 〈단역배우〉에서는 자존감의 상실에서 오는 절망 의식을 조용히 내면에 묻어 두고 있다. 아울러 1연과 2연의 행을 14:1의 형태로 배열하여 형태 미학적인 효과를 보고 있다. 1연의 14행이나 되는 긴 이야기를 2연의 단 1행 '나의 장면은 끝나 있었다'로 대응시킨 점이 시각적으로 상당한 부담을 줄 수 있지만, 의미상으로 1연과 2연은 동등한 가치를 지녔기 때문에 문제가 안 된다. 이른바 〈단역배우〉는 등가성의 원리를 성공적으로 적용한 경우다.

시인이 한 편의 시를 예술적으로 형상화하기 위해서는 적절한 언어로 적절한 행과 연을 구성하여 음악적인 분위기, 회화적인 느낌, 깊은 시정신이 함께 작용하여 독자를 감동하게 할 수 있어야 한다. 한유정의 작품을 읽다 보면 시인 스스로 시의 행이나 연을 나누는데 적지 않은 관심이 있음을 발견하게 된다.

그는 특히 한 연을 한 행으로 배열하여 예술적 효과를 거두는 경우가 빈번하다. 앞에서 예시한 작품 〈겁이 나요〉를 비롯해 〈단역 배우〉, 〈마침표〉, 〈어찌해야 할까요〉, 〈외로움〉, 〈무슨 이야기를 해야 할까〉, 〈오래 머무른〉, 〈부끄러운 변명〉, 〈수면제〉, 〈시인〉, 〈놓치고 있는 것〉, 〈새까만 문장〉 등 여러 편이 이에 해당한다. 이러한 기법은 상황에 따라 첫 연이나 중간에 사용할 경우도 있지만, 주로 마지막 연을 한 행으로 처리하여 효과를 극대화하고 있다. 이처럼 시에서 하나의 행을 한 연으로 처리하는 경우는 다른 연과 비교해서 같은 비중을 두고자 할 경우에 사용한다. 내용으로 보아서 다른 연과 동등한 의미와 무게를 지녔다고 생각할 때 각 연의 행수에 제한을 둘 필요가 없다. 시인은 또 〈무력한 밤〉, 〈자연스러운 기억〉에서 보듯이 행과 연이 무시된 산문시를 통해 형태의 다양성을 보여 주는가 하면, 여러 작품에서 규칙적으로 연과 행을 배열한 경우를 볼 수 있다. 〈청춘〉, 〈가을을 보내며〉는 각 연이 모두 2행으로 구성되었고, 〈아름다운 이별〉, 〈글이 주는〉, 〈지나온 길〉, 〈붙잡을 수 없는 문장〉, 〈마음을 찍는 사진기〉, 〈지나가는 구름〉은 각 연이 3행으로 구성되었으며, 〈혼자 먹는 밥〉은 각 연이 4행으로 구성된 경우다. 특히 전체가 1연으로만 구성된 경우가 의외로 많이 발견되는데 〈괄호 속 이야기〉, 〈구멍난 주머니〉, 〈달동네〉, 〈겨울의 끝〉, 〈기억의 책장〉, 〈지금이구나〉, 〈젖어 버린 밤〉, 〈책갈피〉, 〈나의 길〉, 〈이력서〉, 〈1악장〉, 〈2악장〉, 〈필름 카메라〉, 〈놓지 못하는 건〉, 〈마음으로 쓰는 시〉, 〈호수에 비친 모습〉, 〈자연스러운 기억〉, 〈흔한 글〉, 〈불 꺼진 초〉, 〈시든 하루〉, 〈하루의 끝〉, 〈붉은 리본〉 등 무려 22편에 이른다. 원래 연은 스텐자*stanza*라고 하여 '사람이 머무는 방^房'이라는 어원을 가지고 있다. 하나의 집이 여러 개의 방으로 이루어지듯이 한 편의 시도 여러 개의 연으로 이루어진다는 논리다. 그러나 현대시의 경우 과거처럼 꼭 그럴 이유가 전혀 없다. 앞에서 언급했듯이 연 나누기는 상황에 따라 얼마든지 변형될 수 있다. 한유정 시인이 무려 22편의 작품에서 하나의 연을 한 편의 작품으로 구성한 데는 심리적인 것과 무관하지 않다. 앞에서 그의 시에 나타난 대표적인 정서를 '불안'과 '고독'과 '공허'라고 했는데, 이런 정서는 서로가 분리된 상태에서 더욱 강하게 작용하기 때문에 하나의 연^{聯, 房}에 모아 놓고 안정된 자아를 찾고자 하는 내면 심리에서 비롯된 것으로 분석할 수 있다.

　행과 연을 가르는 일은 관습이 아니라 각자의 주관적인 창조행위다. 따라서 현대시는 시인마다의 창조적인 예술적 상상에 따라 개성 있게 행과 연이 구분될 수밖에 없으며, 그것은 외형적인 규칙이 아니라 내재적인 결과로 표출되는 비밀이기도 하다.

　한유정의 시에서 괄호는 이드와 초자아 사이에서 철저하게 개인을 보호하는 중재자로 이른바 자아^{自我}를 의미한다. 따라서 시집의 제목 「괄호 속의 이야기」는 초자아와 이드 사이에서 중재자 역할을 하고 있는 자아 속의 이야기라고 분석할 수 있다.

　한유정의 시세계는 이른바 불안, 고독, 공허 등 부정적인 정서가 저변에 흐르고 있음을 확인했다. 그리고 이러한 정서는 죄책감, 자책, 수치심, 허약함, 의무와 함께 그 원인이 바로 초자아에서 비롯된다고 했다. 또 초자아는 부모에게 영향을 받은 전통적 가치관,

사회규범과 이상理想, 그리고 도덕과 양심이 자리잡은 부분으로 성격 형성에 매우 중요한 영향을 끼친다는 사실도 알았다. 한유정의 시에서 또 하나 간과할 수 없는 사실은 시의 행行과 연聯을 나누는 것 역시 심리적 영향을 받았으리라고 본다. 특히 시 한 편 전체를 하나의 연으로 구성한 작품이 22편이나 되는데, 이는 분리되는 것에 대한 불안 심리에서 나온 심리적 반응으로 분석할 수 있다.

한유정의 시를 읽으며 문득 우리는 이미 생활 속에서 괄호의 개념에 길들여져 있는지도 모른다는 생각이다. 박재삼 시인이 '아, 사람도 그 영광이/물거품 같은 것인데도 잠시/허무의 큰 괄호 안에서 빛날 뿐이다'라고 노래한 것이나, 2009년에 방영되었던 모 방송국의 드라마 〈시티 홀〉에서 "나는 그 사람에게 괄호예요. 그 사람의 숨은 의미. 그게 나에요."라는 대사를 통해 '나'는 어느 한 집단의 괄호에 지나지 않는 부차적 존재이고, 암막暗幕 뒤에 숨겨진 무의미한 존재임을 깨닫게 한다.

한유정 시인 역시 〈괄호 속의 이야기〉의 결말 부분에서 '아무도 알아주지 못한/괄호 속 갇혀 버린 이야기'라고 괄호의 의미를 언급하고 있다. 어쩌면 우리의 삶도 괄호 속의 숨겨진 이야기처럼 이미 무의식 속에서 무의미한 존재로 물들어 가고 있는지도 모른다.

이소강

不在의 逆說的 意味

시인의 전기적傳記的 사실은 시를 이해하는 데 중요한 역할을 한다. 소강少江 이명주는 1959년 경남 마산에서 태어나 2008년 월간 『한울문학』과 2017년 『문예운동』 시 부문 신인문학상에 당선되어 시인으로 등단하였다. 현재 시 낭송가 · 시 낭송 지도자 · 보이스트레이닝 지도자로 봉사하고 있다.

2012년에 처녀 시집 「이별, 그 이후」를 출간하고, 이제 두 번째 시집 「바람꽃이 피어요」를 세상에 내놓는다. 이소강 시인은 이미 중학교 2학년 때부터 시작 노트를 만들어 시를 써 왔고, 고등학교 2학년 시절 『경남일보』에 수필을 발표하는 등 학창 시절부터 문학적인 관심과 재능을 보인 것으로 안다.

이소강이 시인으로 첫발을 내디딘 2008년 이후 세상은 놀라운 속도로 많이 변했고 이소강 시인의 시세계에도 일련의 변화가 온 것을 알 수 있다. 그의 처녀 시집과 두 번째 시집을 비교 분석한 결과, 이소강 시인의 시세계에 몇 가지 변화가 온 것을 발견할 수 있다.

첫째는 정서의 변화다. 70편의 작품을 수록한 첫 시집 「이별, 그 이후」의 서문에서 그는 '겨울처럼 살아온 반평생을 시집으로 묶었다.'고 밝힌 것처럼 첫 시집의 저변에서는 이따금 어두움의 이미지가 발견되고 있으나, 이번 시집에서는 비교적 차분하고 긍정적인 목소리를 보여 주고 있어 안정감을 느끼게 한다.

좀 더 구체적으로 언급한다면, 첫 시집에서는 '이별 · 슬픔 · 황혼 · 늙음 · 욕망 · 전쟁 · 불면 · 미완성 · 겨울 · 부재 · 죽음 · 고독 · 외로움 · 지나간 · 고통 · 노을 · 욕망 · 가신 님 · 보냄 · 비애 · 울다' 등 부정적 정서를 담은 시편이 전체 70편 중 38편(54%)에 해당되는 반면, 이번 시집에서는 76편 중 20편(26%)이 부정적 정서에 해당된다. 결론적으로 부정적 정서의 경우는 첫 시집보다 이번 시집에서 2배가량 감소했지만, '사랑 · 그리움 · 만남 · 기쁨 · 아름다움 · 꿈 · 소망 · 꽃 · 새벽 · 봄비 · 희망 · 고향 · 어머니 · 청춘 · 행복 · 배려 · 존재 · 결혼 · 진실 · 기다림' 등 긍정적인 정서는 첫 시집의 경우 70편 중 14편(20%)인데, 이번 시집에서는 76편 중 54편(71%)으로 분석되어 긍정적 정서의 경우 첫 시집보다 이번 시집에서 3.5배나 압도적으로 많다는 사실을 확인할 수 있다. 그리고 긍정적 또는 부정적 이미지와 무관하거나, 의사 표명이 애매한 작품은 분석 대상에서 제외했으나 그러한 성향의 작품은 첫 시집에서 18편(25%), 이번 시집에서 2편(3%)으로 분석되었다. 또한, 첫 시집에서는 부정과 긍정에 대한 의사 표명이 소극적이었지만, 이번 시집에서는 의사 표명이 적극적이고 보다 분명해진 것을 확인할 수 있다. 특히 이번 시집에서 긍정적 시어의 활용빈도가 높아졌고, 부정과 긍정에 대한 의사 표명이 분명해진 것은 전보다 자존감이 높아진 것으로 분석할 수 있다. 즉, 세월이 흐르면서 인생을 관조하는 시야가 넓어지고 삶에 대한 철학적 사유가 깊어진 것으로 판단된다. 심리학자나 사회과학자들에 의하면, 인간의 정서는 대체로 연륜이나 경험이 익숙해질수록 젊을 때 부족했던 지혜와 분별력과 침착성 등이 신장하여 불안이나 부정적인 정서 대신 안정적이고, 적극적이고, 긍정적인 정서로 변화한다는 것이다. 심리학자 에릭슨*E. H. Erikson*도 인간은 나이가 들수록 점점 더 사회적 지평이 확장되기 때문에 성인의 발달은 쇠퇴가 아니라 진보라고 주장한 것처럼 이소강 시인의 시적 정서의 변화도 이와 무관하지 않다.

둘째는 형태의 변화다. 첫 시집에 발표된 〈갱년기〉, 〈세상에 없는 소원〉, 〈가을 정원〉, 〈그리움·3〉 등 4편은 1연 1행으로 구성된 작품이다. 그중 〈갱년기〉의 경우는 전체가 7연 7행으로 이루어졌는데 각 연과 행의 등가성等價性을 균등하게 부여한 경우다. 그런데 이번 시집에서는 1연 1행의 시가 완전히 자취를 감추고 있는 대신, 〈장미탕〉이나 〈별이 되어〉 등 타이포그래피*typography* 형태의 작품을 선보이면서 시각적 효과를 극대화한 점이 주목된다.

셋째는 작품의 마지막 연을 독립된 1행으로 마무리한 경우다. 이와 같은 형태는 특히 이소강 시인이 즐겨 사용하는 창작기법으로, 첫 시집에서는 70편 중 25편(36%)이 이에 해당되었으나, 이번 시집에서는 76편 중 19편(25%)이 이에 해당하여 사용 빈도 면에서 오히려 11%나 감소한 상태다. 이번 시집에서 마지막 연을 독립된 1행으로 처리한 횟수가 감소한 까닭은 첫 시집 출간 이후 시인 자신의 정서가 안정되어 가면서 고독의 정도가 완화되고 있다는 사실로 해석할 수 있다.

끝으로 산문시의 빈도가 첫 시집에 비해 많아졌다. 산문시는 시에서 중요하게 다루고 있는 행을 해체한 경우로, 형태상 산문이지만 내용으로 볼 때 상상적이고 정서적이어서 내재적 리듬이나 은유적 표현 등 시적 요소를 갖추고 있는 점이 특징이다. 첫 시집에는 〈한여름 밤의 기도〉라는 단 1편의 산문시가 수록되어 있는데, 이번 시집에는 〈호박꽃 어매〉를 비롯해 4편을 수록하여 산문시가 증가하였음을 확인할 수 있다. 이는 갈수록 복잡해지는 현대사회의 시대적 흐름과 시인의 연륜이 쌓이면서 시야가 넓어지고 풍부해진 인생 체험과 무관하지 않다. 아울러 이번 시집에 기행시^{紀行詩}가 여러 편 수록된 것도 이와 무관하지 않다고 본다.

만남은 어떤 대상과 관계를 맺는 것이다. 사람과의 관계를 비롯하여 자연이나 사물, 관념이나 사상과의 관계까지 만남에 포함된다. 특히 사상은 정서적 등가물^{情緒的 等價物}이기 때문에 아무리 위대하고 심원한 사상일지라도 정서와 만났을 때 비로소 가치가 있는 것이다. 정서는 그 자체가 매우 주관적이라 특히 시^詩에서 개인 또는 환경에 따라 정서의 차이가 확연히 달라진다. 따라서 사람의 내면에 숨겨져 있는 정서를 읽어 내기란 쉬운 일이 아니다. 다만 시인의 정서적 특징을 찾아내는 방법 가운데 하나는, 시인이 즐겨 사용하는 소재나 즐겨 사용하는 시어가 무엇인지를 찾아 분석하는 일로, 비교적 객관성이 있다는 측면에서 신뢰도가 높은 편이다.

여우비 차창에 달고
봄을 캐러 가는 사월입니다

살랑살랑 설렘을 등지고
두렁에 앉아 보는 하늘
저기 비켜 앉은 구름 사이로
이름 모를 새 한 마리
포르르 한 편의 시를 물어와
가슴에 들여놓습니다

흙바람 덤불 속에
쑥 쑤욱 봄봄
봄을 데쳐 얼려 두고
데친 물에 몸을 헹구면
내 마음 밭까지
짙푸른 향기가 돕니다

늘상 오는 봄 가기 전에
그리움 하나 심어 두었다가
이듬해 봄이 오면
한해살이 사랑꽃이라도
캐고 싶습니다

-〈봄 캐러 가다〉 전문

　시의 소재는 사물이든 관념이든 새로운 생명과 영혼과 감정을 가
지고 시 속에 존재한다. 앞의 시에서 여우비, 구름, 새 한 마리, 쑥
등의 소재는 하나같이 살아서 행동하고 생각하고 감동케 하는 것

들이다. 그동안 봄을 노래한 시인들이 많지만 〈봄 캐러 가다〉처럼 살아 있는 언어와 뛰어난 상상력으로 섬세하게 봄을 묘사한 경우는 드물다.

앞의 시 〈봄 캐러 가다〉에서 이소강 시인의 봄은 먼저 자연과 만남에서 시작된다. 봄을 만나러 가는 화두부터 가슴을 설레게 한다. 그의 상상력은 여우비를 차창에 다는 것으로부터 시작하여 하늘을 나는 새 한 마리가 한 편의 시를 물어오고, 캐 온 쑥의 향기로 마음을 물들이고, 가는 봄을 그리움으로 간직했다가 다시 오는 봄에 캐고 싶다는 무한한 상상력으로 이어진다. 역동적인 제목, 기승전결로 엮어 놓은 탄탄한 구성, 다양하고 풍성한 동사형 비유, 그위에 '살랑살랑', '포르르' 등 의태어를 입혀 놓아 활기차고 진취적인 이미지가 더욱 돋보인다.

가만있어도 사랑스러운 너
바람에 흔들리기까지 하면
나더러 어떡하라고

작은 바람에 흔들리는 너
바람 불지 않아도 흔들리면
아마 난 쓰러지고 말 거야

벌써 왔나 싶더니
훌쩍 가 버린 계절의 반란 속에
철든 순수와 순결의 자부심으로

화사하게 아려오는
눈 시린 푸르름이여!

하늘엔 구름꽃
바다엔 물꽃
대지의 불꽃처럼
사랑하고 또 사랑하다
돌개바람 같은 이별 올지라도
울긋불긋 상큼한
시 아름다운 세상

내 가슴에 꽃물 들이는 봄봄

　　　　　　　　　　　　　　－〈철든 꽃〉 전문

〈철든 꽃〉은 자연에 대한 사랑으로 읽을 수 있으나, 단순히 그런 가시적可視的이고 1차원적인 사랑이 아니라, 화자의 이면裏面에 은폐된 연인과 뜨거운 사랑, 우주보다 더 큰 형이상적形而上的 숭고한 사랑이다. 이 시의 언술을 보면, 시 속에 '나'라는 화자가 명시되어 있을 뿐 아니라, 상대인 '너'라는 대상이 명시되어 독특한 대화의 국면을 만들어 가고 있다. 분명히 '나'라는 화자가 '너'라는 시적 청자를 향해 자신의 감정을 솔직하게 털어놓는 형식이다. 그리고 '너'와 '나'는 둘이 아니라 이미 하나가 된 상태에서 사랑을 말하고 있다. 특히 이 시에서 주목해야 할 시어는 '사랑'이다. 시적 정황으로 볼 때, 첫 행의 '사랑스러운'에 함축된 의미는 강도強度가 매우 높다.

4연에서 돌개바람 같은 이별이 오더라도 '너'를 구름꽃, 물꽃, 불꽃처럼 사랑하고 또 사랑하겠다고 반복법을 통해 사랑을 강조하고 있기 때문이다. 시적 화자는 1연의 첫 행에서 '너'를 가만히 있어도 사랑스러운 정적靜的 존재로 설정해 놓고, 2행에서 '바람에 흔들리기까지 하면'이라고 조건을 부여한 뒤, 마지막 행에서 '나더러 어떡하라고' 단 한 줄 속에 화자의 간절한 감정을 이입시키고 있다. 그런가 하면 2연에서 '너'는 현재 바람에 흔들리고 있는 동적動的인 존재로 설정한 뒤, 2행에서 '바람이 불지 않아도 흔들리면'이라는 조건을 제시하고, 마지막에 '아마 난 쓰러지고 말 거야'라고 자신의 심정을 단호하게 밝히고 있다. 이 시에서 특히 관심 있게 보아야 할 시어는 '사랑'과 함께 '바람'이다. 여기서 바람은 사랑을 흔들어 놓는 방해자이며 돌개바람처럼 이별까지 불러올 수 있는 강력한 훼방꾼이다. 그런데도 화자는 이별이 올지라도 사랑하고 또 사랑하겠다고 초지일관 자신의 의지를 강력히 표명한다. 바람은 유동적流動的이고 가변성可變性이 많아서 대체로 수난과 역경, 시련을 상징한다. 특히 돌개바람(회오리바람)이 태풍과 함께 부정적 상징성을 극대화하여 폭력이나 파괴, 황폐를 상징한다고 볼 때, 이 시에서 '돌개바람 같은 이별'이라고 비유한 것은 대단히 합리적이다.

① 좇고 쫓기는 그리움 속에
헐고 지은 열두 기와집
바람꽃이 피어요

이 밤, 이별은 잠시

만남은 길게 꿈을 꾸어요

꿈을 노래해요

−〈꿈은〉 일부

② 정지된 시간 속으로

스쳐지나가는 나날이

꿈인 듯 생시인 듯 다녀가신

어머니 다시 그리워 불러 보매

이게 몇 십 년 만인가

앞서 오신 아버지의 환영幻影이

하 반가워 얼싸안고 돈다

−〈상상화〉 일부

시 ①에서 화자는 '이별은 잠시/만남은 길게'라고 노래한다. 꿈에서나마 만남은 오래, 이별은 짧게 갖고 싶은 것이 시적 화자의 간절한 바람이다. 사람을 비롯해 세상 만물들은 만남과 헤어짐의 섭리 속에서 서로를 맞이하기도 하고 보내기도 한다. 그러나 아름다운 만남은 서로가 맞이하는 마음가짐과 의지를 가졌을 때 비로소 이루어진다. 시 ①은 사랑하는 사람과 꿈에서나마 오랜 시간 함께 있고 싶다는 잠재적 심리를 잘 드러내고 있다. 시인은 또 이 시의 각 연의 종결어미에 '~요'라는 존칭어를 사용하고 있는데, 대체로 여성적인 어조로 그리움을 노래할 때, 그 효과가 배가되는 것을 확인시켜 준다.

앞에서 시 ①이 연인과의 사랑이라면, 시 ②는 부모와의 사랑을 노래하고 있다. 또한 ①과 ②는 대상이 현존現存하지 않고 부재不在하는 상태다. 그래서 화자는 현존하지 않는 대상을 시 ①에서처럼 꿈을 통해 연인을 만나고, 시 ②와 같이 정원에 피어 있는 상상화 꽃을 보며 상상 속에서 부모를 만나고 있다. 객관적 상관물客觀的 相關物인 꿈이나 상상을 통해 대상을 만나고 있다. '상상화'는 봄에 잎이 나왔다가 져 버린 다음에야 꽃대가 나오고 연한 홍자색의 꽃을 피운다. 같은 줄기에 있는 꽃과 잎이 평생 만나지 못하고 서로 그리워한다고 해서 상사화相思花 또는 상상화라는 이름이 붙었다. 이승과 저승에서 다시 만날 수 없는 부모와의 애절한 사랑을 상상화에 비유할 수 있는 것은 이 시에서 제시하고 있는 '정지된 시간' 안에서만 가능한 것이다.

사랑은 가장 따뜻하면서 가장 바람직한 만남이다. 플라톤은 사랑이라는 병을 완치시킬 수 있는 의사는 오직 사랑하는 연인뿐이라고 말하고 있다. 그래서 사랑의 열병에는 백약이 무효이며, 오직 사랑하는 연인만이 사랑이라는 병을 고칠 수 있다는 것이다.

살펴본 것처럼 이소강 시인의 경우, 자연과의 만남, 사랑하는 사람과의 만남, 부모나 친구와의 만남을 상징하는 계절이 봄이라면, 여름은 사랑하는 사람과 불같이 뜨거운 사랑으로 타오르는 계절이다. 계절상으로 여름은 1년 중 가장 뜨거운 계절로 성장, 무성, 힘의 원천, 젊음, 번창, 발전, 충만, 개방 등을 상징하며, 문학작품에서 강렬한 사랑은 대개 여름의 뜨거운 태양에 비유되는 경우가 많다.

① 꿈을 꾸다
백 년을 살지라도
심장이 멎을 만큼의
사랑을 하고 싶다

두 번 다신 보도 듣지도
만질 수 없다 할지라도
남은 미각을 잃을 만큼의
달콤한 키스로
너를 안고 싶다

진짜 같은
아름다운 허상을 반려한
영화 한 편의
주인공이 되고 싶다

순간에서 영원으로
생의 마지막이 될지라도
한번쯤은 나도
그런 사랑을 하고 싶다

-〈금은화〉 전문

② 세상 어둠에 박힌
별빛에 눈이 멀어

작열하는 영혼들

제 속살을 태워
임의 뼛속까지 태우고
남은 불씨

점점…
꺼져 간다

–〈잉걸불 사랑〉 전문

    시 ①의 〈금은화〉는 사랑을 금은화라는 꽃에 비유해서 쓴 시이다. 그런데 이처럼 어떤 대상을 시로 형상화하기 위해서는 먼저 그 대상에 대한 지식이 풍부해야 한다. 앞의 시 〈금은화〉는 잎겨드랑이에서 입술 모양의 흰색 꽃이 2개씩 피고, 꽃의 색이 흰색에서 노란색으로 변하기 때문에 '금은화金銀花'라고 부르며, 겨울을 잘 이긴다고 하여 인동초忍冬草라는 이름이 붙었다는 정도의 지식을 알아야 한다. 이 시의 화자가 모든 감각을 다 잃는다고 해도 '남은 미각을 잃을 만큼의/달콤한 키스'라고 자신감 있게 금은화를 형상화할 수 있는 것은 금은화의 잎겨드랑이에서 입술 모양의 흰색 꽃을 발견하고 사랑하는 사람의 입술을 연상했기 때문이다. 그리고 4연으로 구성된 이 시에서 각 연의 끝을 모두 '~싶다'로 끝맺음한 것을 볼 수 있는데, '~싶다'는 본래 앞의 말이 뜻하는 행동을 하고자 하는 마음이나 욕구를 가진 보조형용사로 화자의 강한 소망이 담겨 있는 소망적 사고wishful thinking다. 문장의 구성을 보면, 3연을 제외한 1, 2, 4연에서 화자는 '~할지라도 ~싶다' 형태의 조건절을 쓰고 있는데, 어떤 장애물이 닥쳐올지라도 뜻하는 일을 끝까지 관철하겠다는 화자의 강한 의지가 담겨 있다. 그래서 화자는 서슴없이 '심장이 멎을 만큼의 사랑', '미각을 잃을 만큼의 달콤한 키스', '아름다운 허상을 반려한 영화의 주인공'… '생의 마지막이 될지라도 그런 사랑을 하고 싶다'고 확실하고도 분명하게 자기의 의사를 표명하고 있다.

시 ②의 〈잉걸불 사랑〉 역시 뜨거운 연가戀歌다. 사전적인 의미로 '잉걸불'은 벌겋게 달아오른 숯불이나 장작개비의 불덩어리다. 활활 타오르는 불꽃보다 훨씬 더 뜨거운 상태로 뜨거움의 극치를 나타낼 때 쓰는 말이다. 〈금은화〉가 목숨을 바칠 정도로 헌신적 사랑을 소망한 시라면, 〈잉걸불 사랑〉은 이미 사랑하는 사람의 뼛속까지 태워 버리고 서서히 꺼져 가고 있는 불씨에 비유한 작품이다. 여기서 〈잉걸불 사랑〉은 바슐라르가 말하는 4대 원소인 불·물·공기·땅 가운데 '불'에 해당한다. 바슐라르는 문학 이미지를 연구하면서 작가들은 누구나 이 4원소 중 하나의 원소와 연결되어 있다고 재미있는 생각을 내놓았다. 모든 시인은 자신이 애호하는 원소를 가지고 있으며 이것은 무의식적으로 작품에 반영되어 나온다는 것이다. 예를 들어 호프만Hofmann의 작품에는 불에 대한 이미지가 주로 나오며, 에드거 앨런 포Edgar Allan Poe는 물의 이미지를 가지고 있는 작가이고, 니체Friedrich Nietzsche는 대기의 이미지가 강한 작가로 분류하고 있다. 따라서 이소강 시인이 애호하는 원소는 4원소 중에 불의 이미지로 분석할 수 있는데, 〈금은화〉나 〈잉걸불 사랑〉을 비롯해 〈편지〉, 〈사랑과 그리움〉, 〈연인〉 등 여러 편의 시를 통해 쉽게 확인할 수 있다.

그러나 이소강의 시에는 불처럼 뜨거운 사랑만 있는 것이 아니다. 언급한 것처럼 불은 정열과 욕망을 상징하되 동시에 소멸을 상징하는 양면성을 가지고 있다.

① 깜박이는 그리움 속에서
사랑의 사람을 찾아 헤매다가
끝내 홀로 돌아서는 외로움
꿈속의 사랑도 사랑이라

－〈사랑과 그리움〉 일부

② 나는 알았네
혼자여서 외로운 줄만

외려 네가 있어
널 사랑해 외롭고 아픈 줄
나는 몰랐네

－〈존재의 의미〉 일부

③ 중천에 서성이는 생의 헤진 곳
꿰매고 다려서 거리로 나서면
한나절 푸른 바람은
영혼을 깨치고 다가선다

하늘에 뿌리를 둔 나무가

미열로 흔들리고, 허공을 날던 새

짝을 찾아 둥지를 틀면

고독의 틈새를 비집고 내민

해맑쑥한 그리움의

부는 바람도 내리는 꽃비도

꿈속인 듯

일상의 떨림으로

허물없이 노닐다가

더없는 애절함으로 사랑하고

또 사랑하고파

—〈호수에 빠진 사랑〉 전문

　시 ① 〈사랑과 그리움〉에서 화자는 뜨거운 사랑이 아닌, '허기진 사랑' 때문에 고독해서 속절없이 울고 있다. 사랑하는 사람을 찾아 꿈속에서 헤매고 그리워하다가 결국 빈자리로 돌아와 혼자 우는 외로운 사랑이다. 그리고 시 ② 〈존재의 의미〉에서는 혼자이기 때문에 외로운 줄 알았는데, 실상은 사랑하는 사람이 옆에 있어 사랑하기 때문에 오히려 외롭다고 역설적逆說的으로 언술하고 있다. 모든 것은 때가 있다. 그리고 부재의 순간에 사랑, 그리움, 아름다움, 행복, 따뜻함 등 그것들의 존재 이유를 절실하게 깨닫게 된다. 이때의 부재不在는 사라짐을 의미하는 것이 아니라 더욱 큰 힘으로 우리를 이끌고 있는 원동력이다. 반면 시 ③ 〈호수에 빠진 사랑〉

은 삶의 한 시점時點을 '중천에 서성이는 생의 헤진 곳/꿰매고 다려서 거리로 나서면'이라고 비유하여 삶의 여정이 그리 평탄하지 않았음을 함축적으로 표현하고 있다. 그러나 호수에 비친 나무의 흔들림과 허공의 새를 보면서 화자는 잠시 물아일체物我一體의 소박하고 순수한 경지에 빠진다. 이른바 건강한 나르시시즘narcissism으로 승화되는 순간이기도 하다.

이별의 순간이 올 때까지 사랑은 외로움의 깊이를 알지 못한다고 한다. 가을이 오면 낙엽과 서리, 밤의 냉기 등 조락凋落으로 인해 우주 만물이 쇠퇴하듯이 때가 되면 사랑하던 것들이 우리 곁을 떠나기 시작한다. 이별은 누구나 통과해야 할 어둠의 동굴이고 반드시 거쳐야 할 통과제의通過祭儀이기도 하다.

가끔, 아주 가끔은
연민으로 찾아드는 너

영혼 속에 고립된
지상의 꿈,
편견에 갇혀
기도하듯 살아가는

나에게 너는
언제나 부재중이었던 것을

-〈연인〉 일부

시적 화자가 현재의 시점에서 연인과의 추억을 회상하는 작품이다. 앞에서 언급했던 〈철든 꽃〉처럼 시 속에 '나'라는 화자가 명시되어 있고, 나의 상대인 '너'가 명시되어 있다는 점에서 공통적이다. 그러나 여기서 '너'의 존재는 아름다웠던 바다의 추억을 떠오르게 하고(1연), 내 사랑을 밟고 떠나고(2연), 가끔 연민 속에서 나타나지만(4연), '너'는 결국 '나'에게 '언제나 부재중'이라고 마지막 연에서 대상과의 거리를 확실하게 규명하고 있다. 특히 화자가 '섭한 마음 줄 잡고 서면/애정이 애증으로/한없이 커져만 가는/빈자리엔 숭숭/숨어 우는 바람처럼/알싸한 고독만이 맴돈다'(3연)고 섭섭한 마음을 진솔하게 드러내고 있는데, 특히 '애증愛憎'과 '빈자리'와 '고독'이 한데 어우러져 큰 울림을 만들어 가고 있는 과정이 예사롭지 않다. 여기서 3연은 정서의 흐름상 시의 앞뒤를 자연스럽게 연결하는 교량 역할을 한다.

또 다른 시 〈안심병동〉은 안심安心이라는 이름이 무색할 정도로 상반된 이미지를 509호 병실의 정황을 통해 사실적으로 보여 주고 있다.

핏기도 간기도 없는
사람도 밥상도
어지럽게 돌고 돌아
토할 것만 같은
시끌덤벙한 세상 한구석
보호자도 간병인도 없는
509호실,

안락사 없이도 안락한
정지된 시간과 공간 속에서
하얀 휘장을 두른
유령 같은 차가운 혼백을
나는 자꾸자꾸 들여다보고
또 만져 본다

간헐적인 신음 잦아들 때쯤이면
여지없이 선잠을 깨우는
주삿바늘의 뜨거운 선혈은
내가 살아 있음을…

아침 햇살 들러붙은
창밖 저 먼 곳의
먹구름 한 점
먼저 가신 님의 유품처럼
유유히 떠 있다

　　　　　　　　　　　　　　　　　－〈안심병동〉 전문

　부재不在하는 것으로부터 시작하여, 부재하는 것으로 끝난 이 시
의 509호 병실은 꼭 있어야 할 것들이 조금도 갖추어지지 않은 부
재투성이의 공간이며, 폐쇄, 어둠, 시련, 암흑, 불행, 황량함, 방해
물 등을 상징하는 절망적 공간이다. 이 시에서 509호 병실을 '정
지된 시간과 공간'이라고 명명하고 있는데, '정지된 시간'은 〈상상

화〉에서 이미 언급했던 시간으로 모든 것이 멈춰 버린 죽음의 시
간이다. 이 시의 2연과 3연에서 확인할 수 있듯이 화자인 '나'가 직
접 509호 병실의 상황에 들어가 병실의 상태를 세밀하게 표현하고
있는데, 1인칭 주인공 시점에서 서술하고 있어서 훨씬 더 현장감이
느껴진다.

> 자유 있음의 부재
> 아픔 없음의 부재
> 시리도록 푸르른 영혼의 부재는
> 차라리 아름다워
>
> 절명의 사랑으로부터
> 꿈과 희망의 젖줄로 귀향하는
> 욕망과 외로움, 그 상실의 바람
>
> 살살이 불어오네요
>
> −〈한강〉 일부

화자는 〈한강〉에서 '자유 있음의 부재'(부자유)와 '아픔 없음의 부
재'(고통)와 '푸르른 영혼의 부재'(절망)가 차라리 아름답다고 역설적으
로 진술하고 있다. 강江의 발원지에서부터 한강에 이르기까지의 긴
여정은 화자가 걸어온 삶의 시간이며 공간이다. 화자는 그 여정 속
에서 지우고 싶어도 지울 수 없는 일화와 잊고자 하지만 잊지 못하
는 그리움이 마침내 슬픔으로 출렁이고 고통으로 넘실댄다고 진술

한다. 그리고 마침내 절명의 사랑으로부터 희망의 젖줄로 귀향하는 자신을 욕망과 외로움, 상실의 바람에 비유한다. 외롭다는 것은 사랑의 넓이가 그만큼 크다는 말이고, 사랑이 크다는 것은 그만큼 외로움도 크다는 말이다.

그리움은 이소강 시인의 대표적 정서 가운데 하나다. 모든 사람의 마음속 깊이 각인된 기본적 정서는 그리움이다. 그리움은 또 인간의 마음속에 들어가 사랑과 이별과 고독의 정서를 심어 놓고 기다림의 나무로 서 있다.

① 그리움만큼 외로움도 크겠지만
그래도 잊기보다는 그리워함으로
기다림이 지쳐 미움이 될지라도
하루 한두 번씩 부치는 내 마음
넌 읽었는지

하지만 묻지 말아야 해
그래야 기다릴 수 있음을 알지
알면서도 언제나처럼 오늘도…

넌 안녕한지

—〈편지〉 일부

② 나 어릴 적,

쥐불놀이와 숨바꼭질하던
동무들 그립고
교정의 친구들 그리워
옛 동산에 올라
보고파 하니
더 그립고 그리워

기약도 이별도 없는
추억의 바다가
흑백사진 속에 갇혀 울고 있다

-〈합포만〉 일부

③ 가셔요 가셔요
편히 가셔요
아들딸 낳고 사는 자식 걱정 마시고
먼저 가신 울 아버지 만나시걸랑
두고 온 자식, 잘들 있다 전해 주시고
이승에서 못다 한 연분
저승에서 해로하며 행복하다
꿈에서나마 전해 주셔요
어
머
니

-〈어머니의 영가〉 일부

시 ①의 〈편지〉에서 그리움과 외로움과 기다림은 서로 분리할 수 없는 관계다. 대상을 그리워하며 외로움을 달래고 언젠가는 다시 만날 수 있다는 소망이 있어서 기다리는 마음이 소박하고 순수하다. 그리움만큼 외로움도 크지만, 그리움으로 매일 안부를 전하는 화자의 간절한 사랑이 '하루 한두 번씩 부치는 내 마음'에 잘 드러나 있다.

시 ② 〈합포만〉은 고향에 대한 그리움을 노래한 작품이다. 고향을 시로 형상화할 때 시간적인 개념보다 공간적인 개념으로 접근하는 것이 더 강한 이미지를 줄 수 있다. 이 시에 나오는 합포는 경남 마산의 행정 지역구로써 이소강 시인이 태어나고 자란 곳이다. 흑백사진 속의 합포만을 보며 고향을 그리워하는 화자의 간절함이 사실적으로 묘사되어 있다. 특히 부모·형제, 합포만의 눈부신 햇살, 쥐불놀이와 숨바꼭질, 모교의 교정과 친구 등 거듭 유년의 추억을 시각적으로 묘사하면서 '그립고 그리워'라는 직설적 언어를 반복 사용하여 그리움의 강도를 높이고 있다.

시 ③ 〈어머니의 영가〉는 작품의 일부에서 영가 형식을 취하여 어머니에 대한 그리움을 한층 고조시키고 있다. 어머니를 그리워하는 또 다른 시로 〈슬픈 행복〉이 있는데, 이 시의 화자는 '집에서도 마음에서도 늘 부재중이었던 엄마, 그 엄마의 병환처럼 짙어만 가던 엄마'라며, '엄마'라는 유아기적 언어를 반복 사용하고 있다. 어린 시절로 돌아가고자 하는 모태회귀^{母胎回歸}본능, 즉 퇴행 심리에서 비롯된 것이다.

한 편의 시를 아무리 세심하게 분석한다 해도 시의 해부를 통해서는 해결되지 않는 부분들이 있다. 이는 시가 지닌 일종의 특징이며, 시작詩作 과정에 숨어 있는 하나의 신비이기도 하다. 그러나 가능하면 많은 부분으로 쪼개어 보고 난 연후에 비로소 그 시가 되살아나는 것을 알 수 있다.

이소강 시인의 이번 시집에서 그가 즐겨 사용하는 핵심 시어는 '사랑'(47회)과 '그리움'(38회)이라는 사실을 확인했다. 상대적으로 '슬픔'(25회)이나 '외로움'(18회) 등의 시어가 있지만, 빈도수가 높지 않아 전체적 정서를 파악하는데 크게 영향을 끼치지는 않는다. 아울러 이소강의 시집 「바람꽃이 피어요」에 나타난 정서적 흐름은 대략 '만남→사랑→이별→그리움'의 패턴으로 요약할 수 있는데, 이는 연륜과 더불어 시인의 사고가 긍정적으로 바뀌고 있으며, 꾸준한 창작 활동으로 시적 소양이 윤택해지고 있는 데서 비롯된 것으로 평가할 수 있다. 특히 이소강 시인은 자신으로부터 사라져 가는 것들, 즉 부재不在하는 것들에 대해서 조금도 불평하거나 불만 없이 절제節制된 시어와 숭고한 사랑으로 그리움을 승화시키고 있다는 점에서 높이 평가할 수 있다.

김경수

詩的 충돌과 화해

이 시대의 독자는 한 마디로 짧고 쉬우면서도 정곡을 찌르는 감동적인 시를 원한다. 오랫동안 생각하고 갈등하고 분석을 해야 하는 시가 아니라 읽으면서 저절로 이해되고 가슴속에 느껴지는 시, 복잡한 시대를 살면서 혼돈된 생각들을 독자 대신 카타르시스해 줄 수 있는 함축적이고 신선한 시에 매력을 갖는다.

세기말을 살아가고 있는 사람이라면 대체로 복잡한 것보다는 단조로운 것, 어려운 것보다는 쉽게 얻을 수 있는 것을 추구한다. 그러나 세상은 결코 인간이 필요로 하는 어떤 한 가지만을 주지 않기 때문에 항상 불평과 관용, 분열과 결합이 공존하기 마련이다. 아울러 삶과 죽음, 현실과 이상, 정직과 가식, 가능과 불가능, 물질적인 것과 정신적인 것, 질서와 무질서, 동일성과 이질성이 존재하는 한 끊임없는 충돌과 화해가 이루어지면서 하나의 역사는 창조되는 것이다. 물론 문학과 과학, 시적詩的인 것과 비시적非詩的인 것 사이에도 수없이 많은 충돌과 화해가 이루어져 왔음을 부정할 수 없다.

시집「사람들은 바람을 등지고 걸으려 한다」를 상재한 김경수 시인은 1990년 『문창시대』로 등단하여 1992년 『문학세계』에 〈겨울 산〉

외 4편으로 신인작품상을 받았으며, 그동안 「도시 아가미」와 「미니 스커트와 지하철」 등의 시집을 상재하는 등 부지런히 창작 활동을 하는 시인이다. 현재 두레시 동인 회장을 비롯해서 여러 문학 단체에서 문학의 열정을 불태우고 있는 중견 시인이다. 그는 어려운 이웃들을 찾아 위로하고 격려를 아끼지 않는 휴머니스트이면서 때때로 산을 찾아 자연과도 깊이 있게 친화할 줄 아는 사람이다. 그러나 불의와는 절대 타협하지 않는 정의파라는 것이 주변 사람들의 평이다.

김경수의 시집 「사람들은 바람을 등지고 걸으려 한다」를 읽다 보면 번번이 충돌과 화해가 공존하고 있음을 발견하게 된다. 한 작품 안에서의 충돌과 화해가 있는 것은 물론, 작품끼리의 충돌과 화해도 자주 눈에 띈다. 이른바 다양성이라는 영양소가 시집 밑바탕에 깔려 김 시인의 시세계를 구축해 간다고 할 수 있다.

충돌과 화해는 어느 의미에서 이중적이며 양성적 존재다. 복잡다단한 생활 속에서 살아가고 있는 현대인들에게 그 언어의 원천은 우리 각자의 다른 쪽, 즉 필수적인 각자의 반쪽과의 분리에서 존재하는 것이다. 결국은 상실로 인한 괴로움의 담화와 모든 상이한 것들이 사라진 양성적 존재의 안정된 침묵이 한 편의 시로 승화한 것이다.

나뭇잎에 스쳐 떨어지는 바람
하늘 밟고 땅 쳐다보며
사람이 사람 타고
채찍이 채찍을 하고

골목마다 뜨거워지는 국물은

피 터지는 분통 소리에 흩어져

일부는 과거에

꽁꽁 얼어붙고

일부는 모닥불 타는 소리에

귀만 쫑긋 세울 뿐

아무런 일도 없는 듯

밤은 매일 그렇게 온다

과거와 현재

이중주를 위한 객석은

텅텅 비어 그들만의

요란한 어둠이 자리잡고 있다

- 〈이중주〉 전문

이 시는 제목이 암시하듯 인간에게 잠재된 두 개의 서로 다른 사상思想, 즉 충돌衝突과 화해和解를 형상화한 작품이다. 시간상으로 과거와 현재 사이에 이루어지고 있는 충돌과 화해를 극명하게 제시하였다. 프랑스의 철학자 데리다Derrida에 의하면 '과거-현재-미래'라는 세 개의 시간 단위는 허위이며 현존이란 존재하지 않는다고 주장한다. 현재가 존재하지 않는 것은 우리가 현재라고 말하는 순간 벌써 그 순간은 과거에 편입되면서 동시에 미래로 연결되기 때문이라고 말하며 그는 차연difference이라는 특이한 용어로 해명하고 있다. 데리다의 차연은 사실 시간이 따로 존재하고 공간이 따로 존재한다는 기존의 인습적 사고를 파괴한 것이다. 따라서 김경수 시인이

〈이중주〉 마지막 부분에서 '과거와 현재/이중주를 위한 객석은/텅텅 비어 그들만의/요란한 어둠이 자리잡고 있다'라고 말하는 것 역시 데리다의 차연으로 해석할 수 있다. 영원히 현재가 존재하지 않기 때문에 이중주는 연주될 수 없고 객석은 텅 빈 채로 주체인 이중주 대신 어둠이 자리잡게 되는 것이다. 이른바 주체가 해체된 시의 일면을 보여 주고 있다.

두 개의 이질적인 사상이나 사물이 같은 작품 속에서 충돌하고 화합하는 경우는 김경수 시인의 또 다른 작품 〈人生〉에서, 인생이란 '빛과 어둠이 교차^(충돌)하면서 흔들리는 바람을 살아 있는 벅찬 가슴으로 껴안는^(화합) 걸 게다'라고 한 것이나, 〈미련〉에서 헤어짐과 만남의 정서가 표출하고 있는 갈등과 포용을 통해서도 어렵지 않게 발견할 수 있다.

이처럼 작품 내의 양극 현상은 시 〈빨간 사과〉에서 더욱 분명하게 드러난다.

생각은 아주 우습기도 하고
때론 심각하기도 하지만
행동보다 모자랄 때도 있지
생각의 힘만 가지고는
요즘 같은 세상엔 쓸데없어
…중략…
생각과 행동이 하나가 되어야
벌레먹지 않는 빨간 사과 먹을 수 있지

— 〈빨간 사과〉 일부

사과는 겉과 속이 다른 과일이다. 김경수 시인이 많은 사물 가운데 빨간 사과를 소재로 선택한 것은 기발하다. 사람들은 일반적으로 사과의 겉과 속처럼 행동과 생각이 일치하지 않는다. 생각이 빨간색이라고 해서 행동까지 빨간색은 아니다. 설령 같은 빨강이라고 인식했더라도 위치나 상황에 따라서 명도와 채도가 다르며, 더구나 사과의 겉과 속은 색깔 한 가지만을 비교할 때 완전히 다르기 때문에 결코 동일하다고 하기 어렵다. 사과는 그런 의미에서 양면성을 가지고 있는 물체다. 그러나 먹음직스럽고 탐스러운 외형과 달콤새콤하고 영양가 있는 내면적인 맛이 어우러져야 비로소 참다운 사과의 역할을 다 할 수 있다고 볼 때 어느 하나 소중하지 않은 게 없다. 〈빨간 사과〉에서 김경수 시인은 생각과 행동이 하나 되어야 벌레 먹지 않는 사과를 먹을 수 있다는 말로 작품을 마무리한다. 사과의 겉과 속이 모두 건강해야 벌레 먹지 않듯이 사람도 생각과 행동이 일치해야 올바른 삶을 영유한다는 알레고리를 적용함으로써 비유에 성공을 거둔 경우다.

김 시인의 시를 관심 있게 읽어 보면 어렵지 않게 두 개의 상반된 흐름과 만나게 된다. 하나는 기존의 시 장르에 충실해지려는 흐름이고, 또 다른 하나는 시 장르에서 벗어나 새로운 것을 시도하려는 실험정신이다. 엄밀히 말해서 김 시인은 일상적인 시의 틀에서 벗어나고자 하는 의지가 강한 시인이다.

갈대에게는 엄청난 꿈이 있다
흔들리는 마음에는 갈색 모습이 있고
그것은 과연 하늘색이다
그것의 마음은 넓고

그것의 생각은 깊으며
그것의 이상은 높다

—〈파스칼의 생각〉 일부

소설이나 희곡적 요소를 삽입하거나 자동기술법의 방식처럼 자유분방하게 서술하거나 일상과 예술을 구별하지 않는, 말하자면 기존의 제도를 가능하면 무시하거나 해체해 버리려는 태도를 앞의 〈파스칼 생각〉에서 읽을 수 있다. 인간은 생각하는 갈대라는 말을 비시적非詩的인 것과 접맥하여 시처럼 만들고 있으나 '그것'이라는 지시대명사를 통제되지 않은 채 거침없이 연속적으로 시의 첫 부분에 배열하고 있는 것에서 그의 자유분방한 시 창작 태도를 발견할 수 있다. 일종의 자동기술법自動技術法이다. 자기가 무엇을 쓰고 있는지 전혀 의식하지 못하고 손이 가는 대로 기계적으로 쓴 것이 아니라, 이성의 감시나 탐미적·윤리적 지배에서 벗어난 무의식의 순수한 기록임을 김 시인은 〈파스칼 생각〉에서 분명히 제시하고 있다. 이런 행위는 기존의 시 장르에 대한 충돌이며 동시에 다른 장르와의 화해이기도 하다.

무지의 옷을 입고 거리에 나섰다
오늘,
북한산 자락이 또렷이 보이는
야누스의 순진함을 보았다
거리의 발길마다 위쪽으로 추켜지는 방향성 시간
옷 벗기기 시합을 한다
초록이어야 할 지구 문명에 벗김 당하고
진열장 속으로 빨려드는

충혈된 생각
서점 구석마다 저자의 옷을 벗기는 소리
너무도 긴장되어
양심은 화장실에서 벗김 당한다
자동차는 새끼줄 꼬임에
꼬임을 당하고
여의도 바지는 반바지로
벗기기에 늘 소극적이다

–〈벗기기–거리에서〉 일부

　김경수 시인의 새로운 것에 대한 실험정신은 곧장 비판적 현실 고발로 이어진다. 앞의 시를 읽어 내려가다 보면 '여의도 바지는 반바지로/벗기기에 늘 소극적'이라는 부분에 주목할 필요가 있다. 주변에서 수없이 만나는 거리의 온갖 풍경들은 우리에게 이미 익숙해진 것들이지만 국회가 있는 여의도 거리는 한없이 낯설기 때문이다.

　더구나 여의도 바지는 벗기기에 소극적이라면서 진실을 제대로 밝히지 못하고 이중적으로 살아가는 위정자들을 점잖게 꼬집고 있는 점에서 독자들은 긴장할 수밖에 없다. 김 시인의 작품 속에 가끔 등장하는 미니스커트와 함께 〈벗기기–거리에서〉에 등장하는 반바지는 어느 상황이나 처지에서 극한상황을 표상한다고 본다. 이 시에서 그는 일종의 사회 전반에 깔린 부조리를 가장 서민적인 것에서부터 점차 상위의 것에 이르기까지 하나씩 벗겨 가고 있다. 이 밖에 〈벗기기–광고에서〉, 〈벗기기–시인〉, 〈벗기기–연상 작용〉, 〈벗기기–비 오락가락하는 날〉에서 사회의 추악한 면이나 부조리가 김 시인에 의해 계속 통쾌하게 벗겨지고 있다. 그렇다면 김 시인이 이처럼 벗기기를 계속하는 까닭이 어디에 있는지 분석해 볼 필요가 있다. 그는 시 〈몸에 걸친 것 모두 벗어 버리면〉에서 묻혔던 삶들이 하늘로 오르고, 청아한 빛이 밑으로부터 기운차게 일어남을 느낄 수 있어서 좋다고 벗기기의 궁극적인 목적을 명확하게 밝힌다. 앞에서 본 여러 편의 시에서처럼 때로는 강도 있게, 〈잘난 세상〉에서처럼 '멍청한 시간 잘난 세상'이라고 빈정대면서 그는 부패한 부위를 예리하게 칼질한다. 이런 행위는 불의에 대해서는 강한 충돌이 되지만 정의에 대해서는 친화가 되는 것이다.

김경수 시인이 추구하고 있는 미학적 충돌과 화해는 마침내 다음 작품에서 극치를 이룬다.

IMF 화투를 치는디
외디푸스 콤플렉스 때문에
패를 돌려서
高
물가로 완고 한번 허고
죽어도 "짹" 한번 한다고
이번에 다시
高

  －〈IMF 1998〉 일부

이 시에서 언어유희*pun*와 위트*wit*가 유독 눈에 띠는데, Go가 高로 변용되고 있는 것이 좋은 예다. 시어의 배열도 특이하고 전라도 사투리를 그대로 사용한 것도 이색적이다. 더 중요한 것은 이 시의 후반부에서 ◐ ◑ % + -₩ ＼ $ ＼ 따위의 일반 상식으로 이해하기 어려운 기호를 거침없이 써 내려가고 있는 점이다. 이는 기존의 언어에 대한 강한 부정이며 새로운 방향 모색이라 하겠다. 이와 같은 현상은 작품 〈포스트모던〉에서 이질적인 단어의 무차별 결합이나, IMF↑말↓말◐+◑*와 같이 언어 또는 기호의 질서를 파괴함으로써 전체적으로 애매성을 조장한다. 그러나 어떤 기호든 인용할 수 있고, 인용 부호로 나타낼 수 있으며, 이런 방식으로 그 기호는 주어진 문맥에 따라 파괴되며, 이런 방식으로 무한히 새로운 문맥들을 생성한다는 해체주의 운동의 창시자 자크 데리다*Jacques Derrida*의 주장에 귀를 기울일 필요가 있다.

  김경수 시인은 부지런히 시를 쓰면서 항상 다양하고 새로운 창작 방향을 모색하는 시인이다. 여러 편의 시에서 기존의 시로부터 내용이나 형식을 해체시키려는 일련의 태도는 그의 시가 포스트모더니즘을 지향하고 있다는 증거다. 시로서 도저히 불가능하다고 판단되는 이질적인 요소들을 충돌과 화해의 장치에 의해 시적으로 형상화하고 있는 그의 독특한 창작 방법에 기대를 건다.

신다회

사랑의 리듬타기

채운彩韻 신다회申多繪는 2009년 『문학과 현실』에 시로 등단한 중견 시인이며 시 낭송가로도 널리 이름이 알려져 있다. 그의 시 80여 편을 읽고 나서 꽤 오랜 시간이 흘렀는데 지금까지 생생하게 떠오르는 시어는 바로 '사랑'이라는 관념이다. 사랑은 그만큼 강력한 힘으로 신 시인의 시세계를 움직이고 있다.

문학비평에서 작품 분석은 복잡한 시를 이해하고 평가하기 위한 필수적인 작업이다. 문학의 예술성이나 효율성을 전제해야 할 경우, 시의 언어적 조건에 대한 분석으로 접근하는 일은 대단히 중요하다.

신다회 시인의 경우, 그의 시에 나타난 시어詩語를 분석해 보면, 대략 '꽃' 48회, '사랑' 34회, '바람' 26회, '하늘' 24회, '봄' 23회, '별' 21회, '희망(꿈)' 26회, '어머니' 16회, 기타 '바다'와 '비'가 각 9회, '땅'과 '해'와 '달'과 '밤'이 각 7회, '나비'와 '구름'과 '천사'가 각 6회 등 비교적 다양한 분포를 보여 준다. '사랑'이라는 시어가 작품에 그대로 사용된 경우는 34회이지만, 넓은 의미에서 '꽃'이나 '봄'이 사랑을 상징한다고 가정할 때, 사랑과 관련된 시어는 대략 105회 정도로 신 시인의 시에서 압도적인 비율을 차지한다. 거기다가 상당 부분에 그리움이나 기다림 등 사랑과 관련되는 시어들까지 포함한다면 신다회 시인의 작품 저변에 흐르고 있는 큰 물줄기는 결국 사랑으로 압축할 수 있다.

> 마음에 콘센트를 끼운다
> 버튼을 누른다
>
> 그리고
> 지워지지 않는 글을 새긴다
>
> 꿈 열두 시간
> 사랑 열두 시간
>
> —〈인생표〉 전문

신 시인은 화두에서 인생이라는 관념적 세계를 구체적으로 사물화하고 있다. 〈인생표〉라는 제목만으로는 이 작품이 무엇을 말하려고 하는지 막연하고 난해하다. 시인이 화두를 '마음에 콘센트를 끼운다'고 구체화한 까닭도 바로 그런 연유에서 비롯된 것으로 해석된다. 이어서 버튼을 누르는 행위를 통해 일시적 긴장감이 감돌다가, '지워지지 않는 글을 새긴다'는 부분에서 다시 정서가 이완되어 사랑을 노래한다. 이른바 정서적 긴장과 이완의 리듬타기가 시작되고 있다. 그리고 2연에서 막연하게 '지워지지 않는 글을 새긴다'며 주제어를 숨겨 두었다가, 3연에서 '꿈 열두 시간/사랑 열두 시간'이라고 노출시키고 있는데 하강⁽下降⁾ 이미지와 상승⁽上昇⁾ 이미지의 번복을 통해서 정서적 리듬타기를 하는 경우로 분석할 수 있다. 여기서 시인은 하루 24시간을 꿈이 12시간, 사랑이 12시간이라 규정짓고 있는데, 이는 곧 인생의 절반은 꿈이고, 나머지 절반은 사랑이라는 의미이기도 하다. 여기서 '꿈 열두 시간'은 단순히 잠자는 동안에 체험하는 여러 가지 현상을 지칭하기보다 실현하고 싶은 희망이나 이상을 상징하는 것이라고 볼 때, 꿈 또한 간절한 사랑이나 그리움으로 읽을 수 있다. 따라서 〈인생표〉에서 시인이 추구하고자 하는 근원적인 정서는 곧 사랑임을 알 수 있다.

속살 보이며
아장아장 걸어오는
연둣빛 몸짓

설렘 하나

살며시 다가와
따스하게 토닥토닥
보듬어 주는

두근거림 둘

잠자는 이 깨워 주고
슬픈 마음 씻어 주는
봄비

사랑 셋

봄
네가 참 좋다

-〈그냥 봄이 좋아〉 전문

〈그냥 봄이 좋아〉는 제목부터 순수하고 정겹다. 시에서 명사형 제목을 붙일 경우 경직된 느낌을 배제하기 어렵지만, 부사형이나 동사형의 제목은 친근감을 준다는 사실을 입증하고 있다. 신 시인은 또 봄이 오는 모습을 '아장아장', '토닥토닥' 등 의태어를 사용하여 시적 정서를 생동감 있게 이끌어 가면서 봄에 대한 이미지를 한층 상승시키고 있다. 비유와 심리묘사 또한 평범하지 않음을 발견할 수 있는데, 예를 들어 1연에서 '속살'이라는 다소 선정적 시어를 첫머리에 배열하여 심리적으로 독자의 마음을 끌어들인 뒤에, 연둣빛 몸짓으로 아장아장 걸어온다고 의인화하여 마치 아름다운 여인이 잰걸음으로 다가오는 것처럼 묘사한 솜씨가 보통이 아니다. 그리고 시의 구조상 가장 핵심 부분에 '사랑'이라는 시어를 배치한 뒤에, '봄 네가 참 좋다'고 마무리한 점에 주목할 필요가 있다. 봄은 곧 사랑이라는 의미를 내포하고 있기 때문이다. 봄은 흔히 젊음과 사랑으로 비유되며, 아름다움의 극치를 상징하기도 한다. 하이네*Heine*가 〈봄〉이라는 시에서 "봄은 즐거운 사랑의 계절"이라고 표현한 것이나, 에머슨*Emerson*이 〈일기〉에서 "봄철의 모든 숭앙은 사랑으로 연결된다"라고 표현한 걸 보면 봄과 사랑은 동일한 이미지로 읽을 수 있다. 〈그냥 봄이 좋아〉에서도 2연 '설렘 하나', 4연

'두근거림 둘', 6연 '사랑 셋'이라는 한 행짜리가 한 연을 이루고 있어 등가성을 효과적으로 보여 주고 있다. 시의 행은 한 단어나 여러 개의 단어로 이루어지기도 하지만, 한 개의 연에서도 한 행 또는 여러 개의 행으로 다양하게 구성되기도 한다. 따라서 외형적으로 보면 현대시의 모든 행과 연은 하나도 동일한 것이 없지만, 내면적으로 보면 모든 행과 연들이 동등한 무게와 의미를 지니는 이른바 등가성^{等價性}의 산물이다.

그밖에 신다회 시인의 〈봄, 고마워〉, 〈춘몽〉, 〈꽃의 해찰〉, 〈봄이 오는 소리〉, 〈위험한 봄〉, 〈체류 중〉, 〈봄 햇살이 차린 밥상〉, 〈산수유〉라는 작품에서도 봄이 사랑을 상징하고 있음을 어렵지 않게 발견할 수 있다.

개울가 언덕에 핀 들꽃
하늘에 뭉게구름
아름다운 향기
밤하늘에 별
그리고
사랑

모두 내꺼

―〈착각〉 전문

이 시는 형태상으로 특이하다. 1연은 6행으로 되어 있으나 행이 거듭될수록 음절 수가 줄어든다. 즉 첫 행의 음절 수가 9음절인데,

9→7→6→5→3→2음절로 행이 거듭될수록 음절 수가 줄어들어 형태상 역삼각형 모양을 이루고 있으며, 역삼각형의 날카로운 끝부분이 금방 '모두 내꺼'라는 착각을 찌를 것 같은 긴장감을 주고 있다는 점에서 매우 성공적인 형태미학적 시라고 평가할 수 있다. 그리고 2연은 4음절 한 행이 하나의 연을 이루고 있다. 특히 '모두 내꺼'라는 4음절이 2연을 구성하고 있지만, 이 시의 주제를 담고 있는 점에서 비중은 매우 크다. 신 시인은 또 이 시의 1연에서 '꽃, 하늘, 뭉게구름, 향기, 별' 등 소유하고 싶을 정도로 아름다운 것들을 배열한 뒤, 마지막 절정 부분에 '사랑'이라는 글자를 배열하여 '사랑'에 무게를 두고 있다. 그러나 이 시에서 전개되고 있는 것들은 현실 세계에서는 불가능한 정황들이다. 이처럼 현실에 대한 올바른 파악을 떠받치지 못하는 순수한 착각의 산물을 심리학에서는 환상이라고 한다. 그 경우에 상상과 현실은 어쩔 수 없이 대립 관계에 놓이게 된다. 그래서 화자는 순간적으로 '모두 내꺼'라는 착각에 빠진다. 또 다른 시 〈영혼의 꽃〉에서도 역삼각형 모양의 행 배열을 보게 되는데, 이런 구조는 초현실주의자들의 시에서 흔히 발견되는 방법으로, 독자들에게 시각적 충격을 주고자 할 때 효과적이다.

신 시인의 시에 자주 등장하는 꽃 역시 사랑을 상징하는 객관적 상관물客觀的 相關物 중의 하나다. 따라서 앞의 시 〈착각〉의 첫 행에 나오는 들꽃은 일상적이고 평범한 의미를 지닌 꽃이 아니다. 꽃은 일반적으로 아름다운 여인이나 핵심적인 존재를 상징하지만, 봄이나 아름다움을 상징하고, 동시에 사랑을 상징하기도 한다. 그리고 이 시에서 '별'이라는 시어도 흔히 고결한 이상과 선한 마음, 순수

한 소망, 정신의 순결성, 도달할 수 없는 거리감, 신비감의 한 상징
으로 형상화되면서 인간존재의 한 표상이 되기 때문에 지극히 높
고 순수한 사랑의 이미지로 읽을 수 있다.

　　가을 문턱
　　빨갛게 물든
　　그리움 하나가

　　툭
　　몸을 던졌습니다

　　가여워!

　　내 영혼
　　가을 옷
　　한 자락에
　　기워 넣었습니다

　　　　　　　　　　　　　　　　－〈나뭇잎 하나〉 전문

　시인은 흔히 시 속에 화자를 설정하여 말하도록 한다. 화자가 있
으면 청자도 있어야 대화가 이루어지는데 인용한 〈나뭇잎 하나〉에
서는 화자만 있고 청자가 없다. 이른바 혼자서 푸념하는 독백의 발
화법發話法을 쓰고 있다. 이러한 표현방식은 주관적 정조를 더욱 강
하게 표출하는 서정시에 제격이다.

그리고 신 시인은 나뭇잎에 감정을 이입시켜 사랑에 대한 좌절의 아픔을 구체화하고 있다. 〈나뭇잎 하나〉의 3연에서 전체 분위기를 '가여워!'라는 단 한 줄로 압축시켜 외로움을 극대화한 점이나, 마지막 연에서 이별의 안타까움과 외로운 심정을 마음의 옷자락에 기워 넣겠다고 그리움을 형상화한 점이 돋보인다.

사랑은 양면성을 가지고 있다. 다시 말해서 대상에 대한 그리움과 갈망을 바탕으로 지고한 사랑을 추구하지만, 한편으로 그 좌절로 인한 외로움과 고통스러움 등의 내적 갈등을 일으키기도 한다. 사랑은 결국 갈망과 좌절 사이에 이루어지는 또 다른 리듬 타기로 해석할 수 있다. 사랑에 대한 그리움의 정서는 마침내 〈반쪽을 잃어버린 달〉에서 '그리움을 마시고', '그리움에 취해' 결국 꾸벅꾸벅 졸고 있는 상태에 이른다.

감나무 가지 사이
푸르게 부서지는
새벽별

후두둑 떨어진
감꽃이
장독대 뒷마당에 하얗다

땅바닥에 누워 있는
꽃별을 주워
명주실에 꿴다

감꽃 목걸이
추억 하나 똑 따
입안에 넣어
그리움을 삼킨다

중년이
감꽃처럼 웃고 있다

-〈감꽃이 떨어지면〉 전문

이 시의 화자는 현재의 시점에서 지난날의 아름다운 추억 속으로 시간적 퇴행을 하고 있다. 퇴행이란 말은 정신분석과 현대 심리학에서 자주 사용되는 개념이다. 앞의 시에서 화자는 감나무 가지 사이에서 푸르게 부서지는 새벽별을 보는데, 별을 보는 순간 유년의 감꽃을 연상하는 퇴행적 행위가 자연스럽고 순수하다. 그리고 땅에 떨어진 감꽃을 조그만 손으로 명주실에 꿰던 모습이나, 완성된 꽃목걸이를 목에 걸고 기뻐하던 유년의 아름다운 추억들을 리얼하게 효과적으로 처리하고 있다. 특히 〈감꽃이 떨어지면〉의 마지막 연 '중년이/감꽃처럼 웃고 있다'라는 비유에서 인생의 무상함과 존재에 대한 숙연함까지 일으켜 감동적이다. 중년의 나이에 유년 시절로 퇴행하는 정서적 변화 과정 또한 또 다른 형태의 리듬 타기이다. 일반적으로 심한 스트레스를 받거나, 좌절을 당했을 때 사람들은 이전의 발달단계로 후퇴하는 심리적 변화를 가져온다.

그 푸른 이야기들이
그리움으로 물들어

노랗고 붉은 카펫
깔아 놓더니

수많은 발자국 소리
뒤로한 채

낙엽은 춤추며
어디로 가는 걸까

길 잃지 말고
한마디만
전해 주렴

기다리고 있노라

-〈가을 우편엽서〉 전문

신 시인은 대체로 봄을 노래한 시를 많이 썼는데, 가을에 관한 시
도 꽤 여러 편 발견된다. 그중에서 〈가을 우편엽서〉는 가을을 소
재로 쓴 작품이지만 시의 출발점은 봄이다. '그 푸른 이야기'라는
구절에서 어렵지 않게 그 근거를 찾을 수 있다. 이 시에서 상승하
는 봄의 이미지가 가을과 만나면서 하강 이미지로 변해 가는 과정

을 의인화 기법을 통해 처리한 점이 매우 흥미롭다. 프라이^{Frye}의 사계원형^{四季原型}에 따르면, 봄은 '새벽·출생'의 단계로 문학에서는 로맨스·열광적이고 광상적인 시가의 원형을 상징하지만, 가을은 '석양·죽음'의 단계로 비극과 엘레지의 원형을 상징한다. 따라서 신 시인의 〈가을 우편엽서〉는 사랑의 부재에서 오는 감정적 변화를 상승과 쇠락의 이미지를 통해 자연스럽게 묘사하고 있다. 아울러 시의 주제어인 낙엽을 의인화하여 사람처럼 행동하고 말을 주고받을 때 이 시에서처럼 의인화가 숙련되게 잘 적용되면 신뢰도가 높아지지만, 그렇지 못하면 이미지나 시행 처리에 혼란을 초래할 수 있다. 신 시인은 특히 이 시에서 '그리움'으로 시작된 정서를 '기다림'으로 마무리함으로써 간절한 사랑의 리듬 타기 과정을 비교적 상세하게 묘사하고 있다.

결론적으로 신다회 시인의 시세계는 '사랑'이라는 관념의 세계로 압축할 수 있다. 그의 시 속에는 사랑이라는 거대한 물줄기를 중심으로 몇 개의 강이 흐르는데, 그 강은 곧 꽃과 봄 등의 구체물로 이루어진 강이다. 다시 그 강을 향해 그리움과 기다림이라는 은유의 냇물이 흘러간다. 이른바 '관념의 큰 물줄기↔구체물로서의 강↔관념의 냇물' 사이를 오르내리며 신 시인은 사랑의 리듬 타기를 시도하고 있다. 이는 사랑의 관념 세계를 구심점으로 상승 이미지와 하강 이미지를 반복하는 이미지의 리듬 타기이기도 하다.

신다회 시인의 시에는 '목적시'라는 또 하나의 강이 흐른다. 그러나 여기서 목적시라는 의미는 1960년대 정치 현실과 사회 상황에 적극적으로 대응하면서 현실 참여를 주장했던 우리 현대시의 경향과는 근본적으로 맥을 달리한다. 신 시인의 목적시는 한마디로 감동과 의지가 살아 있으며 주제가 분명한 시이며, 낭송을 전제로 창작한 입체시가 주류를 이룬다. 예를 들어, 광복절을 축하하는 〈우리 모두 하나 되어〉를 비롯하여 각종 기념일이나 행사를 축하하는 축시祝詩, 베델 선생 106주기를 추모하는 추모시 〈푸른 빛으로 빛나는 큰 별이여!〉, 95주년 3·1절 헌시 〈독립의 꽃이여〉, 항일독립운동가였던 고故 민영애 여사 영전에 올리는 조시弔詩 〈우리들의 어머니 민영애 독립운동가〉, 그리고 신 시인이 사랑하던 어머니를 하늘나라에 보내고 쓴 〈어머니는 꽃가마 타고 가셨습니다〉 등 10여 편의 목적시가 눈물로, 분노로, 때로는 기쁨으로 형상화되어 사랑이라는 거대한 물줄기와 합류하고 있다. 상황에 따라 영탄조의 어조와 명령형, 강조법 등을 사용하여 언어의 정서적 기능을 극대화한 점이 색다르다.

어느 한 문화권에 속한 시는 그 리듬과 소리, 장치 및 수사적 표현은 물론 그 문화의 언어 발전과 세련미에도 영향을 끼친다. 그런 측면에서 신 시인의 목적시는 이 시집의 일반 서정시와 구별이 된다. 그러나 이와 같은 목적시도 결국 현실세계를 뛰어넘어 관념의 세계, 영원한 세계를 갈망하는 정열에서 비롯된 것이라고 가정할 때, 이 또한 사랑의 리듬 타기 범주에 포함시킬 수 있다.

시가 시다운 특징을 지니려면, 사물을 단순히 일상적인 감정이나 개념으로 이해하지 않고 그것을 일단 사물과 동일시하거나 또 다른 사물을 마음속에 그리는, 즉 이미지를 통하여 비상하게 사고하는 태도가 필요하다. 신다회 시인은 이미 이러한 단계를 잘 초월하고 있어서 앞으로의 시작 활동에 기대를 건다.

조임생

共存하는 神의 世界

독일의 시인 쉴러*Schiller*에 의하면 시인의 작품에는 두 가지의 유형
이 있다는 것이다. 즉 시인의 성격을 반영한 것으로, 하나는 소박한
시인으로 자연적인 시인이라고 할 수 있는데, 현실을 사실적으로
묘사하여 독자들을 현실계로 인도하고 자신은 그 그늘에서 사는 시
인을 말하고, 또 하나는 감상적인 시인으로 작품에 자기의 이상과
이념과 독자들을 작자에게 접근시키려고 하는 시인이라고 했다. 그
러나 두 가지 유형 모두 독자를 의식한다는 면에서는 이의가 없다.
만약 시인의 개별적인 재료에 의해서 빚어진 작품이 순전히 체험의
개성적인 부분에만 의존하고 그 시의 여러 요소와의 공감이라는 독
자의 필요성을 외면한다면, 그런 류의 시는 결국 도태될 수밖에 없
으며, 그들의 시에는 보편성이 결여되었기 때문에 그 당대에 쓰였
다는 것 외에는 아무런 의미가 없다는 것이다. 따라서 지나치게 개
인주의적이고 배타적인 시는 자가 교배에 의한 동종 번식이 되기
쉬우며, 모호하고 통속적인 경향을 띨 수밖에 없다. 1950년대의 유
수한 시인들 가운데 종종 이러한 부류의 시를 쓴 경우가 있으며, 심
지어 어떤 동인들은 자기들끼리만 이야기를 주고받는 것이 마치 자

랑스러운 일이나 되는 것처럼 암호와 같은 걸 써 놓고 자아도취에 빠진 경우도 있다. 그러나 어떤 경우를 막론하고 타당성을 무시한 시는 결국 독자들로부터 철저히 외면당할 수밖에 없다.

조임생 시인은 『창조문학』시 부문과 『아동문학연구』동화 부문으로 등단하여, 1998년에 첫 시집 「아직도 나는 흔들린다」를 상재하여 관심을 모은 바 있다. 그의 시가 독자들에게 좋은 반응을 얻을 수 있었던 이유는 무엇보다 시가 편안하고 난해하지 않다는 데 있다. 그리고 세상에 존재하는 풀 한 포기에도 존재의 의미를 부여하고 생명력을 존중하는 조임생 시인의 순수한 사랑이 작품 속에 잘 용해되었기 때문으로 분석된다.

이번 시집은 첫 시집보다 사물에 대한 애착이 더욱 강도 있게 묘사되어 있는 걸 볼 수 있는데, 이는 곧 인간과 나의 공존이고, 자연과 나의 공존이며, 마침내 신과 나의 관계로 연결되는 하나의 끈끈한 통로를 구축해 놓았기 때문이다.

너의 숲속에서
한 그루 나무로 서 있음은
네 눈빛에 물들고
어깨에 기대
숨쉰다는 것

칡넝쿨보다 질긴 인연의 끈
자라는 곳마다 그늘 깊은 숲
너의 숲에서 나는

물푸레나무가 되고 가문비나무가 되고
그늘의 그늘이 되고
숲의 숲이 되고

너의 숲속에서
한 그루 나무로 서 있음은
너 또한
내 안에 들어와 산다는 것

－〈너의 숲속에서〉 전문

　여기서 화자가 '너의 숲에서 나는/물푸레나무가 되고 가문비나무가 되고'라는 언술 부분에 주목할 필요가 있다. 너는 숲이 되고 나는 나무가 되어 너와 내가 함께 식물로 변신한다는 상상은 어쩌면 인간 세상에서 맺은 '칡넝쿨보다 질긴 인연의 끈'이 지속하기를 간절히 바라는 所望的 思考_wishful thinking_에서 비롯된 것으로 분석할 수 있다. 그리고 마지막 연에서 시인이 '너의 숲속에서/한 그루 나무로 서 있음은/너 또한/내 안에 들어와 산다는 것'이라고 표현함으로써 너와 내가 얼마나 필연적인 관계이며, 서로에게 얼마나 소중한 관계인가를 강조하고 있다. 너와 내가 함께 있을 때 비로소 존재의 의미를 갖게 된다는 것이다. 이처럼 인간의 변신은 오바드의 〈변신〉에서 필레몬과 보시, 다프네, 미라 등 사람들이 곧잘 나무로 변신하는 것에서도 확인할 수 있다. 대체로 나무로의 변신은 꽃이나 새로 변신하는 것과는 다르게 견고하고 자애로운 인물을 상징한다. 나무는 계절의 변화에도 잘 버티고 있으며, 인간보다 더 오래 살기 때문에 나무는 안정, 영원성을 부여하는 데 이바지한다. 한편 체호프의 벚나무 동산의 그 오래된 나무들 주변에는 잃어버린 유년과 그 아름답던 날들에 대한 향수가 구현되고 있다. 아울러 나무는 젊은 날 사랑의 가담자가 되기도 한다. 이렇게 볼 때, 조임생 시인의 〈너의 숲속에서〉가 추구하고자 하는 것은 결국 인간의 영원성에 대한 소망인 동시에 너와 나의 공존이라고 할 수 있으며, 혼연일체의 합일사상合一思想에 바탕을 둔 것으로 분석된다.

그러나 시인의 소망적 사고는 인간과 나의 공존에서 만족하지 않는다.

> 누군가의 아픔을 먹고
> 누군가의 슬픔을 먹고
> 별은
> 너와 나의 빛이 되고
> 노래가 되었다
>
> －〈별〉 일부

너와 나의 공존은 곧 자연과 나의 공존으로 이어진다.

시인은 공존하는 대상으로 하늘의 별을 선택하고 있는데, 이는 내면에 자리하고 있는 지상의 사물에 대한 불신이고, 현실 세계에 대한 불확실성의 징표로 풀이된다. 인간에게는 안정과 영원성을 상징한다는 나무도 한낱 지상에 머물고 있는 불안한 존재에 불과한 것이다. 이 또한 영원히 우리를 지켜 줄 수 없기 때문이다. 언젠가는 지상으로부터 사라져야 한다는 점에서 나무도 인간과 다를 바 없다. 결국, 인간과 나무는 죽음 앞에 서로가 불안하고 위태로운 존재가 될 수밖에 없다. 지금 지상에 살고 있는 우리의 현실은 어쩌면 피치 못할 아픔이고 슬픔이다. 그래서 시인은 '밤하늘 가득 순금의 영혼으로 찬란한 별들'과 손을 잡는다. 별은 누군가의 아픔을 먹고 빛이 되었고, 누군가의 슬픔을 먹고 노래가 되었기 때문에 지상의 모든 비극적 상황을 누구보다도 섬세하게 알 수 있다고 생각한 것이다. 별은 부유한 자보다 가난한 자의 편이고, 강한 자보다는 약한 자의 편이라고 생각한 것이다. 시인이 모든 아픔과 모든 눈물은 별이 되기 위한 하나의 과정이라 말하면서 별을 '너와 나의 빛'이라고 한 것도 별의 그와 같은 속성과 무관하지 않다. 따라서 지상에 있는 인간이 천상과 공존하기 위해서 별을 선택한 것은 매우 의미 있는 일이다. 인간과 인간, 지상과 지상의 수평적 공존에서 마침내 별이라는 자연과 접맥되면서 인간과 천상의 수직적 공존으로 변화되는 순간이기도 하다.

날마다 찾아와
나의 창가 환히 물들이시는 이여
발자국 소리 안 들려도
느낌만으로 알 수 있습니다

내 거친 사유의 가시채
밤새
맨손으로 걷어 내시고
오늘은
또 다른 희망의 시작이라 하십니다

아이처럼 고개 끄덕이면
가만히 손잡아 주시는 당신
다시금 비껴가는 심령의 거스름도
육신의 약함이라 안타까워하시고

이 새벽 창가
당신을 만나는 순간의 기쁨이
내 남은 날들의 지평을 통과하며
늘 푸른 강물로 출렁이기 원합니다

-〈기도〉 전문

지상에서 천상으로 이어지는 조 시인의 자의식自意識은 마침내 신神과의 공존을 시도한다. 지상에 존재하는 인간이나 천상에 존재하는 별이 영원한 것이 아니라 한시적으로 안위가 되고 기쁨을 가져다 주는 것은 틀림없다. 그러나 별의 경우를 보더라도 시간적으로 밤에만 볼 수 있다는 한계성을 벗어나지 못한다. 거기다 날씨가 흐리거나 눈, 비 오는 날엔 볼 수 없는 한계성의 존재다. 불가시不可視의 상태에서는 빛도 발할 수 없고 노래가 될 수도 없다. 천상에 있는 별에게 언제 어떤 변화가 올지 인간으로서는 예측하기 어렵다. 그렇다면 가난한 자, 슬픈 자, 약한 자의 편이라고 생각했던 별도 진정한 공존자가 될 수 없다. 이 세상에 존재하는 모든 것은 나무나 별처럼 인간에게 뜻하지 않게 실망을 안겨 줄 수 있고, 인간이기 때문에 기대했던 것들이 이루어지지 않을 때는 쉽게 좌절과 슬픔과 상처를 입게 되는 것이다.

그러한 일상 속에서 조 시인은 마침내 신의 세계를 발견한다. 아품이나 슬픔이 없는 세계, 이별도 죽음도 없는 세계, 미움과 질투가 없는 세계, 끝없는 사랑과 기쁨과 평화만이 존재하는 세계가 곧 신의 세계인 동시에 그가 끊임없이 추구해 온 이상적 세계라는 것을 깨닫게 된다. 이와 같은 관점으로 볼 때 이번 시집에서 신앙시가 자주 눈에 띠고 있는 것은 당연하며, 앞의 시 〈기도〉에서 그와 같은 일련의 변화를 쉽게 확인할 수 있다.

항상 곁에서 사악함을 거두어 주고, 육신의 나약함을 돌보아 주고, 언제나 기쁨과 평화를 주는 영원한 공존자에게 자신의 남은 날들이 늘 푸른 강물로 출렁이기를 그는 간절히 소망하고 있다. 그 밖에 〈그분은 추상이 아니다〉, 〈말씀의 용광로〉, 〈내 슬픔은〉, 〈어둠 속에서 피는 당신〉, 〈나무 십자가〉, 〈깨어 있게 하소서〉 등 여러 편의 시를 통해 '당신'이나 '그분'이라는 인칭대명사를 사용하여 그리스도의 사랑을 다각적인 감각으로 형상화하고 있다. 대부분 이와 같은 시는 관념적이기 때문에 독자들에게 다소 거리감을 줄 수 있으나 그런 관념의 세계를 자연스럽게 육화肉化시키고 있는 점이 자연스럽다.

그런데 신의 세계로 가는 길은 그렇게 순탄하지만은 않다.

해거름녘
네거리에 서면 길을 잃는다

꽃잎처럼 열려 있는 네 개의 길
누군가의 선택을 기다리는 길
너무 눈부셔서 혼절하는 길
미지의 길들은

뜨겁게 가슴을 끌어당겼다

몇 억 광년은 날아야 닿는
별들의 나라
다소곳이
풀밭 속 엎드려 울던 순수의 길
길을 찾아 헤매었지만
내 지친 날개 접고 싶은
길은 어디쯤인지

오래전에 그 길이 보였다

솔밭 사이로
소돔 城 뛰쳐나가 잡을 수도 있었던
희고 반듯한 길 하나

해거름녘 네거리에 서면
이 길인가
저 길인가
두려움의 비수는 푸른 날로 일어선다

─〈이전엔 그 길이 보였다〉 전문

　이 시의 서술 시점時點은 해거름녘이다. 인생으로 말한다면 중년을 넘어선 시기다. 젊은 시절에 길을 잃고 방황하던 모습을 통해 신의 세계에 이르는 길이 얼마나 멀고 힘든가를 암시하고 있다. 인생은 반성 속에서 발전한다. 시인은 이미 오래전에 지친 날개를 접고 싶은 길이 어디쯤 있는지 알고 있었다고 고백한다. 그리고 그

길은 세상의 유혹이 한꺼번에 손짓하는 네거리에 있어서 자칫하면 누구나 엉뚱한 곳으로 빠지기 쉬운 길임을 경고하고 있다. 그런데도 희고 반듯한 그 길을 가지 못한 것을 후회한다. 또한 이 시의 마지막 연에서 그는 '해거름녘 네거리에 서면/이 길인가/저 길인가/두려움의 비수는 푸른 날로 일어선다'라고 자신의 지난날과 현실을 예리하게 돌아보며 죄의식에 고통스러워한다. 끊임없는 시련과 고통과 갈등 속에서 인간도 성숙하고 신앙도 성숙한다는 사실을 극명하게 보여 주고 있다. 그러나 신의 세계에 이르는 길은 갈수록 복잡하고 힘들며 피나는 노력을 필요하다는 것을 그는 알고 있다. 그 길 가운데 하나가 동심으로 돌아가는 길이다. 〈풀꽃 반지〉에서 반지가 어린 시절 첫사랑이란 이름으로 손가락 걸고 맹세한 약속의 징표가 되기도 하지만, 때로는 솔로몬의 반지처럼 신과의 결연을 나타낸다고 할 때, 동심과 신은 어느 면에서 동일한 의미 영역으로 볼 수 있으며, 동심으로 돌아가지 않으면 결코 신의 세계에 이르지 못한다는 사실을 조 시인은 비유적으로 말하고 있다.

내 소유의 낟가리에 가렸던 당신
가진 것 모두 버린 후에야
밝히 봅니다
호흡 소리 맥박 소리
손안에 잡힙니다
이제 알겠습니다
비어 이리 가벼움을
비어 이리 그득함을

—〈나목〉 일부

신의 세계에 이르기 위해서는 우선 순수한 동심으로 돌아가야 하는데, 모든 욕심을 버리는 일이 그에 못지않게 중요함을 그는 〈나목〉을 통해 확인시키고 있다. 더 많은 것을 소유하기 위해서 몸부림치던 지난날의 허물과 멍에를 벗어 던지고 가진 것을 모두 버린 후에야 비로소 신의 모습을 밝히 볼 수 있고, 신의 호흡 소리나 맥박 소리처럼 미세한 것까지 감지할 수 있다고 시인은 말한다. 그리고 오직 그 길만이 신의 세계에 이르는 최선의 길이라고 강조한다. 그러나 여기서 말하는 신의 세계란 반드시 종교적인 의미만을 나타내는 것은 아니다. 그것은 구원의 세계이며, 평화의 동산이며, 기쁨이 충만한 나라로 인간이 추구하고 있는 이상적 세계인 동시에 에덴동산으로 해석할 수 있다. 과학이 아무리 발달하고 생활이 풍요로워도 인간은 죽음과 고통 앞에 손을 들 수밖에 없는 여리디여린 존재이기 때문에 궁극적으로 신의 세계를 동경하는 것이다. 불확실성의 시대를 살아가고 있는 현대인들에게 영원한 나라에 대한 갈망은 갈수록 고조될 수밖에 없으며, 그 열의만큼 사람마다 추구하는 길도 다양할 수밖에 없다.

조 시인의 시에서 우리 주변에 존재하는 많은 '길'과 '당신'을 무수히 만나게 되는 것도 영원한 나라를 갈망하는 현대인들의 내적 심리와 무관하지 않다. 불확실한 시대를 사는 현대인들에게 힘이 되고 위로가 되는 좋은 시를 많이 발표하기 바란다.

4부 | 소설과 수필 평

정한숙 중편소설

兩面性의 美學

　인간은 선과 악을 동시에 소유하고 있는 존재다. 따라서 인간은 선과 악이라는 양면성을 놓고 자주 고민하고 갈등 속에 빠지게 된다. 이러한 고민이나 갈등은 타인과의 사이에서 오는 예도 있고 자기 내면의 세계 속에서 오는 경우도 허다하다. 바로 이처럼 인간과 인간의 갈등이 대부분 소설의 소재가 된다. 정한숙의 중편 〈이태원에서〉 역시 이 소설의 주인공이자 나레이터인 김근호가 이태원 거리를 배경으로 활동하는 서로 다른 두 여자와 우연히 만나면서 전개되는 이야기로 이성과 감성, 정신적인 사랑과 육체적인 사랑 사이의 내면적 갈등을 묘사한 작품이다.

　이 소설의 화두는 주인공 김근호가 동서문학사를 찾기 위해 번화한 이태원 거리를 헤매는 것으로부터 시작된다. 낯선 환경과 많은 외국인들을 마주치면서 이태원 거리를 걷다가 외인 아파트 앞에 다다랐을 때 우연히 오 기자라는 사람을 만나 동서문학사를 찾게 되고 편집장으로부터 이태원 거리를 배경으로 소설을 써 보라는 권유를 받게 된다. 돌아오는 길에 오 기자를 만나기로 했던 다방 앞에서 장미꽃 파는 소녀를 만나게 되면서 뜻하지 않게 새로운 사건이 전개된다. 소녀와 나란히 거리를 내려올 때 누군가 스냅사진을 찍는 상황이 발생한다. 여기서 스냅사진이 앞으로 어떤 사건이 벌어지는 동기가 될 것이라는 암시가 주어진다. 장미꽃 한 송이를 사 들고 집에 들어온 김근호는 그날 밤 꿈에 수영복 차림의 장미꽃 팔이 소녀를 만난다. 그리고 다음 날 독자와의 대화 장소로 나가 독자들에게 자기가 쓴 책에 열심히 사인을 해 주다가 거기에서 김성숙이라는 여인을 만나면서부터 이야기는 또 하나의 새로운 국면으로 접어든다.

어느 날 김근호가 소설의 배경을 스케치하려고 다시 이태원 거리에 도착했을 때 갑작스럽게 내리는 비를 피하려고 다방 안으로 들어갔다가 뜻밖에 김성숙이라는 여인을 만나면서 상황은 급진전한다. 마침내 김근호와 김성숙은 이태원의 이색적인 분위기에 빠져 애정행각으로 이어지게 된다. 그러나 이 소설의 작가 정한숙은 클라이맥스 부분에 가서 그들의 애정행각을 전혀 직설적으로 묘사하지 않고 비디오를 보던 집 여주인과 김성숙의 짧은 대화를 통해 추리하도록 자연스럽게 간접적인 방법으로 여운을 던져 놓는다.

결말 부분은 김성숙의 장문편지가 중심을 이루는데, 마지막에 오 기자의 등장으로 앞에서 암시한 것처럼 사진에 대한 의혹의 실마리가 풀리게 되지만 김근호에게 또 다른 갈등에 빠지도록 동기를 제시하고 대단원의 막이 내린다.

먼저 이 소설에 등장하는 인물을 살펴보면 주인공인 김근호를 비롯하여 장미꽃 파는 소녀와 김성숙 여인, 그리고 오 기자가 주요 인물이다. 김근호는 소설 속에 제시된 것처럼 안방에만 묻혀 사는 사람으로 사회생활에는 무지한 인물이다. 장미꽃 파는 소녀에게 동정심이나 애정을 품는 순박함이라든가, 남의 요구를 거절하지 못하는 나약함을 지닌 그야말로 안방 샌님 같은 존재다. 작가 정한숙이 이태원이라는 특수한 지역성을 살려 이와 같은 성격의 인물을 설정한 것은 대단히 이례적이다. 만약 주인공을 이와 반대되는 인물로 설정했더라면 이 소설의 구조는 매우 다른 각도로 진행되었을 것이다.

주인공과 대조적으로 이 소설에 등장하는 꽃 파는 소녀나 김성숙 여인은 두 사람 모두 성격이나 행위가 적극적이고 담대하다. 처음 보는 김근호에게 접근하여 몇 살이냐고 물으며 비싼 저녁을 사 달라는 둥 디스코텍을 구경시켜 달라고 졸라 대는 꽃 파는 소녀의 행동이 그렇고, 다방에서 김근호를 만나 저녁 식사를 대접하고, 비디오를 보고, 해박한 지식으로 문학을 얘기하면서 능수능란하게 김근호를 리드하는 김성숙 여인의 언행 또한 그렇다. 이태원이 주요 활동무대인 꽃 파는 소녀와 김성숙의 성격을 주인공 김근호와는 대조적으로 대담하고 적극적인 성격으로 설정한 점은 이 소설의 정황으로 볼 때, 매우 성공적이라고 판단된다. 이태원이라는 특수성을 잘 살렸기 때문이다.

또 한 사람 이 소설의 화두에서부터 어두운 삽화처럼 자주 등장하고 있는 인물 중에 오 기자가 있다. 그는 잊힐 만할 때 몇몇 사람의 이야기 속에 오르내리며 탐탁지 않은 인물로 잠깐씩 나타났다가 결말 부분에 가서 마침내 그의 본색을 드러낸다. 오 기자에 대해서 별로 사귈 만한 친구가 못되니 조심해야 한다고 말한 동서문학사 편집장의 말이나 김성숙의 편지 끝부분에 오 기자는 경계해야 할 사람이라고 쓴 것을 통해 오 기자의 사람 됨됨이를 짐작하게 되지만, 결말 부분에 오 기자가 등장하여 김근호 앞에서 꽃 팔이 소녀와 김성숙 여인의 사진을 번갈아 내놓으며 "어떻든 너무했어요. 미성년인 소녀를 호텔로 유인하거나 40대의 과부와 삼각관계를 가지고 놀아나는 일은" 하고 죄인 다루듯이 김근호를 억박지르고 위협하는 행동에서 마침내 오 기자의 비인간적인 성격이 그대로 드러나고 있다.

작가가 작중인물을 제시하는 방법에는 크게 두 가지가 있다. 하나는 틀에 박힌 방법으로 묘사하는 것이고, 다른 하나는 전개 Unrolling 과정에 등장인물의 제시방법에 따라 묘사하는 방법인데, 정한숙의 경우는 주로 이야기의 전개 과정에 따라 펼쳐지고 있는 작중인물에 의존하면서 독자가 마지막에 가서 작중인물에 대해 훨씬 더 잘 알게 하거나 작중인물에 대해 더 다각적인 판단을 내리도록 유도하는 방법을 시도하고 있다. 이는 현대의 성공한 소설들이 보여 주는 하나의 두드러진 양상이기도 하다.

정한숙은 또 이 소설을 통하여 작중인물의 이름을 붙이는 작업, 즉 아펠레이션Appellation에도 각별한 관심을 보이고 있다. 김성숙이라는 이름을 붙인 것이 그 좋은 예다. 앞에서도 언급한 바와 같이 김성숙 여인은 매사에 미숙未熟한 점이 전혀 보이지 않는 그야말로 성숙成熟한 여인이면서 세련洗練된 여인이다. 김성숙이라는 등장인물의 이름을 접할 때 독자들이 그녀의 성격을 유추해 내도록 유도한 경우다. 김성숙은 그의 이름이 암시하고 있는 것처럼 성격이나 행동이 흠잡을 곳 없이 잘 성숙한 여인이다.

다음으로 배경의 문제다. 현대소설에서 배경은 인물의 성격과 행동을 결정하는데 매우 중요한 위치를 차지하고 있을 뿐 아니라 인물의 성격을 암시하거니 반영하는 상징적 존재다. 정한숙의 〈이타원에서〉라는 소설에서 두드러지게 나타나는 배경의 하나가 '비'이다. 그런데 심리학에서 '비'는 대체로 '여성'을 상징하는데, 김근호가 우연히 김성숙이라는 여인을 만나 처음 관계를 맺던 날도 비 오는 날이었고, 김근호의 생일날 마주앉아 음식을 먹는 아내의 입술과 김성숙의 섹시한 입술을 슬그머니 비교해 가며 김성숙의 편지를 다시 읽을 때도 창밖에는 비가 내리고 있었다. 이 소설에서 '비'는 곧 김성숙이라는 여인을 연상케 하리 만큼 중요한 배경이 된다. 한 줄기의 비가 김근호와 김성숙을 더욱 밀착시켜 주었을 뿐 아니라, 두 사람을 성적으로 대담해질 수 있도록 분위기를 만들어 준 정황을 작품 속에서 어렵지 않게 확인할 수 있다. 그리고 김근호가 비를 피해 다방에 들어갔을 때 혼자 앉아서 문득 옛날 시골 여학교에서 교편을 잡았던 시절에 담임 반 여학생이었던 김매자를 떠올릴 때나 장미꽃 파는 소녀의 얼굴을 떠올렸을 때도 밖에 비가 내리고 있었다는 사실을 통해서도 정한숙의 중편소설 〈이타원에서〉에 내리는 '비'는 곧 '여성'을 상징한다.

또한 소설에서 배경이나 느낌, 분위기는 작품의 단계마다 중요한 의미를 갖게 된다. 중편 〈이타원에서〉는 처음부터 이태원에 대한 정경이 지루하리만큼 길게 묘사되고 진행이 느슨하여 흥미가 저하되지 않을까 염려스러운 면도 있지만, 김근호가 미로를 헤매면서 계속 새로운 상황을 제시하여 호기심을 유발하고 있으며, 무질서하고 산발적인 상황 제시가 독자들에게 이태원의 특수한 이미지를 강하게 클로즈업한 점은 오히려 이 소설의 분위기를 상승시켜 주는 타당한 기법이라고 분석된다.

이 소설에서 또 하나 생각해 볼 문제는 바로 갈등의 여러 가지 양상이다. 〈이타원에서〉는 성모럴에 대한 주인공 김근호의 내면적 갈등이 두드러지게 표출되고 있는데, 소설의 발단 부분에서 김근호는 이태원 거리를 헤매다가 갑자기 "섹스에 무슨 국경이 있어. 섹스는 자유요, 평화의 상징이야."라고 말하던 대학 동창 함광호의 얼굴을 떠올리며 자신이 가지고 있는 섹스관에 대하여 첫 번째 심리적 갈등을 드러낸다. 그런데 실질적으로 이 소설에서 주인공 김근호의 내적 갈등을 가장 고조시키고 있는 부분은 바로 장미꽃 파는 소녀와의 만남이다. 대담하면서도 순박한 웃음을 던지는 소녀의 두드러진 젖가슴에서 성숙한 여인의 몸매를 느끼고, 꿈속에서 수영복 차림으로 나타난 욕정적인 소녀의 몸매에서 성적인 매력을 느끼는 김근호에게 정신적인 사랑의 한 국면을 엿볼 수 있는 반면, 김성숙이라는 30대 여인을 통하여 김근호에게 개방적 섹스관을 수용하도록 적극적인 태도로 말과 행동과 육체를 동원하여 밀착하는 행위에서 또 다른 갈등 양상을 발견할 수 있다. 중편소설 〈이타원에서〉는 꽃 팔이 소녀와의 정신적 사랑, 그리고 김성숙 여인과의 육체적 사랑을 복합 구성한 형식으로 성도덕에 대한 갈등의 양면성을 극명하게 보여 주고 있다.

그러나 김근호는 적극적이면서 육체적으로 접근해 오는 김성숙보다 어딘가 모르게 꽃 파는 소녀에게 기울고 있음을 발견할 수 있는데, 작가 정한숙도 '작가의 말'을 통하여 '내가 애정을 느끼는 인물은 장미꽃 파는 소녀가 글을 쓰고 나서도 아련히 떠오르는 모습'이라고 김근호의 입장을 밝히고 있다.

갈등의 양상은 인간관계 이외의 사회 풍속이나 구조에서 올 수도 있다. 이 소설의 주인공은 화려한 이태원 밤거리에서 이질적인 문화에 역겨운 갈등을 느껴야 했고, 주차금지 푯말 앞에 무질서하게 세워 놓은 외국인 차들을 보고도 지나치게 관대한 교통순경들의 나약한 태도에 갈등을 느낀다. 그리고 D쇼핑센터에서 여권이 없어 들어가지 못하고 기웃거리다가 돌아서게 되는 등 심리적 갈등이 여러 곳에서 발견된다.

다음으로 이 소설의 클라이맥스 부분에 대해서 조명할 필요가 있다. 주인공 김근호가 어느 비 오는 날 이태원 거리를 취재하러 갔다가 다방에서 우연히 김성숙을 만나고, 남산에 있는 중국요리 집에 가서 저녁 식사를 하고, 다시 이태원의 어느 가게에 들어가 섹스 비디오를 보고, "김 선생님 좋은 곳으로 안내해 드려" "제가 알아서 할게요."라는 가겟집 여주인과 김성숙의 짧은 대화 한 토막을 제시한 다음 김근호와 김성숙이 가게를 나오는 것으로 클라이맥스를 처리하고 있다. 그 후 김성숙이 김근호에게 보낸 편지의 내용을 보면, 두 사람은 가게를 나와 호텔 방에서 은밀하게 깊은 관계를 맺었음이 밝혀진다.

정한숙이 '작가의 말'에서 장미꽃 파는 소녀에게 더 많은 애정을 느꼈다고 하면서도 김성숙 여인을 클라이맥스 부분에서 등장인물로 클로즈업시킨 까닭 또한 이태원의 특성을 살리기 위한 기법으로 해석된다. 소설의 배경이 이태원이니만큼 이태원을 부각하기 위해서는 꽃 팔이 소녀보다는 만능에 가까운 김성숙 여인이 화려한 이태원의 분위기에 훨씬 적합한 인물이기 때문이다.

그런데 이 소설을 읽다 보면 결말 부분에서 도저히 이해가 안 되는 부분이 발견된다. 주인공 김근호가 생일날 아침, 식탁 바로 옆에 부인이 앉아 있는데 그 자리에서 김성숙으로부터 온 장장 200자 원고지 25매 분량의 편지를 꺼내 태연하게 읽을 수 있을까 하는 점이다. 편지 내용 또한 시종 원색적인 이야기 일색인데 아무리 소설이라고 하지만, 그 상황에서 그와 같은 행위가 가능할까? 하는 의구심이 생긴다. 지나친 요약 탓으로 해석할 수 있지만, 소설에서 요약은 주로 등장인물의 과거나 그 이야기의 배경이 되는 사실을 독자에게 한눈에 보여 주고 싶을 때 사용하는 것인데, 〈이태원에서〉의 경우는 지나친 요약으로 오히려 흐름이 매끄럽지 못했다고 판단된다.

그리고 이 소설에서 빼놓을 수 없는 것은 사진에 대한 사건이다. 김근호가 꽃 파는 소녀와 처음 만나 나란히 이태원 길을 내려올 때 누군가 저쪽에서 그들의 모습을 스냅사진으로 찍었다는 이야기를 통해 이 사진으로 인해 분명히 무언가 새로운 사건이 벌어지리라는 암시를 받게 된다. 주인공 김근호가 출판문화협회가 주최한 대화의 장소에 나갔을 때, 애독자의 한 사람인 김성숙이 책에 사인을 받기 위해 김근호 앞에 서자 다시 사진을 찍어 대는 사진기자들 가운데 어쩌면 오 기자도 있을지 모른다는 추측을 하게 한다. 마침내 이 소설의 결말 부분에서 오 기자는 김근호를 만나 문제의 사진들을 보여 주며 협박을 한다. 결국 스냅사진 때문에 궁금했던 미지의 사건들이 오 기자와 김근호의 만남으로 명백히 드러나면서 문제는 해결된다.

아쉬운 점이 있다면, 이 소설의 배경이 화려한 이태원의 밤거리이고, 시대적으로 분명히 현대임에도 불구하고 중화요리 집을 '청요리 집'이라는 낡고 구시대적인 용어의 사용, 이따금 발견되는 미숙하고 다듬어지지 않은 문장, 결말 부분에서 김성숙의 장문편지로 지루하게 마무리한 점 등을 결함으로 지적해 둔다.

정한숙(鄭漢淑 1922. 11. 3~1997. 9. 17)

호는 일오一悟. 1922년 11월 3일 평북 영변 태생. 고려대 국문과를 졸업하였다. 고려대 교수 및 한국소설가협회 부회장, 문예진흥원장을 역임했다. 1947년 전광용·정한모 등과 '시탑', '주막' 동인으로 활동하였다. 대학 재학 중이었던 1948년 단편 〈흉가〉가『예술조선』에 입선되고, 1952년 단편 〈아담의 행로〉, 〈광녀〉를 발표했으며, 1953년 중편 〈배신〉이 조선일보 현상문예에 당선되면서 본격적인 작품 활동을 하였다. 1955년 1월『한국일보』에 발표한 단편 〈전황당인보기〉는 문방사우의 전통적인 미풍을 세속적인 몰이해와 대조하여 그린 정한숙의 초기 대표작품이다. 1956년 7월『문학예술』에 발표한 단편 〈고가〉는 한국전쟁을 배경으로 종가제도를 유지하려는 구세대와 이에서 벗어나려는 신세대와의 갈등을 그린 문제작이다. 〈금당벽화〉, 〈이성계〉, 〈논개〉 등은 역사소설의 새로운 지평을 열었다는 점에서 주목을 받았던 작품이다. 1980년대 후반에는 시를 발표하기도 했다. 소설집「애정지대」(1957),「묘안묘심」(1958),

「황진이」(1958), 「내 사랑의 편역」(1959), 「암흑의 계절」(1959), 「시몬의 회상」(1959), 「끊어진 다리」(1963), 「우린 서로 닮았다」(1966), 「조용한 아침」(1976), 「안개거리」(1983), 「말이 있는 팬터마임」(1985), 「대학로 축제」(1987) 등과 문학연구서 「현대한국소설론」(1973), 「소설기술론」(1975), 「현대한국작가론」(1976), 「해방문단사」(1980), 「현대한국문학사」(1982) 등을 출간했다.

　다양한 소재와 다양한 수법으로 여러 가지 구성상의 실험을 시도하는 정한숙의 작품 세계는 그가 이상주의자이면서 동시에 현실주의자라는 것을 알게 해 준다. 내성문학상, 흙의문학상, 대학민국예술문학상 등을 수상했다. (네이버 지식백과 참조)

껴안기와 벗어나기

인간은 모순덩어리일 수밖에 없다. 누구나 서로 사랑하며 돕고 사는 것이 참된 행복이라고 생각하지만 때때로 자신의 이익을 추구하기 위해서 수단 방법을 가리지 않고 비도덕적 행위도 마다하지 않는 양면성을 가지고 있기 때문이다. 그래서 사람들은 평소에는 자신에게 주어진 일에 최선을 다하여 자기 자신과 가족의 생활을 안정시키려는 욕망 속에서 살아가지만, 때로는 소속된 집단이나 조직에서 벗어나 자기 본능대로 살고자 하는 욕망에 빠지기도 한다. 어느 한 사람에게 선과 악의 모순된 욕망을 동시에 만족시킨다는 것은 거의 불가능한 일이라서 대부분 사람은 반사회적이거나 반도덕적 욕구를 억압하고 인간적이거나 도덕적인 욕망을 지향하며 살고 있다. 그런데 선과 악의 모순된 두 욕망을 동시에 만족할 수 없을 경우에 인간은 또 하나의 전혀 다른 이중인격자로 변신한다는 게 심리학자들의 공통적인 견해다.

인간의 이중성을 잘 드러낸 작품으로 스티븐슨*Robert Louis Stevenson*의 〈지킬 박사와 하이드 씨〉를 기억한다. 아주 고상한 인격을 가진 지킬 박사가 밤만 되면 어떤 약을 먹고 도덕심이 전혀 없는 흉악한 하이드로 변신한다. 약품의 힘으로 선과 악의 이중인격을 마음대로 구사할 수 있는 법을 안 지킬 박사가 점차 악의 성격을 지닌 하이드 씨의 지배를 받아 살인까지 저지르게 되어 끝내 본래의 성격을 되찾지 못하고 비참한 최후를 맞는다. 낮에는 최고의 인격자로 알려지고 싶은 욕망으로 가장 도덕적인 생활을 추구하지만, 밤만 되면 도덕이라는 멍에를 훌훌 벗어 버리고 아무런 속박도 받지 않는 인간의 본능 그대로 행동함으로써 완전히 양립하는 별개의 인간으로 행동한다. 1886년에 발표된 이 작품이 오늘날까지 많은 독자들의 구미를 당기게 하는 것은 작가가 인간 내면에 잠재된 이중적 심리를 잘 포착하여 섬세하고 리얼하게 묘사한 기법상의 이유도 있지만, 현실 세계에서 선과 악을 마음대로 공유할 수 없는 현대인들이 작품을 통해서나마 대리만족하고자 하는 심리적 요인도 배제할 수 없다. 한 마디로 〈지킬 박사와 하이드 씨〉는 현실 세계에서 실현 불가능한 일을 작품화했기 때문에 당시의 독자나 오늘의 독자에게 관심을 끈다고 보는 것이 타당하다.

이번 『광주문학』(여름호·통권 15호)에서 읽은 소설 두 편은 현대인들이 지니고 있는 심리적 갈등의 실체를 묘사한 작품으로 감명 깊게 읽었다. 이미란의 〈그림자 사랑·2〉와 조승기의 〈쥐, 혹은 마조히즘〉은 공통으로 메타 픽션의 성격을 띠었다는 점이 인상적이다. 알다시피 메타 픽션은 1970년 윌리엄 개스가 〈철학과 픽션의 형태〉라는 논문에서 '소위 反小說이란 것의 대부분은 실로 메타 픽션들이다.'라고 언급하면서 처음 사용되었는데, 이 논문에서 그는 픽션에는 더 이상 묘사_{description}가 없고, 오직 구성_{construction}만이 있을 뿐이라고 충격적인 발언을 한다. 보네 겔 역시 이야기 꾸며 나가기를 피하고 조각난 현실을 그대로 보여 주면서 작가의 임무는 질서를 해체하여 혼돈을 보여 주는 것이라고 말하며, 실체를 정확히 반영하는 기능을 잃은 언어보다는 그림이 더 낫다고 주장한 바 있다. 전통적 소설 형식의 해체를 주장하는 이들의 목소리는 마침내 더 이상 소설이 현실 혹은 실체를 반영하거나 모방하지 않는다는 의미에서 '반사실주의', '반소설'이라는 용어를 등장하게 했으며, 소설보다 픽션이라는 용어를 즐겨 사용하게 했다. 아울러 메타 픽션은 기존의 의미와 질서를 뒤엎기 위해서 패러디를 즐겨 쓰며, 작품의 시작과 끝도 없고, 시간의 흐름이 무시되는 점도 주목할 일이다.

이미란의 〈그림자 사랑 · 2〉에서 현재와 과거를 일관성 없이 교차시키고 있는 일이라든지, 전반부에서 승혜와 애견 미니를 빈번히 같은 선상에서 교대로 등장시켜 스토리 파악에 대한 다소의 혼란을 유발시키고 있는 점, 조승기의 〈쥐, 혹은 마조히즘〉에서 TV 화면을 통해 비친 3편의 서로 다른 세상 이야기와 실제 일상생활에서 벌어진 또 다른 1편의 이야기를 쥐라는 매개물로 엮어 놓음으로써 전통적 스토리를 부정하고 새로운 창작을 시도한 점 등 메타 픽션의 성향을 발견할 수 있다.

현실 세계에서 믿을 수 없는 일이 속출하고 우리의 삶이 소설 속의 세계보다 더 극적이고 흥미로울 때 전통적인 소설은 존재 위기에 부딪힌다. 그래서 저지 코진 스키는 구성 없이 자신의 경험을 에피소드별로 서술해 나가는 소설을 썼는데, 조승기의 〈쥐, 혹은 마조히즘〉도 같은 경향의 작품으로 분류할 수 있다. 트루먼 카포티나 노만 메일러는 실제 일어난 사건들을 추적하여 리포트 형식을 빌려 서술하는 저널리즘식 소설을 쓰고, 나보코프는 현실이 수수께끼여서 속임수로 가득찬 픽션을 쓰고, 절대 진리란 없으므로 주장이 없고, 따라서 일관성 있는 스토리텔링이 아닌 조합을 꾀한다는 일련의 변화에 주목할 필요가 있다.

특히 이미란의 〈그림자 사랑 · 2〉는 거짓말이라는 부제가 암시하듯 인간의 절대적 논리인 도덕성이 승혜라는 처녀의 거짓말 때문에 무참히 파괴된다는 내용을 담은 작품으로 기존 질서에 대한 충격적 도전과 비극적인 해체가 관심을 끈다. 이 소설은 3인칭 주인공인 그녀가 아들의 여자 친구인 승혜를 주동 인물로 내세워 현대인이 지닌 선과 악의 양면성을 사실적으로 보여 주고 있다. 작품의 전반부가 주로 승혜에게 쏟은 그녀의 헌신적 사랑 이야기라면 후반부는 승혜에게 감쪽같이 배신당한 이야기가 주류를 이룬다. 사실대로 이야기하면 왠지 불안해 어떤 때는 아무 일도 아닌데 그냥 거짓말을 하게 된다는 승혜의 자백에도 불구하고 그녀는 승혜의 모든 것을 오직 사랑으로 껴안는다. 승혜는 그녀에게 뿐 아니라 까다롭고 무뚝뚝한 남편까지도 사로잡을 만큼 살갑고, 말을 해도 마음에 착 엉기게 하는 데가 있다고 말한 것으로 보아 승혜에 대한 그녀의 신뢰도는 매우 높다. 아들 명현이가 승혜의 거짓된 것을 여러 차례 그녀에게 일러바쳤을 때도 오히려 승혜를 동정하고 두둔할 정도의 신뢰다. 그녀에게 승혜는 다시없는 딸이었고 며느리였고 연인이었다. 그런 승혜가 갑자기 다른 남자와 결혼하게 되었다는 전화를 받으면서 지금까지의 거짓이 하나씩 드러나기 시작한다. 승혜에 대한 기대가 컸던 만큼 그녀의 실망도 클 수밖에 없다. 그녀는 승혜의 남자친구를 만나 모든 것을 다 실토하게 되고 결국 승혜는 거짓말로 인해 파혼을 당하게 된다는 게 대충 이 소설의 내용이다. 마치 조이스의 〈젊은 예술가의 초상〉을 읽는 듯하다. 과거와 현재의 어릴 적 경험이 동시적으로 일어나지만 그 사이에 아무런 연결이 없는 조이스의 작품처럼 이 소설 역시 과거에서 현재로, 현재에서 과거로 이야기가 자주 변전되어 일관성이나 논리성을 찾아보기 어렵다.

① 아들이 옳았다. 아들은 직감적으로 승혜가 어떤 아이라는 것을 알고 있었나 보다. 그러나 승혜를 사랑했던 그녀는 승혜의 거짓말 속에 승혜가 되고 싶은 승혜가 들어 있다고 생각했다. 승혜가 되고 싶은 승혜를 만들어 주고 싶었는데, 거짓말을 안 해도 되는 승혜를 만들어 주고 싶었는데.

② 어머니는 거짓말쟁이예요. 저를 딸이라고 하시더니, 영현이가 아들이 아니라, 네가 내 딸이라고 하시더니……. 딸이라면, 평생을 영현이에게 빌붙어 그렇게 비굴하게 사는 게 그렇게 좋으셨겠어요? 제가 새로 찾은 삶을 그렇게 망가뜨릴 수 있으시겠어요?

인용한 글은 이 소설의 핵심적인 메시지를 담고 있는 부분으로 ①은 그녀가 승혜와 결혼하기로 했다는 남자를 만나면서 하나씩 드러나기 시작한 승혜의 거짓말을 듣고 자책하는 내용이고, ②는 정체가 낱낱이 드러난 승혜가 결혼하기로 한 남자로부터 파혼당하자 그녀의 전화 자동응답기에 남겨 놓은 적반하장격의 음성 메시지 내용이다. 철저한 신뢰가 철저한 배신을 가져온다는 역설적 의미를 시사해 주는 작품으로 대립된 두 개의 사상을 병치시켜 효과를 극대화한 점이 돋보인다. 다만 이 작품 〈그림자 사랑 · 2〉가 제목에서 이미 희망적이고 아름다운 사랑이 아님을 암시하고 있는데 굳이 '거짓말'이라는 부제를 붙여야 할 필요가 있는지, 지나칠 정도로 빈번하게 반전을 거듭하여 혼란을 초래하는 특별한 이유가 있는지, 그리고 등장인물의 호칭을 보다 효율적으로 붙이는 방법은 없는지 과제로 던져둔다.

조승기의 〈쥐, 혹은 마조히즘〉은 전혀 다른 네 개의 사실적인 이야기가 하나의 작품으로 엮어졌다. 굳이 공통점을 찾는다면 네 개의 조각난 이야기에 모두 쥐라는 동물이 이따금 상징적으로 등장한다는 것 외에는 없다. 혼돈 속에서 질서를 찾아 전체적인 통일감을 꾀하려는 작가의 의도가 흥미롭다. 소설에서 거의 모든 것, 즉 작중인물, 장소, 몸짓, 목적 등은 원래 가지고 있는 의미를 지나 한 가지 또는 여러 가지 의미를 시사한다. 조승기의 작품에 등장하는 쥐는 1차적으로 단순한 문자적 의미인 쥐과科에 속하는 짐승일 뿐이다. 그러나 이 작품 속에서 쥐는 겁이 많고 나약한 서민이며, 소외된 계층이다. 그 밖에 다른 곳에서 쥐는 약고 날렵한 재주꾼으로, 그리고 주로 밤에만 돌아다니는 밤손님을 상징하기도 한다. 작가가 현실감 나는 스토리를 만들기 위해 작품 속에 상징물을 끌어들인 점이 성공적이다. 다만 스토리를 부정하고 전혀 다른 몇 개의 조각을 엮어 하나의 작품으로 만드는 실험적 기법은 인위적이고 주관적이어서 자칫 도덕적 상대성에 빠질 수 있다는 지적을 배제하기 어렵다.

김상분 수필

비유의 힘

　오래간만에 수필다운 수필을 만났다. 김상분의 수필집 「류시의 녹색글방」을 읽으며 문득 잉크 한 방울이 비커에 떨어지자마자 물 전체가 파란색으로 변하는 장면을 상상했다. 한 방울의 잉크처럼 하나의 주제가 작품 속에 떨어져 용해될 때 우리는 편안함과 안정감을 느낀다. 〈한여름의 메리크리스마스〉는 남반구의 끝자락인 남아공의 수도 케이프타운에서 맞은 크리스마스를 추억하며 자연스럽게 흑백분쟁에 접근하고 있는 점이 안정적이다. 다음으로 〈지성과 낭만의 대학도시, 예나〉에서 볼 수 있는 해박한 지식이 작품을 탄탄하게 만들어 준다. 괴테, 쉴러, 노발리스와 하이네에 대해 전문적이고 깊이 있는 지식으로 이해하기 쉽게 풀어 가면서 작품의 무게를 더해 주고 있다. 특히 김상분의 작품 전체에 깔려 있는 탁월한 비유는 그의 수필을 윤택하고 매력 있게 하는 값비싼 향유와 같아서 작품을 더욱 향기롭게 한다. 수필 쓰기를 나무에 비유한 〈나의 수필 쓰기〉는 창조적이고 예술적인 수필을 창작하는 지침서처럼 설득력이 있다. 평범한 소재를 개성 있게 해석해 내는 힘이 경이롭다.

수필집 전반부는 이십여 년 동안 가꿔 온 작은 정원에 대한 회억들을 현장감 있게 묘사하고 있는데, 자식 못지않게 자연에 대한 사랑이 남다름을 발견할 수 있다. 후반부는 그가 국내외를 두루 다니며 체험한 것들을 예리한 관찰력과 전문적인 지식을 곁들여 신선하고 개성 있게 묘사하고 있다. 그밖에 자연과 물아일체物我一體가 되어 동심적童心的 사고로 사물을 조명한 점, 문장과 문장의 매끄러운 연결, 그리고 결말을 명쾌하게 끝마무리한 점이 값지다.

다만 「류시의 녹색글방」이라는 수필집 제목이 낯설다. 수필집 내용 중에 '의왕시 백운 호숫가에서 운영하던 원예치료정원 류시원流始園의 나무들과 풀꽃들'이라는 부분에서 밝혀지지만 아무래도 처음 보기에 생소한 제목이다.

(2021년 제31회 수필문학상 수상작품 심사평)

역동적 소재

 수필을 흔히 인간학이라고 한다. 그 속에 한 개인의 성격이나 취미를 비롯해 사상과 철학, 인생관이 진솔하게 녹아 있기 때문이다. 정경수의 수필집 「일상의 자유를 그리며」에서 그가 여행·시조·고전·국문학·시인·수필가·축구 선수·테니스 선수·서예·노래 등 다양한 취미와 달란트를 가졌다는 사실을 어렵지 않게 발견할 수 있다. 이와 같은 달란트는 그의 수필을 폭넓은 소재와 형식으로 승화시키고 있다. 특히 〈뜻이 있는 곳에 길이〉라는 작품은 아내와 함께 54일 동안 산티아고 순례길을 다녀온 기행수필로 섬세하면서 현장감 있게 사건과 생각을 적절히 조화시킨 점이 돋보인다. 글의 마지막 부분에서 '끝없는 고난의 길이요, 인내의 길이며 승리의 길이기도 하다.'면서 아직 남은 인생의 여정에서 더 힘든 길을 걸어야 한다는 비유가 잔잔한 감동을 준다.

 정경수의 수필에서 발견할 수 있는 또 다른 특징은 다양성이다. 〈홍매화 노래 부르다〉에서 작품의 중간중간에 시와 노래와 사진을 곁들여 역동적인 소재와 기법으로 작품을 이끌고 있는 점이 인상적이다. 이른바 퓨전수필로 문학이 두 가지 이상의 타 장르와 결합하여 효과를 극대화한다는 점에서 기대가 된다. 여행을 하면서 기념 촬영한 사진들을 글과 함께 올린 〈기쁨으로 만난 사람들〉이나, 〈소중한 체험〉은 글과 사진이 조화를 이루고 있어 생동감을 준다. 〈고통을 넘어서〉는 우리의 현실문제인 코로나의 실상을 객관적 시점에서 다루고 있는데, 〈강화도 통일전망대〉와 함께 시사적이고 비판정신이 녹아 있는 칼럼 성격의 글이다.

정경수의 수필을 읽으며 '다랍다', '사갈시', '작달비' 등 생소한 언어와 부딪힐 때마다 좋은 글의 요건 중 하나는 쉽고 부드러운 언어를 써야 한다는 사실을 재확인해 본다.

(2021년 제31회 수필문학상 수상작품 심사평)

안명영 수필

사유의 맛

안명영의 「火水木山人」은 책머리에서 '사람은 꽃과 물, 나무, 산을 보고 무엇을 배우며 그 속에서 어떻게 살아가고 있는지 알아보고 싶다.'고 글의 성격을 분명히 밝히고 있다. 기행수필은 여행에서 얻은 소재를 중심으로 역사, 문화, 전통, 종교, 철학 등 인간의 근본적인 문제가 접맥될 때 역사 기행수필로서 맛을 낼 수 있다.

〈고사목은 새로운 시작〉은 해인사를 돌아보며 '산은 산이고 물은 물이다.'라는 말로 유명한 성철 스님이 칠 년 동안 눕지 않고 벽을 보고 깨달음을 얻었다는 이야기, 그리고 여행 중인 자신에게 딸이 보낸 메시지를 통해 인생을 뒤돌아보는 과정이 가슴에 와닿는다. 또한 고사목 표지석을 보면서 지금까지 고사목으로서 자녀 마음을 비춰 보지 못했다고 후회함으로써 인간의 본질적인 문제에 접근하여 훈훈함이 느껴진다. 〈점 하나 찍어 청령포〉에서는 역사에 대한 해박한 지식으로 단종의 비화와 주변의 풍광을 섬세하게 묘사하고 있어서 마치 현장에 가 있는 듯하다. 금표비의 전면에 새겨진 '청냉포금표淸冷浦禁標'를 보면서 청령포의 원래 땅 이름이 청냉포淸冷浦라는 사실을 밝히고 있는 점, 특히 '냉冷'의 한자 표기에 얽힌

일화 속에 한 인간의 왕에 대한 충성심이 감동적이다. 안명영이 작품의 마지막에서 '아픔과 고난을 잊지 말고 후세에 되풀이해서는 아니 되니, 청령포에서 지혜로움을 깨달으라는 속삭임이 물소리에 실려 들리는 듯하다.'고 마무리한 글이 깊은 사유에 빠지게 한다. 또한 〈진달래 피고 지고〉에서 '어금혈봉표御禁穴封表'라는 표지판의 '표表'는 경계지점을 표시하기 때문에 '표標'가 적격이라는 비판정신이 값지다.

　이따금 한 문장의 길이가 너무 길어서 주제가 분명하지 않은 경우가 있다. 예를 들면 〈오동잎 낙엽 소리 따라〉에서 오동잎에 내리는 빗소리의 묘사가 너무 길다. 한 문장에서 한 가지만을 분명하게 드러내기 위해서는 단문이 제격이다.

　　(2021년 제31회 수필문학상 수상작품 심사평)

격조 높은 도전 정신

수필은 자기가 아는 만큼 쓴다고 했다. 어느 장르보다 자전적인 요소가 강하기 때문에 작품을 읽어 보면 그 작가의 인품이나 지적 수준을 짐작할 수 있다는 말이기도 하다. 수필이 아무리 붓 가는대로 쓰는 무형식의 글이라고 하지만, 격조 높은 수필을 만날 때 독자들은 신선한 매력에 빠져든다.

이범찬의 「나그네의 가을걷이」는 박학다식博學多識함과 깊이 있는 사유, 흡인력 있는 문장이 적절히 조화를 이룬 수필집이다. 특히 그의 작품에서 만날 수 있는 해박한 지식과 폭넓은 인생철학은 오랫동안 교수라는 전문직에 있었던 이유도 있겠으나, 미지의 세계에 대한 그의 강렬한 도전 정신에서 비롯된 것으로 분석된다. 80세가 넘어서도 용감하게 백두산, 금강산을 비롯하여 중국의 '태향산 골짝'을 누비고, '차마고도'의 벼랑길을 다녀오는 등 망설임 없이 국내외 여행을 한다. 그리고 중국어, 경락, 영어, 요가, 문인화 그리기, 명상 체험, 수필 창작, 핸드폰을 배우는 등 끊임없이 새로운 세계에 도전하여 터득한 체험적 지식들을 섬세하고 부드러운 문체로 형상화하여 감동을 준다.

특히 작품 〈실크로드의 끝까지〉는 파키스탄과 인도의 국경지대인 와가*Waga*에서 양국이 함께 국기 하강식 하는 장면을 간결하면서도 편안한 문장으로 묘사하고 있어서 분단국에 사는 우리에게 더 인상적으로 와닿는다. 그밖에 바이칼호수에 대한 이야기, 비엘리츠카의 소금광산 이야기, 백두산 등정기 등 여러 곳에서 낯설고 새로운 지식을 경험하게 되는데, 작품 속에 지적知的인 정보가 주어질 때 독자들의 호기심이 훨씬 배가된다는 사실을 확인할 수 있다.

이범찬 수필의 또 다른 특징은 수필 속에 시조를 삽입한 경우다. 작가가 수필가이면서 시조 시인이기에 세련되고 윤택한 퓨전수필의 세계를 열어 간 것으로 평가된다. 특히 〈남녘땅의 낮과 밤〉은 일본 사꾸라지마 해수온천의 정황을 시조時調로 마무리하여 퓨전수필의 진수를 보여 준 경우다.

기타 〈원숭이 목각〉이나 〈매미 육덕가〉에서 보여 준 비평정신은 현대인들에게 비유를 통하여 간접적 교훈을 주는 글로 기억에 남는다.

다만, 옥에 티처럼 이따금 다듬어지지 않은 문장이 보여 아쉬움이 남는다. 한 예로 문장의 어미를 '어쩌랴'라고 마무리한 경우가 여러 번 발견되는데, 특수한 경우가 아니면 같은 작품이나 작품집 안에서 같은 낱말을 중복 사용할 경우 효과가 감소될 수 있음을 유념하기 바란다.

(2022년 제32회 수필문학상 수상작품 심사평)

향토색 짙은 이미지

최남미의 두 번째 수필집 「씨앗」은 그가 머리말에서 '성긴 삼베가 아니라 고운 명주를 짜는 수필가가 되고 싶다.'고 밝힌 것처럼 문장이 곱고 섬세하다. 작품집의 제목 '씨앗'은 수록된 40편 가운데 〈꿈꾸는 씨앗〉과 〈네 개의 씨앗〉에 공통적으로 사용한 '씨앗'을 표제로 삼은 것으로 대단히 함축적이다. 어떤 종류의 글이든 내용도 중요하지만 제목을 붙이는 일은 더욱 신중해야 한다.

사실 수필의 주제나 소재는 제한 없이 무엇이든 대상으로 삼을 수 있다. 그 대상은 구체적인 사물이 될 수도 있고 추상적인 관념이 될 수도 있다. 그러나 현실을 떠나 지나치게 과거를 회상하거나 일상적인 것으로 일관한다면 신선함이 떨어지기 때문에 삼가야 한다.

최남미는 현실주의에 충실한 작가다. 그는 많은 작품 속에서 강릉 사람으로서 자기 고장에 대한 애향심과 자존감을 향토색 짙은 언어로 승화시키고 있는 점이 돋보인다. 작품 〈바이올린 할아버지〉는 강릉의 특색 있는 자연을 현장감 있게 묘사하고 있는데, '언제나 푸른 솔을 볼 수 있고, 향긋한 솔향을 맡을 수 있으며, 다져진

흙길을 내디딜 때 푹신한 감촉이 느껴져서 참 좋다. 또 곳곳에 잠시 쉬어 갈 수 있는 벤치도 있고 소나무 사이로 언뜻언뜻 바다도 보인다.'라는 정경묘사가 한 폭의 수채화처럼 아름답다. 할아버지가 낡은 바이올린을 서툴게 연주하던 그 솔숲 길을 당장 걷고 싶을 정도로 흡인력이 강한 수필이다.

2부 '강릉의 고택' 편에서는 예리한 시각으로 역사적 사실을 자연스럽게 조명하고 있다. 글의 성격상 작가 자신의 감성이 최대한 제재를 받기 때문에 문장이 건조해지기 쉬우나, 보진당, 상임경당, 경방댁, 조옥현 가옥, 정의윤 가옥, 김윤기 고택, 남진용 가옥, 최선평 가옥에 대해 향토성을 이미지화하면서 각각의 고택을 개성 있게 묘사한 점이 값지다.

아울러 〈유년의 타임머신〉은 우리 고유의 전통문화를 한눈에 볼 수 있는 작품이다. 길손들에게 못밥과 질상을 대접하는 전통한식 전문점 '서지 초가뜰'을 배경으로 하였다. 강원도 산골 마을의 전통 주거생활과 전통음식, 농사일에 대한 따뜻한 이야기들이 흥미롭다. 향토적이면서 전통성이 잘 드러나 있다.

다만 같은 글, 같은 작품집 안에서 문장의 어미는 통일하는 것이 바람직하다. 예를 들어 〈하나뿐인 지구〉에서 다른 작품과 다르게 존칭어미를 사용하고 있는 것이 왠지 어색하다.

(2022년 제32회 수필문학상 수상작품 심사평)

비판적 휴머니즘

설복도의 수필집 「잃어버린 세월」에는 모순된 사회현상을 고발하고 제언하는 비판정신이 강하게 녹아 있다. 그는 지나온 길이 안개 속 미로를 헤매듯 진로와 출구를 제대로 찾지 못한데서 온 것이라고 고백한다. 수필집 2부의 '변해야 산다'를 비롯하여 비판적 성격을 띤 작품들은 논리적이고, 자신의 경험과 감상적 요소를 내포하고 있어서 칼럼 성격의 수필로 볼 수 있다. 특히 〈역사논쟁〉은 편향적 역사관을 예리하게 비판하면서 자기의 주장과 제언을 심도 있게 조명한, 이른바 시대정신이 살아 있는 글이다. 〈악몽의 세월〉은 2006년 4월 4일 아프리카 소말리아 믈라카 해협 공해상에서 우리 참치잡이 어선이 나포되어 25명의 선원이 그해 7월 30일에 억류 생활로부터 해방되기까지의 과정을 비판적 시각으로 다룬 글이다. 그밖에 〈진실의 실종〉에서는 결혼식의 혼인서약, 대통령 취임선서, 정치인들의 헛공약, 정부의 실책, 교육의 실태, 정경유착 등을 낱낱이 열거하면서 현실을 신랄하게 파헤치고 있는데, 간결하고 힘이 있는 문장으로 현실을 외면한 글은 환영받지 못한다는 진리를 객관적 시점으로 서술한 점이 돋보인다.

또한, 설복도의 작품에는 유머와 위트가 녹아 있는데, 알베레스의 말처럼 좋은 수필은 지성을 기반으로 한 정서적, 신비적인 이미지로 된 것이라야 하고, 거기에는 글을 읽어 가면서 자신도 모르게 박장대소할 수 있는 유머, 전개되는 상황을 재치 있게 이끌어 가는 능력도 있어야 하며, 대리석보다 더 차가운 비평정신이 녹아 있어야 한다. 작품 〈점点 하나의 의미意味〉에서, '시정을 이끌어 가던 시장도 사회에 나와 사업에 손을 대면 사장이 될 수밖에 없다. 시기가 지나치면 사기가 되고 나가 너가 되니 내가 있어 남이 있고 남이 있어 내가 있는 것이기에 혼자서는 살 수 없는 세상 이치다.'라고 시종 유머와 위트로 일관한 그 속에 인생철학을 담고 있어 인상적이다.

아울러 설복도의 수필에서 많이 다루고 있는 주제 중 하나는 애향심인데, 〈동양의 나폴리 통영〉을 비롯해 〈내 고장에 묻힌 소식들〉, 〈내 영원한 고향, 통영〉 등 기타 많은 작품에서 통영에 대한 자긍심을 정감 있게 묘사하고 있다. 특히 전국 인구수 대비 문화예술인이 제일 많이 배출된 곳이라며 해박한 지식으로 통영을 소개한 글에서 강하게 애향심을 느낀다.

다만, 〈추야소곡秋夜小曲〉의 말미에 자작 시조를 인용하면서 '저자의 졸작'이라고 표기한 것은 '졸작'으로, 〈달그림자〉에서 '저자의 졸시 일부'는 '졸시 일부'라고 표기해야 옳다.

(2022년 제7회 소운문학상 수상작품 심사평)

5부 | 등단작품 심사평

『연인』당선작 심사평

유민

유민의 시 〈속죄〉 외 4편

시는 마음의 그림인 동시에 언어의 그물이다. 따라서 시다운 시는 한 편의 명화를 보는 것처럼 이미지가 분명해야 하고 시에 쓰인 언어 또한 정제된 것들이어야 한다.

응모된 작품 가운데 유민의 시 30편을 관심 있게 읽었다. 그의 시는 한마디로 군더더기가 없고 순수하다. 그러면서도 누구나 쉽게 읽을 수 있도록 난해하지 않은 일상적 언어로 개성 있게 표현한 점이 눈길을 끈다. 그렇다고 난해한 시를 쓰면 안 된다는 얘기가 아니다. 인간의 무한한 정신세계를 시의 난이도에 따라 평가하는 것은 편견이기 때문이다.

30편의 시 가운데 〈속죄〉, 〈시린 날〉, 〈망각〉, 〈희나리〉, 〈파도〉 5편을 당선작으로 뽑는다. 전체적으로 군데군데 다소 미숙한 점이 보이지만 일단은 시가 무엇인지를 알고 있다는 판단에서 길을 열어 주기로 심사위원들의 합의를 보았다.

먼저 〈속죄〉는 때묻지 않은 자연 앞에서 자신을 돌아보고 속죄하는 화자의 모습이 천진스럽다. 특히 인간의 죄를 '연둣빛 얇은 옷 속에/얼룩진 흔적들'이라고 계절의 순환에 비유해서 형상화한 점이 자연스럽다. 〈시린 날〉은 제목부터 무언가 선전포고를 암시하고 있다. 그런데 시의 모두에 '너를 잊었노라'고 뼈아픈 심정을 토해 내고 있다. 제목과 본문의 시작이 잘 맞아떨어져 효과를 배가시키고 있다. 거기다가 헤르만 헤세와 피터 한트케까지 끌어들여 정서적인 시너지 효과를 꾀하고자 한 노력도 눈여겨볼 일이다. 〈망각〉은 사랑하는 사람과의 아픈 회억들을 한 편의 동영상처럼 리얼리티하게 묘사하고 있다. 시간이 흐를수록 두꺼워지기 시작한 망각의 벽이 마침내 마주쳐도 서로 외면하는 비극적 상황으로 이어진다. 심리적 변화를 자연스럽게 묘사하였을 뿐 아니라 관념적인 세계를 구체물을 통해 가시화한 점도 시선을 끈다. 〈희나리〉는 5편의 작품 가운데 가장 깔끔하고 간결한 시다. 채 마르지 않은 장작을 순우리말로 희나리라고 한다. 지는 석양과 스산한 바람을 배경으로 희나리가 존재하고 거기에 별이 불을 지핀다. 활활 타오르는 희나리의 열기 속에서 숨겨진 희망이 꽃으로 피는 상상이야말로 시적 경이로움이 아닐 수 없다. 여기서 희나리는 사물 그 자체이기도 하지만 퇴색한 사랑이 장작불처럼 다시 활활 타오르기를 염원하는 상징적인 존재이기도 하다. 〈파도〉는 사물이 지니고 있는 속성을 예리하게 포착한 점이 돋보인다. 파도는 시련이나 그리움을 상징하기도 하지만 어디까지나 한시적이기 때문에 같은 모양으로 같은 곳에 머물지 못한다. 인생의 삶도 파도와 같은데 어리석은 인간들이 그 진리를 깨닫지 못한다. 그래서 파도는 끝까지 인간들에게 삶이란 어떤 것이며 외롭고 괴로운 것이 무엇인지를 가르쳐 주고 또다시 부서져 버리게 하는 구성이 만만치 않다는 생각이 들어 앞으로의 시작詩作에 기대를 걸어 본다.

오랫동안 시를 써 왔다고 해서 좋은 시가 나오는 건 아니다. 시가 무엇인지 제대로 알아야 시다운 시를 쓸 수 있다는 사실을 명심하고 이제부터 더욱 탄탄한 시 쓰기에 전념하기 바란다. 영예로운 당선을 진심으로 축하한다.

(2016년 가을호 통권 32호)

김노을 · 박소름 · 민소윤

이번 가을호에 응모된 작품 가운데 김노을의 시 〈삶의 공식은 없다〉 외 4편, 박소름의 시 〈족두리 꽃〉 외 4편, 민서윤의 시 〈세상에서 가장 큰〉 외 4편을 당선작으로 뽑는다. 시가 비교적 안정되고, 시 쓰는 방법을 어느 정도 터득하고 있다는 생각이 들어서다.

김노을의 시 〈삶의 공식은 없다〉 외 4편

먼저 김노을의 시는 시적 화자가 삶의 현장으로 들어가 인간의 내면세계를 소박하면서도 진솔한 언어로 형상화한 점이 인상적이다. 먼저 〈삶의 공식은 없다〉에서 자칫 산만해지기 쉬운 평범한 주제를 첫 연과 마지막 연을 '햇살'이라는 시어로 자연스럽게 연결하여 통일감을 주고자 했고, 〈침묵〉에서 과거라는 막연하고 추상적인 개념을 '어제 먹다 남은 팝콘처럼 눅눅하다'고 사물화하는 동시에, 침묵의 이미지를 '모든 일상이 정지된 채/호흡을 잃어가고 있는 정물화'로 구체화한 점이 돋보인다. 〈어머니의 무릎〉에서는 서두와 종결부에 어머니가 사용하던 방언을 직접화법으로 인용하여 시적 분위기를 현장감 있게 묘사하였으며, 〈봄, 낙화〉에서는 '4월의 발꿈치', '만취한 봄' 등의 생동감 있는 시어를 선택하여 생명력으로 넘치는 봄의 이미지를 극대화한 점. 그리고 〈노을의 심장〉에서 '어기야 둥둥 어기야 둥둥' 뱃노래와 '구부야 구부 구부가 눈물이로구나' 진도아리랑 노랫말 일부를 직접 인용하여 리듬감을 살리려는 시도가 참신하다고 보았다. 다만 시의 제목을 어떻게 붙이는 것이 좋은가에 대해서 좀 더 고민해 볼 필요가 있다. 시에서 등가성을 가진 두 낱말을 합성시킨 제목은 가급적 피하는 것이 좋다. 예를 들어 〈봄, 낙화〉나 〈노을의 심장〉에서 시인이 의도하고 있는 것이 둘 가운데 어느 것인지 불분명하기 때문이다. 아울러 행 가르는 일에도 신중을 기한다면 보다 좋은 시를 빚으리라 믿는다.

박소름의 시 〈족두리 꽃〉 외 4편

다음으로 박소름의 시는 대체로 소박하면서도 자연 친화적이다. 자연과 물아일체가 되어 자연 속으로 몰입되어 가는 모습이 꽃처럼 향기롭다. 〈족두리 꽃〉은 시인의 섬세한 관찰력과 풍부한 상상력으로 사물을 밀착 취재한 점이 돋보인다. 특히 족두리 꽃의 외형을 광대에 비유한 점이 신선하다. 〈애마부인 샤워시키기〉는 자신의 승용차를 애마부인에 비유하여 여성성을 부여한 발상이 파격적이다. 그러나 이 시에서 애마부인의 특성이 전혀 드러나지 않아 진의가 애매하지만 일단 호기심을 갖게 한다는 점에서 관심을 끈다. 〈동강할미꽃〉은 의인법을 효과적으로 활용하고 있다. 할미꽃은 이름 자체가 할머니를 의미할 뿐 아니라 외형 자체도 할머니처럼 허리가 굽었다. 이러한 할미꽃의 특징을 포착하여 의인화 기법을 선택함으로써 마치 눈앞에 할머니가 앉아 있는 것처럼 친근감을 느끼게 한다. 〈유문동 가는 길〉은 밭갈이하는 전원의 풍경이 그림처럼 펼쳐진다. 특히 마지막 행에서 '어느덧 아버지 눈이 어미 소의 눈망울을 닮아 있었다'라는 한 줄에 인생을 함축시킨 점이 값지다. 〈꽃무릇〉은 꽃과 이파리가 한 줄기에 속해 있으면서 서로 줄기에 붙어 있는 시기가 달라 평생 꽃과 잎이 만나지 못하는 꽃무릇의 특성을 살려 이미지화한 점이 독특하다. 다만 사랑하지만 만날 수 없는 피치 못할 상황을 조선시대의 이매창과 기생이었던 유희정의 사랑에 비유한 것이 과연 적절하며 정확한 정보인지 확인해 볼 필요가 있다.

민소윤의 시 〈세상에서 가장 큰〉 외 4편

끝으로 민서윤의 시에서는 휴머니즘의 풋풋함이 느껴진다. AI가 우리에게 한없이 편리함을 주고 있지만, 상대적으로 인간미가 없고 감성이 상실되어 가는 무감각의 시대에 민서윤의 시에서 따뜻함을 느낄 수 있는 것은 다행이다. 〈세상에서 가장 큰〉은 할머니와의 사랑을 손녀의 입장에서 편안한 어조로 서술하고 있다. 어린 시절에 느꼈던 할머니와 화자가 성인이 된 현재의 위치에서 구십 넘은 할머니를 바라보는 시각이 동심처럼 순진무구하다. 〈축하한다는 말〉은 자기 자신에 대해서 칭찬할 기회가 없는 현대인들에게 자긍심을 불어넣어 준다는 점에서 의미가 있다. 일기처럼 일상적인 내용이 평안함을 주고 있으나 같은 메시지라도 산문이 전하는 방식과 시가 전하는 방식이 다르다는 사실을 유념했으면 하는 바람이다. 〈한 시간 사십 분〉은 제목부터 긴장감이 돈다. 이 시는 현장감 있고 진행이 빠르며 메시지가 분명하다. 코로나바이러스 백신예약 접속과정을 실시간으로 서술하고 있어서 시의 마지막까지 긴장감을 주는 현실 참여시라고 하겠다. 〈설렘〉은 관념적인 소재이기 때문에 시로 형상화하는 일이 쉽지 않다. 이 시에서 사랑하는 사람과의 만남이 어딘가 어색하게 묘사되고 있으나 이 시가 내포하고 있는 사랑 자체의 순박함 때문에 자연스럽게 그다음 행으로 눈길이 간다. 〈지나간 추억, 그리고 다짐〉은 시적 화자가 '돌이 바람에 깎여 나가듯/흐르는 대로 두는 것은 늘 어렵다'며 '어느 것 하나 놓치고 싶지 않은 순간들'이라며 인간의 이기적인 욕망을 비유적으로 묘사한 부분에 무게가 느껴진다.

응모작들이 고르지 않아 다소 아쉬운 면이 있지만, 앞으로의 활동에 기대를 걸며 김노을, 박소름, 민서윤의 작품을 신인상 당선작으로 민다.

(2021년 가을호 통권 51호)

김서해 · 김명현 · 임인수

김서해의 시 〈안 바쁜 여자〉 외 4편

김서해의 응모작 〈안 바쁜 여자〉, 〈사북〉, 〈달라도 너무 달라〉, 〈애가 타〉, 〈나는 임원항으로 간다〉 등 5편을 읽었다. 전체적으로 시 창작의 기본을 갖추었고, 내용이나 형식에 신선함이 엿보여 겨울호 신인상 시 부문 당선작으로 뽑는다.

〈안 바쁜 여자〉에서 '네온사인 불빛들이 밤새도록 캄캄한 대지를 떠받치고 있다'라는 표현이나, '빌딩숲 사이로 밀고 들어온 햇살이 침대 위로 쏟아진다'라는 비유가 참신하고 역동적이다. 같은 사물을 보았을 때 그 속에서 떠오르는 이미지를 어떻게 육화肉化시키느냐에 따라 시의 무게가 달라진다. 다만 이 시의 전반부와 선글라스 낀 여자의 이미지 결합이 매끄럽지 못한 게 흠이다.

〈사북〉은 지난날의 아픈 추억을 회상하는 내용이다. 사북은 강원도 정선에 있는 탄광촌으로 한동안 번성했다가 석탄산업이 사양길에 오르면서 폐광이 잇달고 많은 주민들이 새로운 활로를 찾아 떠난 곳이다. 탄광에서 일하다가 짧은 생애를 마치고 떠난 아버지에 대한 그리움이 절절히 묻어나 있다. 특히 검은빛, 울음, 무거운, 칼바람, 눈물 등 이 시의 어두운 분위기에 맞게 시어를 잘 선택했다고 본다.

〈달라도 너무 달라〉는 세 여자를 등장시켜 같은 사물을 보고 각자의 생각을 말로 표현하게 함으로써 그들의 말을 통해 서로 다른 점이 무엇인가 독자 스스로 깨닫도록 한 발상이 재밌다. 시의 일반적인 형식으로부터 일탈하여 극적 형식을 취한 대담함이 예사롭지 않다.

〈애가 타〉는 산촌 외딴집의 정경을 사실적으로 묘사하였다. 시각적 이미지가 잘 살아 있는 시로 마치 한 폭의 수채화를 보는 듯 정겹다. 제목을 '애가 타'라고 붙여 약간 긴장감을 가지고 시를 읽었는데 시적 정황으로 볼 때 아무래도 애가 탈 정도는 아니다. 때로는 제목과 내용이 전혀 다른, 이른바 낯설게 하기를 통해 의외의 효과를 시도하는 경우도 있지만 조심스러운 부분이다.

〈나는 임원항으로 간다〉에서 임원항은 강원도 삼척에 있는 항구로 원래 시멘트 적출이 주기능이나 어항으로도 중요시되고 있는 곳이다. 앞의 〈사북〉이 산촌을 배경으로 하고 있는 반면 이 시의 배경은 어촌이다. 배경이 다르지만 화자가 아버지를 모티브로 하고 있으며, 삶의 현장을 생동감 있게 형상화했다는 점에서 공통적이다. 다만 마지막 부분의 의미가 애매하다. 심혈을 기울여 다듬었으면 한다. 등단을 축하하며 좋은 작품을 기대한다.

김명현의 시 〈타자 연습〉 외 4편

김명현의 응모작 〈타자 연습〉, 〈오래된 길을 걷다〉, 〈피터팬〉, 〈별을 보며〉, 〈늘 거기에〉 등 5편을 당선작으로 뽑는다. 산문이 이성의 언어라고 한다면 시는 다분히 감성의 언어라고 할 수 있다. 김명현의 시를 읽으면서 특히 피부에 와닿는 것은 때묻지 않은 감성이다. 시적 표현 기술이나 이미지를 만들어 가는 과정이 다소 서툰 부분도 있지만 기본적으로 시적인 소양을 갖추었다고 본다.

먼저 〈타자 연습〉은 할머니에게 핸드폰 글자 쓰는 법을 가르쳐주다 철없이 벌컥 화를 냈던 기억을 더듬으며 후회하는 내용이다. 그 아픈 기억을 '마음속에 오래도록 남아/아픈 손가락처럼/자꾸만 욱신거린다'라고 표현한 것이나, 할머니의 익숙하지 못한 타자 솜씨를 '고장난 기계처럼'이라고 비유한 점이 기발하다.

〈오래된 길을 걷다〉는 카메라에 담아 놓은 영상을 보듯이 사물을 수직적 관점에서 사실적으로 표현하고 있다. 오래된 길을 아버지와 함께 걸으며 변화된 모습 앞에서 지난날을 회상하는 내용인데,

단순히 변화된 모습을 평범한 어조로 나열하고 있을 뿐 특별한 메시지가 없어서 아쉽다.

〈피터팬〉은 화자가 시의 6연에서 '웬디도 후크 선장도 없는 세상 속에서/피터팬이 되고 싶다 말하는 것은/어른이 하기에는 너무 철 없는 소원일까?'라고 언술함으로써 명작 '피터팬'을 끌어들여 인간의 저변에 깔려 있는 순수한 상상의 세계를 함축적으로 형상화했다. 이처럼 인유법引喩法은 복잡한 관념을 간결하게 표현할 때 효과적이다.

〈별을 보며〉는 전체가 하나의 연으로 구성된 작품이다. 인간의 편협된 사고를 별에 비유한 점이 자연스럽다. 시의 후반부에 '작은 별들을 무시하고/사사로운 연과 정에 휩쓸려/태양과 달만을 커다랗게 비추는/우리들 사는 지구'라고 서술한 부분에 일관성이 부족하다.

〈늘 거기에〉는 거울을 의인화한 점이 재밌다. 비 내리는 골목에서 금이 가고 깨진 거울의 모습을 '흉터 사이로 스미는 빗물'로 보는 시각이 예리하다.

다만 '빼입은 사람들 비추었을 그것은'이라든가, 마지막 연에서 '이 시대의 얼굴인가' 등 어딘가 어색한 표현이 다른 작품에서도 발견되어 충분한 퇴고 과정이 필요하다.

작품은 곧 그 사람의 얼굴이다. 맞춤법, 띄어쓰기에서부터 행과 연 가르기 등 작품을 내놓기 전에 한 편의 시로서 부족함이 없는지 충분한 퇴고 과정을 거치기 바란다. 등단을 축하하며 더욱 정진하기 바란다.

임인수의 소설 〈부들댁의 아픈 손가락〉

임인수의 〈부들댁의 아픈 손가락〉을 당선작으로 뽑는다. A4용지로 37장 분량의 긴 이야기를 '여로旅路', '간고등어 사이소!', '어머니의 밥상'. '응급실의 부들댁', '돌집과의 인연', '달콤한 여행', '아들의 전복죽', '빅데이터와 DNA', '별을 따고 달을 따서', '추억은 살리고 현실은 더욱 빛나게' 등 10개의 소품으로 구성한 연재소설 성격의 중편이다. 하나의 주제 이외에 거기에 관련되는 여러 가지 소주제들이 함께 다루어지고 인물의 설정이나 사건의 구성 역시 복합적인 중편소설의 특징을 갖춘 글이다.

이 소설은 주인공 부들댁이 세상을 살면서 체험한 현실들을 사실적으로 묘사하고 있다. 먼저 소설에서 각 등장인물은 이름에 걸맞게 말을 하고 행동을 하기 때문에 작가가 소설의 제목을 정하고, 등장인물의 이름을 짓는 일, 즉 아펠레이션은 매우 중요한 부분이다. 〈부들댁의 아픈 손가락〉은 그런 점에서 성공적이라고 하겠다. 주인공 '부들이'는 아들이 귀한 집에 태어나 '아들을 꼭 붙들어 달라'는 뜻으로 붙여진 이름인데 당대는 아니지만 이름에 걸맞게 부들댁 슬하에 두 아들을 두었다. 그중 큰아들은 커서 '나라의 법을 빛내는 훌륭한 인재가 되라'는 뜻으로 광율光律이라고 이름을 지었는데 이름대로 사법고시에 합격하여 판사가 되었으며, 작은아들은 '넓게 빛을 비추라'고 광홍光弘이라는 이름을 지었는데 국비로 미국에 유학해서 박사학위를 취득하고 우리나라 최고의 기업에 책임연구원으로 근무하다가 외국 책임자로 나가 그야말로 이름값을 톡톡히 한다.

주인공 부들댁은 어려운 환경 속에서 두 아들을 잘 키워 성공시켰으나 두 살짜리 딸을 시장에 데리고 나갔다 잃어버려 평생 가슴에 아픔을 묻고 살다가, 췌장암 말기와 뇌동맥류로 병원에 입원해 죽음을 앞둔 시점에서 큰아들에게 그 사연을 말하게 된다. 처음 그 이야기를 들은 두 아들은 최첨단 과학기술을 동원해 마침내 똑같은 유전자를 가진 누이, 즉 어머니의 아픈 손가락을 찾게 되고 온 가족이 행복한 시간을 보낸다. 결말 부분에 부들댁은 딸과 사위와 더불어 고향에 내려가 다니던 교회에서 열심히 신앙생활을 하다가 하늘나라로 떠나는 것으로 마무리되는데, 특히 이 소설의 마지막 부분을 '故 주곡지 집사께서 2억 원을 저개발국 아이들의 교육사업을 위해 선교비로 헌금하셨습니다.'고 교회 주보 내용을 인용한 부분이 잔잔한 감동을 준다. 현장감 있는 언어와 진솔한 사랑의 이야기가 읽는 이의 눈길을 끈다.

　다만 전체적 구성이 약하고 문장 서술이 명쾌하지 않은 점, 예를 들어 '부잣집 맏딸로 귀하게 자란 사법연수원에서 만난 피부색 하얀 변호사인 아내'라는 짧은 문장 안에서 아내를 나타내는 수식어가 '자란', '만난', '하얀', '변호사인' 등 무려 4개나 되어 문장이 깔끔하지 않으며 선명도가 떨어진다. 또한 같은 작품 안에서 '소달구지'와 '소구루마'라고 우리말과 일본어를 혼용하는 경우가 발견되는데 각별히 주의할 일이다. 소설의 내용이나 형식 못지않게 중요한 부분들이다. 소설가로서 등단을 축하하며 그 가능성을 살려 훌륭한 소설가가 되기를 기대한다.

(2021년 겨울호 통권 52호)

『수필문학』 평론당선작 심사평

최남미의 수필평론 〈동예 박종철의 수필세계〉

평론 응모작 가운데 최남미의 〈동예 박종철의 수필세계〉를 당선작으로 뽑는다. 박종철의 생태수필을 논리적이면서 객관적 시각으로 조명하고 있을 뿐 아니라, 평론의 기본적인 틀을 갖추었다고 판단했기 때문이다. 수필은 자기 고백적이고 자기 체험적인 성격이 강한 문학이다. 따라서 작품을 조명하기 위해서는 작가의 전기傳記적인 부분을 꼼꼼히 살피고 분석하는 작업이 선행되어야 한다. 그 중에서도 생태수필은 리얼리즘에 충실하고 비판적이라 작가의 전기를 살피는 일이 작품연구에 필수적이다. 최남미가 평론의 전반부에서 박종철의 생애와 문단 활동을 소개하고 그러한 전기적 요소들이 작품에 끼친 영향 관계를 논한 다음 그를 환경운동에 동참한 사회참여작가로 규명해 나간 전개 방법이 이상적이다.

그리고 2018년에 발행한 박종철의 마지막 수필집 「마음의 울림」 머리글 제목이 '환경 지킴이'라는 사실을 밝힌 다음, '문학은 궁극적으로 자연과 인생 탐구에 그 목적이 있는 것이다. 지구 환경에 대한 사려와 의견을 제시하여 문학의 본성을 살려 나가야 할 것이다.'라고 머리글 일부를 인용하여 박종철의 생태수필에 내재되어 있는 환경철학을 확인하면서 평론의 주제에 접근해 가는 방법 또한 바람직하다.

특히 본론에서 박종철의 생태수필이 지닌 특징을 첫째, 인간과 자연을 대등한 관계로 인식하고 대상으로 삼은 자연과 일정 거리를 유지하며 객관적인 시점에서 작품으로 형상화한 점. 둘째, 자연과 인간은 서로 동등한 존재며 공생하는 관계로 인식한 점. 셋째, 자연과의 교감을 통해 새로운 시점에서 인간과 자연의 관계성 회복을 위한 대안을 제시한 점 등으로 분석하면서 각 상황에 해당하는 작품을 발췌하여 인용하고, 적용해 가는 과정이 진지하면서 논리적이다.

그동안 우리의 생태수필은 고작 환경오염에 대한 고발이나 오염으로 지구가 멸망할 것이라는 주장에서 벗어나지 못한 게 사실이다. 앞으로 자연복원의 문제, 자연과 인간의 상호 의존성에 대한 과학적인 논의, 환경오염의 배후에 있는 정치 및 사회구조에 대한 폭넓은 비판과 적극적인 홍보가 이루어져야 한다는 지적에 귀를 기울여야 한다. 문학생태학이라는 말을 처음 사용한 미국의 비평가 미커*J.W. Meeker*는 문학이야말로 생태 위기를 극복하는 데 중요한 역할을 할 수 있다면서 '문학가라면 마땅히 자연과 환경을 지킴으로써 인류를 파멸에서 건지는 일을 떠맡아야 한다.'는 주장을 상기할 필요가 있다. 최남미의 이번 평론을 계기로 박종철의 생태수필에서 자연을 지키기 위해 지향하고자 하는 근본적인 대안이 무엇인가 구체적으로 밝혀지고, 그것을 일반화하는 방안이 제시될 때 박종철의 생태수필은 더욱 큰 의미와 가치가 주어질 것이다.

평론은 일종의 소논문小論文이다. 작품을 읽고, 이해하고, 분석하고, 해석하고, 가치를 평가하는 과정이 논리적이고 객관적이어야 하며, 문장은 물론 언어 하나까지도 군더더기 없이 분명하고 깔끔해야 빛이 난다. 최남미의 수필평론 당선을 진심으로 축하하며 앞으로 평론가로서의 활동에 기대를 건다.

(2022년 8월 통권 363호)